LOTUS-INGWER

Erste Auflage 2023

ISBN 978-7-119-13191-7

Herausgeber: Verlag für fremdsprachige Literatur GmbH
Baiwanzhuang Dajie 24, 100037 Beijing, China
Homepage: www.flp.com.cn
Vertrieb: Chinesische Internationale Buchhandelsgesellschaft
Chegongzhuang Xilu 35, 100044 Beijing, China
Vertrieb für Europa: CBT China Book Trading GmbH
Max-Planck-Str. 6A
D-63322 Rödermark, Deutschland
Homepage: www.cbt-chinabook.de
E-Mail: post@cbt-chinabook.de

Druck und Verlag in der Volksrepublik China

INHALT

潘向黎

Pan Xiangli

Pan Xiangli, geb. 1966, promovierte Schriftstellerin. Publizierte Romane, Erzählungen, Essays und literaturwissenschaftliche Arbeiten. Ihre Werke wurden ins Englische, Deutsche, Französische, Russische, Japanische, Koreanische, Griechische, Mongolische etc. übersetzt. Sie erhielt den Lu Xun Literaturpreis und viele andere Auszeichnungen. Vizevorsitzende des Schriftstellerverbandes der Stadt Shanghai.

荷花姜

Lotus-Ingwer

Pan Xiangli

Jedes Mal, wenn er die Frau sah, meldete sich eine Stimme in Ding Wuyong: Du solltest zur Polizei gehen.

Über die Jahre, die Ding Wuyong das Restaurant führte, hatten sich ihm einige Gäste ins Gedächtnis eingeprägt. Er erinnerte sich an ihre Gesichter, ihre Kleidung, ihre Vorlieben bei der Bestellung sowie an ihre Sensibilität im Umgang mit Geld (nicht gleichzusetzen mit ihrer Finanzkraft, schließlich war der Mensch ein seltsames Wesen, seine Zahlungsfähigkeit war eine Sache, seine Sensibilität für Geld eine andere). Er merkte sich außerdem ihre Nachnamen, und von einigen kannte er sogar die Vornamen (weil sie einen Tisch reserviert, beim Zahlen mit der Kreditkarte unterschrieben oder ihren Namen verraten hatten, als sie mit dem Nachbarn am Tresen plauderten). Allerdings blieben die Kunden Ding Wuyong auch nicht ewig im Gedächtnis. Tauchten sie über zwei Jahre nicht mehr bei ihm auf, lösten sich Eindrücke, die einmal klar wie Kristall gewesen waren, im Strom der Zeit meist nach und nach auf. Dieser Strom spülte die Kristalle seiner Erinnerung nicht einfach weg, vielmehr wurden sie vom Strom des Vergessens an ihren Ecken und Kanten geschliffen. Ihr Volumen wurde kleiner, ihre Begrenzungen unscharf, schließlich zerbröckelten sie und verschwanden in der Tiefe. Man wusste zwar, dass sie dort noch herumtrieben, doch war ihre Existenz in der Tiefe nicht mehr klar erkennbar. Natürlich waren sie zu dem Zeitpunkt noch nicht spurlos verschwunden. Gäste, die sich rund um die Zweijahresgrenze wieder blicken ließen, kamen Ding Wuyong immer noch bekannt vor. Er konnte sie mit einem Lächeln begrüßen, das man als ein „lange nicht gesehen“ verstehen konnte. Dann wies er ihnen mit eben diesem Wiedersehenslächeln den Weg und führte sie ohne weitere Umschweife an ihren Platz. Langsam erinnerte er sich dann wieder an die ihm früher vertrauten Vorlieben dieser Menschen, auch an ihre Sensibilität im Umgang mit Geld. Waren jedoch über zwei Jahre vergangen, musste er mit seinen Hausaufgaben noch einmal ganz von vorne anfangen.

Es gab jedoch eine Person, von der sich Ding Wuyong ganz sicher war, dass er sie nie vergessen würde.

Für manche Menschen waren seine Erinnerungen von anderer Natur. Äußerlich wirkten sie ebenfalls wie Kristalle, jedoch von solcher Härte, dass der Strom des Vergessens sie nicht abschleifen konnte. Vielmehr waren sie auch nach Jahren noch so greifbar und scharf, als könnte man mit ihnen Glas schneiden. Dabei war es vollkommen gleich, ob die Person, an die er sich erinnerte, schon viele Jahre aus seinem Blickfeld oder sogar ganz aus dieser Welt verschwunden war.

Als die Frau zum zweiten Mal in seinem Lokal auftauchte, war sich Ding Wuyong bereits ganz sicher, dass sie zu so einem nichtauflösbaren

Kristall seiner Erinnerung werden würde.

Bei ihrem ersten Erscheinen hatte sie ein sandfarbenes Safarihemd aus Wildleder getragen, dazu Jeans und kniehohe Stiefel. Ihr Haar war hochgesteckt, doch lösten sich hier und da feine Löckchen wie Wassertropfen aus einer Woge. Als er ihr Gesicht sah, stockte Ding Wuyong zunächst der Atem. Als zweite Reaktion fiel ihm eine Beschreibung ein, die er vor langer Zeit in einem Roman gelesen hatte: *von graziler Figur und temperamentvollem Charakter*. Er konnte sich jedoch nicht mehr an den Titel des Buches erinnern.[1] Nach ein paar weiteren Blicken urteilte Ding Wuyong: so Anfang dreißig. Wie man sagte, waren die Gesichtszüge ein Geschenk der Eltern, das Kollagen in der Haut hingegen eine Dreingabe der Jugend. So eine schlanke Figur, die Anmutung von dynamischer Kraft und der geschmeidige Körpertonus hingegen konnten nur durch viele Jahre des Trainings und der Selbstdisziplin erworben sein.

Nach seiner Erfahrung, die er über die Jahre durch das Lesen in den Gesichtern von unzähligen Menschen gewonnen hatte, musste der Mann an der Seite solch einer Frau entweder so unscheinbar wie die Erde unter einer aufblühenden Blume oder so belanglos wie die Blätter ihres begleitenden Grüns sein. Doch war nicht nur die Frau selbst eine Augenweide, der Mann, der sie begleitete, bildete das perfekte Pendant zu ihr. Er war von oben bis unten und Schicht für Schicht in Schwarz- und Grautöne gekleidet, alles von jener hochwertigen Textur, die das Licht absorbiert, und jedes Stück so gut wie neu. Der Mann war mittelgroß und hatte ebenmäßige und unauffällige Gesichtszüge. Ding Wuyong erinnerte sich irgendwo gelesen zu haben: *Ein Mann prädestiniert als Spion, da er kaum ins Auge fällt und man sich eher nicht an ihn erinnern wird*. Doch nachdem Ding Wuyong ihm später noch ein paarmal begegnet war, wurde ihm klar, dass er sich geirrt hatte. Dieser Mann war definitiv nicht als Spion geeignet. In seiner durchschnittlichen Körpergröße und Erscheinung ließ er sich mit einer gewöhnlichen Laterne vergleichen. War eine Laterne einmal angezündet, sah man sie selbst nicht mehr, wurde aber von ihrem Licht geblendet. Das Auftreten dieses Mannes war in seiner Art ganz besonders und anders als bei gewöhnlichen Menschen. Hätte er diese Besonderheit benennen müssen, hätte er es nur so sagen können: Jedes Mal, wenn der Mann auftauchte, war es, als hätte er eine Gefolgschaft hinter sich. So als würde ihm, wo er auch stehenblieb, automatisch ein Lichtkegel folgen. Hob er den Blick, schien sich automatisch ein unsichtbares Mikrofon aus der Luft zu senken, das genau an der richtigen Stelle vor seinem Gesicht zum Stehen kam.

Der Mann sprach kein Wort zuviel, so als wäre tatsächlich ein Mikrofon auf ihn gerichtet. Doch wenn er etwas sagen wollte, war es, als würde er ein großes Geheimnis lüften. Eigentlich sprach er fast gar nicht, zumindest hatte Ding Wuyong ihn über lange Zeit keinen vollständigen Satz sagen hören. Das Einzige, was er aus seinem Mund vernahm, war ein „Danke", als er ihm auf einer Serviette ein heißes Handtuch zur Erfrischung reichte. Und manchmal sagte er zu der neben ihm sitzenden Begleitung auch ein „gut". Etwa wenn die Frau ihn mit der Speisekarte in der Hand fragte, ob sie ein Stück zartes Bauchfleisch vom Thunfisch oder Sashimi von der Eismeergarnele bestellen sollten. Allerdings kam es auch vor, dass der Mann ganz von selbst den Mund aufmachte, er verkündete dann zum Beispiel: „Gehen wir." Zu so einem Moment konnte es kommen, nachdem sie zu einer großen Flasche

Chrysanthemen-, oder Reis-Sake ein ganzes Kaiseki-Menü nach Art des Küchenchefs mit gekochtem und eingelegtem Gemüse sowie Beilagen verzehrt und zum Schluss noch zwei Tassen heißen Tee getrunken hatten. Jedes Mal, wenn diese zwei Worte fielen, verfiel auch die Frau in eine geschäftige Betriebsamkeit und es dauerte nie länger als zwei Minuten, bis die beiden das Lokal verließen. Stets hatte der Mann die Rechnung bereits beim Teetrinken beglichen. Auch dabei sprach er kein Wort, sondern winkte nur mit der Brieftasche, machte eine Andeutung mit den Augen und bezahlte den Betrag dann in bar.

Er war ein ganz besonderer Mann. Gekleidet ganz in Schwarz und Grau, wortkarg und ein Freund von Bargeld.

Die Frau war ganz das Gegenteil. In ihrer ganzen Person glich sie einem Wasserfall. Nicht nur, weil sie die Blicke auf sich zog, sondern auch wegen ihrer Lebendigkeit. Sie redete unablässig und hatte viele verschiedene Gesichtsausdrücke: Mal zog sie die Augenbraue hoch, dann brach sie in Gelächter aus, sie zog einen Schmollmund oder stützte das Kinn in die Hände und verdrehte dabei die Augen. Sie konnte aus ganzer Kehle lachen, um dann auf einmal ihr Gesicht zwischen den Armbeugen zu vergraben und die Unterarme auf die Theke zu legen. Dann wusste man nicht, ob sie vom Lachen erschöpft war, ihren Atem beruhigen musste oder ihr Lachen in einen Gesichtsausdruck umgeschlagen war, den sie vor den Augen der anderen verbergen wollte.

Was Ding Wuyong ein wenig wunderte, war, dass das Paar üblicherweise an der Theke Platz nahm. Ding Wuyong sah auf einen Blick, dass die beiden weder verheiratet noch Arbeitskollegen waren, und noch weniger ganz normale Freunde. In seinen Augen waren die zwei ein Fall für ein Separee. Sein Restaurant verfügte über so elegante wie ruhige Nebenzimmer, jedes mit einem eigenen Namen versehen: Relais, Bergbach, Pflaume, Schnee, Bambus, Orchidee, Pinie, Wind oder Mond. Allesamt geeignet für Gäste, die sich Ruhe erhofften oder nicht wollten, dass ihre Gespräche und Stimmungen nach außen drangen. Aber dieses Pärchen schien das nicht nötig zu haben und saß meistens einfach an der Bar. Womöglich gefiel der Frau die über alles erhabene Theke? Oder entschied sich der Mann aus irgendeinem Grund für die Bar, an der man den Blicken der Gäste ausgesetzt war? So ein schweigsamer Typ in gedeckten Farben mit Bargeld müsste die Theke normalerweise doch meiden. Warum nahm er ausgerechnet dort Platz? Ding Wuyong konnte sich darauf keinen Reim machen, also hakte er die Sache ab.

Es war ja oft so im täglichen Leben: Etwas mochte noch so seltsam und unverständlich erscheinen, ereignete es sich nur häufiger genug, wurde es zur Normalität und man gewöhnte sich daran. Vieles, was auf unerklärliche Weise ein Ende gefunden hatte, war gar nicht endgültig „geklärt“, nur hatte man sich eben allmählich daran gewöhnt und suchte gar nicht mehr nach einer Klärung der Dinge.

Ding Wuyong war keiner der Restaurantinhaber, die nur als Investoren auftraten, aber nicht einmal die elementarsten Techniken beherrschten. Er selbst war einer der Köche und sogar das Aushängeschild des Lokals. Als er damals von seinem Auslandsstudium in Japan nach Shanghai zurückkehrte, kauften sich viele der anderen mit dem aus Japan mitgebrachten Geld eine Wohnung und traten in eine japanische Firma ein. Er aber schreckte vor der Monotonie eines Nine-to-five-

Jobs zurück und hatte eine fast natürliche Abscheu davor, sein Geld als einer unter vielen zu verdienen. Also entschloss er sich, sein eigenes Restaurant zu eröffnen. Da ihm klar war, dass es für ihn durch diese Entscheidung kein Zurück in eine Laufbahn als normaler Büroangestellter geben würde, musste er selbst die wichtigen Kochkünste beherrschen, wollte er nicht irgendwann infolge eines Wechsels des Küchenchefs in Kalamitäten geraten. Über den weiteren Gang der Dinge ließ sich nicht viel erzählen. Setzt sich ein Mensch mit Talent für etwas ein, kommt die Sache früher oder später ins Rollen. Der einzige Wehmutstropfen war, dass Ding Wuyong an den Laden gekettet war. Abgesehen von der Woche Urlaub zum jährlichen Frühlingsfest stand er fast sechs Tage in der Woche im Lokal. Sobald sich ein Kunde zeigte, war sein Platz die Kommandozentrale hinter dem Tresen, er war immer auf den Beinen. An seinem wöchentlichen Ruhetag schlief er viel oder las ein Buch, manchmal ging er angeln. Obwohl er ein Mann in den Vierzigern war, schien Ding Wuyong nicht den Anflug einer Midlife-Crisis zu haben. Dabei war ihm innerlich wohl bewusst, dass ihm die Krise des mittleren Lebensabschnitts nur deswegen erspart blieb, weil er sich schon nach dem Uniabschluss nicht mehr jung gefühlt hatte und vorzeitig in der Mitte des Lebens angekommen war. Er hatte das Gefühl, schon seit 20 Jahren ein Mann in mittleren Jahren zu sein.

Im Vergleich zu ihm war Yu Qing ganz normal. Sie beklagte sich oft, dass er zu spät nach Hause kam, was sie daran hindere, früh ins Bett zu gehen und ihrer Haut schade. Yu Qing war nicht Ding Wuyongs Ehefrau. An ihnen als Paar war nichts auszusetzen, aber irgendwie waren sie nie auf die Idee gekommen zu heiraten, oder es fehlte ihnen schlichtweg der Antrieb dazu. Schließlich gab es auch niemanden, der ihnen damit in den Ohren lag, sie müssten zur Sicherung der Generationenfolge für Nachwuchs sorgen. So war das, sie beide lebten seit zehn Jahren zusammen und ihre Beziehung war stabil.

Ding Wuyong bewegte sich häufig in seinem Aktionsradius hinter der Theke. Weil das Pärchen stets an der Ecke der Bar saß und er ihre Regungen schon am Lichtwinkel erkennen konnte, musste er so lediglich den Blick heben und nicht einmal extra den Kopf wenden. Der Abstand zu ihnen betrug nur sechs oder sieben Meter, und wenn sie etwas lauter sprachen, konnte Ding Wuyong sie ansatzweise verstehen. Eine Kundschaft wie dieses Pärchen konnte er sich nur wünschen, also ging er auf Nummer sicher, was hieß: auf Distanz bleiben. Die beiden waren anders als andere Gäste, ja sogar ziemlich außergewöhnlich. Ding Wuyong vermied es nicht nur, mit ihnen ins Gespräch zu kommen, er wies auch die Kellnerinnen in ihren Kimonos an, außer beim Servieren von Speisen und Getränken nicht das Wort an sie zu richten. Sie sollten ihnen auch nicht ständig nachschenken, um möglichst wenig Anlass zu bieten, ihre Zweisamkeit zu stören. Ding Wuyong selbst vermied es sogar sie mit einem Blick zu belästigen. Bis auf das übliche „Willkommen“, wenn die beiden das Lokal betraten, nahm sich Ding Wuyong jedes Mal so zurück, dass das Lächeln, mit denen er das stets an der Bar Platz nehmende Pärchen bedachte, einmal angedeutet sofort wieder erstarb. Er wollte ihnen das Gefühl geben, dass er beschäftigt sei und ihrem Erscheinen keine weitere Beachtung schenke, dass er sich selbstverständlich nicht an sie erinnern würde und noch weniger ihren Besuch erwartete. Dass sie einen Platz in seiner Nähe wählten, war ganz

Illustration: Xiao Bao

offensichtlich eine Art Vertrauensbeweis. Ding Wuyong musste die Keimlinge dieses Vertrauens nur Wurzeln schlagen lassen, ihnen beim Wachsen und Gedeihen zusehen. Er würde sich wie unsichtbar im Hintergrund halten, obwohl er als großer lebendiger Mensch fast direkt vor ihnen stand. Er wollte so sein wie eine der Stellwände im Lokal (diese Lackparavents, deren schwarzer Untergrund von riesigen gemusterten und schwarz geäderten Schmetterlingen geschmückt wurde), oder wie ein Lampion (jene aus weißem Japanpapier mit darauf schwebenden Ahornblättern), oder wie eine Vase (gleich dem großen Blumengesteck an der Bar, das jede Woche erneuert wurde und aus Nachtfalterorchideen, indischem Kalmus, Hortensien, Narzissen, Inkalilien oder Weigelien bestand). Kurz gesagt, er pflegte eine natürliche und ruhige Art der Anwesenheit, bei der ein Geheimnis absolut sicher war und die niemanden zur Vorsicht gemahnte.

Es gelang ihm. Die zwei ignorierten seine Präsenz zunehmend. Von der Frau wusste Ding Wuyong immer noch nicht den Vornamen, ja nicht einmal ihren Nachnamen, dafür kannte er ihr Lieblingsgericht: Lotus-Ingwer, und so nannte Ding Wuyong sie auch insgeheim: „Lotus-Ingwer".

Suchte man im Internet nach „Lotus-Ingwer" (荷花姜), fand man Folgendes:

Chinesisch auch „Mannesknospe" (阳藿) oder „Minghe" (茗荷); Englisch: „Myoga" oder „Japanischer Ingwer"; Japanisch: „Myoga" (ミョウガ).

Das Ingwergewächs war ein mehrjähriges Kraut. Es bevorzugte ein warmes Klima, denn seine Stängel und Blätter welkten bei Frost; es war tolerant gegenüber Schatten und Feuchtigkeit und besaß eine hohe Resistenz gegenüber Krankheiten und Schädlingen. Sein essbarer Teil bestand aus Blütenknospen, die einen leicht süßlichen Duft verströmten. Diese Blüten konnten kalt oder gebraten serviert werden, man konnte sie marinieren oder in Salz einlegen und sie waren reich an Eiweiß, Fetten, Ballaststoffen sowie diversen Vitaminen. In China hatte Lotus-Ingwer noch viele weitere Namen: Gemeinhin war er bekannt als „Yahe" (芽荷), „Ranghe" (蘘荷), oder auch „Wilder Ingwer". Schaute man in die alten Schriften, fand man Bezeichnungen wie: „Schönkraut" (*Riten der Zhou*), „Hundemond" (*Historische Aufzeichnungen*), „Lizu"

(*Ältestes chinesisches Wörterbuch*), Yùqú (*Schriften der späteren Han*), Fushu (*Hanzeitlicher Buchkatalog Bielu*) „Mannesknospe" (*Geschichte der Provinz Guangxi*), „Männerlotus" (*Aufzeichnungen aus Qian*), „Berg-Ingwer", „Blume der Göttin Guanyin" (*Herkunftsverzeichnis chinesischer Heilkräuter in Zhejiang*), „Wilder Alter Ingwer", „Erdblüte", „Wildwachsender Ingwer", „Wilder Ingwer" und schließlich „Lotus-Ingwer". In Japan wiederum hatte sich die Bezeichnung „Myoga" (茗荷) aus einer Lautverschiebung der Schriftzeichen fur „Mannesknospe" (阳藿) entwickelt.

Lotus-Ingwer wurde wegen seines besonderen Aromas auch mit dem klingenden Namen „Asiatischer Ginseng" bezeichnet und war bei den Bewohnern verschiedener Länder und Regionen Südostasiens als Speise beliebt. Seine Ernte fiel in der Regel auf Mitte Juli bis Mitte September. In China baute man ihn in der Region Jianghuai an, in der Ebene zwischen den Flüssen Yangtze und Huai. Er wurde zur Entwicklung seines Aromas gerne mit Edamame oder eingelegtem Gemüse angebraten. Bei Einheimischen hatte er auch den Namen Schlangen-, oder Zungengras und aufgrund komplexer Phänomene lokaler Dialekte verwendete man auch noch die Bezeichnung: „Mannesknospe". In China war er darüber hinaus verbreitet in den Provinzen Anhui, Shaanxi, Jiangsu, Jiangxi, Fujian, Hubei, Hunan, Hainan, Guangdong, in der Autonomen Region Guangxi sowie den Provinzen Sichuan, Guizhou und Yunnan.

Laut dem alten chinesischen *Kompendium der Heilkräuter* konnte die „Mannesknospe" (*Zingiber Striolatum*) nicht nur als Gemüse verzehrt werden, sondern hatte auch medizinische Wirkungen wie die Durchblutung zu fördern, die Menstruation zu regulieren, Husten zu lindern,

Schleim zu lösen, Schwellungen zu reduzieren oder zu entgiften und er war förderlich für die Verdauung.

Doch dass Ding Wuyong als Chef eines japanischen Restaurants von Anfang an keine Minute gezögert hatte, dieses Gemüse auf die Speisekarte zu nehmen, lag daran, dass er wusste, wie sehr Myoga in Japan geschätzt wurde. Dort wurde es in den Präfekturen Kochi, Gunma, Akita und Miyagi angebaut und besaß eine eigene Legende: Ein Schüler Buddhas vergaß, nachdem er sich an einem köstlichen Myoga-Gericht sattgegessen hatte, urplötzlich all seine weltlichen Pläne und verfiel stattdessen in einen tiefen Schlaf.

Die Blütenknospen und Stängel des Myoga waren in Geschmack, Farbe und Schärfe einzigartig. Sie waren mit einer deutlich saisonalen Note die Könige der Kräuterwürze. Myoga fand in der japanischen Küche überall Verwendung: in Vorspeisen und Suppen sowie in frittiertem, in Essig eingelegtem oder in Soße geschmortem Gemüse.

Lag es daran, dass Japaner schon immer großen Wert auf eine faserreiche Kost gelegt hatten? Schließlich aß man dort auch gerne die Wurzeln, Blätter und Stängel der Butzenklette. Doch vermutete Ding Wuyong eher, dass es an der Schönheit des Lotus-Ingwers lag. Seine Silhouette ließ einen an die Spitze eines Pinsels denken, die sich mit Tusche vollgesogen hatte, um damit große Schriftzeichen zu kalligrafieren. Durch die sich überlagernden Schichten fester Haut erinnerte er andererseits an miniaturartige Bambussprösslinge, allerdings in den leuchtenden Farben einer Blume; während der mittlere Teil des Lotus-Ingwers überwiegend tiefrot oder rosarot war, zeigten die Wurzeln und Spitzen eine hellgelbe, manchmal schneeweiße Färbung. Für Ding Wuyong war

Lotus-Ingwer, um gegessen zu werden, eigentlich zu schön, er war regelrecht erotisch.

Aber von alldem einmal abgesehen, befanden sie sich in China und das Gemüse wuchs auf chinesischem Boden. Da klang „Lotus-Ingwer" einfach besser und war auch leichter zu merken. Auf die Speisekarte schrieb Ding Wuyong also einmal „Myoga" (ミョウガ) in japanischen und „Lotus-Ingwer" (荷花姜) in chinesischen Schriftzeichen.

Ding Wuyong verwendete Lotus-Ingwer sowohl in gekochten Nimono-Gerichten als auch für Tempura. Gäste, die Myoga zum ersten Mal sahen, sagten oft: „Oh, sieht das schön aus!" Dann steckten sie sich, mal vorsichtig, mal enthusiastisch, ein Exemplar davon in den Mund. Was danach geschah, war schwer vorherzusagen. Manche analysierten den Geschmack eine Weile neugierig und kamen zu dem Schluss: „Das ist sehr speziell, hm, ein besonderes Aroma." Andere hingegen spuckten den Bissen sofort wieder aus: „Bäh, wie schmeckt das denn? Echt eigenartig!" So war das mit dem Lotus-Ingwer: äußerlich bildhübsch und verführerisch, im Verzehr jedoch ungewöhnlich und dominant, das war nicht jedermanns Sache.

Um zu verhindern, dass dem Lotus-Ingwer Unrecht getan wurde, fragte Ding Wuyong später jedes Mal nach, wenn ihn jemand bestellen wollte: „Haben Sie schon einmal Lotus-Ingwer gegessen? Wenn die Antwort dann nein lautete, sagte er seinen Spruch: „Sein Geschmack ist etwas speziell, nicht jeder mag das. Sind Sie sicher, dass Sie ihn probieren wollen?"

Doch als die Frau zum ersten Mal Lotus-Ingwer kostete – Ding

Wuyong hatte ihn mit Bambussprossen, Kartoffeln, den Bäckchen der Gelbschwanzmakrele und Stücken vom Schweinefleisch geschmort – rief sie sofort aus: „Herr Wirt, das schmeckt wirklich gut! So etwas habe ich noch nie gegessen! Wie köstlich!“

„Schön, dass es Ihnen schmeckt“, bemerkte Ding Wuyong.

Die Frau fragte: „Was ist das?“

„Lotus-Ingwer“, sagte Ding Wuyong.

Begutachtend wendete die Frau den Lotus-Ingwer zwischen ihren Essstäbchen von rechts nach links und meinte: „Er ist wunderschön, ist das eine Blume oder ein Gemüse?“

„Das ist schwer zu sagen“, antwortete Ding Wuyong, „er ist sowohl Blume als auch Gemüse.“ Er schnitt den Thunfisch, den er in der Hand hielt, in der Mitte durch und fügte hinzu: „Augenscheinlich ist er eine Blume, doch verzehrt man ihn als Gemüse, so ist er ein Gemüse; offensichtlich dient er als Gemüse, doch betrachtest du ihn wie eine Blume, so ist er eine Blume.“

Der in gedeckte Farben gekleidete Mann warf Ding Wuyong einen eindringlichen Blick zu. Ding Wuyong bereute es schon, zu viel gesagt zu haben.

Wie der Mann ihn ansah, fiel ihm ein Satz ein: *In seinen schönen Augen lag stets eine luzide Müdigkeit.* Mit diesen Worten hatte Mu Xin Petronius aus dem alten Rom beschrieben. Früher hatte Ding Wuyong den in China erst spät wiederentdeckten Mu Xin gerne gelesen, seine Essaysammlungen *Die Schatten von Kolumbien* und *Schnelles Urteil* hatte er regelrecht verschlungen.

Und die Frau? Dass Ding Wuyong sie später insgeheim „Lotus-

Ingwer" nannte, lag nicht daran, dass sie so gerne Lotus-Ingwer aß, sondern weil sie mit diesem einiges gemein hatte: Sie war hübsch und außerordentlich bezaubernd, aber nicht auf die „süßliche" Art und auf keinen Fall wirkte sie zerbrechlich. Ganz im Gegenteil, nach ihrem Äußerem, ihren Eigenschaften und ihrer Ausstrahlung stellte sie eine seltene Mischung aus reiner Schönheit und verstörender Erotik dar und hatte jenen besonderen Reiz, der leicht polarisierend wirkt.

Dabei passte das Paar so gut zusammen, wie es nur selten vorkam. Der Mann war außergewöhnlich, die Frau ebenfalls. Als wäre der Mann ein schwarzer Porzellanteller, der die Schärfe, Schönheit und Farbigkeit von Lotus-Ingwer augenfällig zur Geltung brachte, während Lotus-Ingwer seine tiefe Unergründlichkeit spiegelte.

Eines Tages plötzlich war der Mann in Schwarz verschwunden, Lotus-Ingwer kam alleine.

Wie sie da einsam saß, konnte Ding Wuyong an ihrem Gesichtsausdruck erkennen, dass der Mann heute nicht auftauchen würde. Ihr Appetit war allerdings in Ordnung, ähnlich wie zu der Zeit, als der Mann dabei war, nur dass sie dem Alkohol mehr zusprach. Die Frau hatte sich für sich alleine Shochu-Branntwein bestellt. Ding Wuyong hatte ihr Marken wie *Federkirsche* oder *Weiße Welle* empfohlen, doch nachdem sie mehrere Sorten probiert hatte, entschied sie sich für einen anderen: *Schwarze Nebelinsel.* Sie schaffte ungefähr eine halbe Flasche und deponierte den Rest im Lokal. Eigentlich hätte Ding Wuyong sie jetzt nach ihrem Nachnamen fragen müssen, doch stattdessen schrieb er vor ihren Augen einfach *Ingwer* auf die Flasche. „Ingwer wie Lotus-Ingwer", sagte er. Sie warf ihm einen langen Blick zu, so wie man es bei einem engen Vertrauten macht, und in ihren Augen schien zum ersten Mal ein Vorwurf und Unmut zu liegen: Jetzt komme ich schon so lange hierher und nicht einmal mein Name darf öffentlich sein.

War sie mit dem Essen fertig, verließ sie das Lokal nun jedes Mal alleine. Ding Wuyong fragte sich, ob sie, als sie früher zu zweit getrunken hatten, der Fahrer des Mannes abgeholt hatte. Oder hatte sich jemand anders für die beiden ans Steuer gesetzt? Holte sie jemand ab, jetzt wo sie alleine kam? Oder nahm sie einfach ein Taxi nach Hause?

Ding Wuyongs Neugier ging über diese Spekulationen nicht hinaus. Was diese Stadt im Überfluss hervorbrachte, waren Begegnungen und Trennungen zwischen Mann und Frau, und das in jeglicher Spielart. Erst recht, wenn so eine Frau auf so einen Mann traf. Je außergewöhnlicher eine Frau war, desto anspruchsvoller war sie, und je außergewöhnlicher ein Mann war, desto mehr war er auf der Hut. Doch *Blumen welkten und Wasser floss dahin*, wie man so schön sagte. Alles nahm seinen natürlichen Lauf, soviel war gewiss. Die beiden kamen aus dieser Stadt, sie würden das Maß gewiss nicht überspannen. Ging es kurz, dauerte es zwei Monate, lief es länger, ein halbes Jahr, in Fällen besonderer Obsession vielleicht ein Jahr? Eine emotionale Verletzung war wie eine befristete Freiheitsstrafe, so eine Bestrafung währte nicht lang. Nach deren Ablauf war alles vorüber und man war wieder frei. Man änderte die Frisur und startete mit einer neuen Garderobe in die nächste Saison. Die Sonne lachte und man war in dieser Stadt wieder oben auf, strahlend, makellos und ohne Vergangenheit.

Doch Ding Wuyong täuschte sich. Eines Tages erschien die Frau in einem schwarzen Trägerkleid und ohne Makeup. Sie war auch naturbelassen sehr schön, hatte aber einen flammend roten Lippenstift aufgelegt, der Ding Wuyong irritierte. Doch bei einer unglücklichen Frau, das wusste er, waren derartige Extravaganzen nicht ungewöhnlich.

Sie platzierte sich nicht wie üblich an der Ecke der Theke, sondern in der Mitte. Nachdem sie selbst schon einiges getrunken hatte, meinte sie zu Ding Wuyong: „Ich lade Sie zu einem Drink ein."

Ding Wuyong verlor kein überflüssiges Wort und reichte ihr ein Glas, in das sie ihm einschenkte. Er nahm einen Schluck und fragte aus Höflichkeit: „Hat das Essen geschmeckt?"

Sie lächelte entschuldigend: „Ich wollte dir schon immer sagen, wie gut deine Kochkunst ist."

„Danke", sagte Ding Wuyong.

Ihn ansehend meinte sie plötzlich: „Sie reden aber auch nicht viel."

Ding Wuyong lächelte, wartete darauf, dass sie fortfuhr, und war überrascht, als sie ihm stattdessen eine Frage stellte: „Warum fragst du nicht, wohin er verschwunden ist?"

Ding Wuyong nahm noch einen Schluck. Er wusste nicht, was er entgegnen sollte. Zum einen, weil er sich nicht sicher war, ob sie wirklich darüber reden wollte, zum anderen, weil sie es womöglich bereuen würde, wenn sie wieder nüchtern war. Im Fall der Reue würde sie nicht mehr ins Lokal kommen und so hätte er eine Kundin verloren. Eine Kundin, die eine Vorliebe für Lotus-Ingwer hatte und wie Lotus-Ingwer aussah. In diesem Fall war es ihm lieber, sie sagte überhaupt nichts. Zudem war Ding Wuyong tatsächlich kein sehr neugieriger Mensch, denn er war sich sicher, dass es unter der Sonne tatsächlich nichts Neues mehr gab.

Doch augenblicklich lag etwas in dem Blick der Frau, das Ding Wuyong mit einem Mal das Gefühl gab, dass er sich seiner Überzeugung vielleicht doch zu gewiss war. Und dieses Vorgefühl wurde unmittelbar bestätigt. Die Frau beugte sich vor, kam näher an Ding Wuyong heran und fragte in einer Lautstärke, die zwischen Flüstern und normaler Konversation lag: „Du fragst nicht, weil du es bereits erraten hast, oder?"

Ding Wuyong konnte nur vage nicken.

„Richtig, er wird nicht wiederkommen", erklärte sie.

Angesichts des an zerbrochenes Glas erinnernden unsteten und zugleich stechenden Funkelns ihrer Augen musste sich Ding Wuyong eingestehen: Er war sich zu sicher gewesen, diese Sache überstieg seine Vorstellungskraft.

Sie sagte: „Ja, er ist tot."

Nachdem sie das ausgesprochen hatte, schien Lotus-Ingwer am Ende ihrer Kräfte. Sie sank entmutigt zurück auf den Barhocker. Während dieser Bewegung, bei der sie fast die Kontrolle verlor, sagte sie so traurig wie aufrichtig: „Er ist tot. Ich habe ihn umgebracht."

Ding Wuyong spürte, wie ihm ein ganzer Schluck Shochu in der Kehle stecken blieb und dort wie Feuer zu brennen begann. So einen Satz, so hatte er immer gedacht, würde man nur im Film zu hören bekommen. Nie und nimmer könnte er etwas mit seinem Leben oder seinem Geschäft zu tun haben. Er dachte an den Anfang zurück, als er Lotus-Ingwer und den Mann in Schwarz zum ersten Mal hatte hereinkommen sehen und ihm sofort klar gewesen war, dass sie ein Verhältnis miteinander hatten. Gleichzeitig hatte er in dem Moment für sich entschieden, dass das Paar ihm immer willkommen sein würde. War es letztlich nicht egal, von wem man Geld kassierte? Schließlich erwiesen sich solche Verhältnisse, was das Geld anging immer als außerordentlich spendabel. Außerdem waren die Gäste auch optisch eine Augenweide. Waren sie also nicht ein Glücksfall? Natürlich wusste Ding Wuyong, dass die Sache nur ein bis maximal drei Jahre halten würde. Die beiden würden sich definitiv trennen, das war so voraussehbar, wie man davon ausgehen konnte, dass die Nachtfalterorchideen in dem Blumengesteck nur einen Monat lang und die Inkalilien eine Woche lang blühten. Aber Ding Wuyong hatte nicht damit gerechnet, dass noch ehe die Blüten verwelkt waren, ein solcher Donnerhall die Luft erschütterte, dass es die Vase samt Blumen zu zerschmettern schien und die schöne Pracht zerbrach und dahinfloss.

Ding Wuyong fühlte sich verpflichtet, die Angelegenheit der Polizei zu melden. Andererseits war er sich nicht sicher, ob er das wirklich tun sollte. Er mochte diese Art von Verstrickungen nicht und konnte nur hoffen, dass die Frau sich nicht mehr blicken ließ. Auf diese Weise könnte er sich aus der Sache raushalten.

Doch Lotus-Ingwer kam fast mit der gleichen Regelmäßigkeit wie früher weiter in sein Lokal, also einmal pro Woche. Sie saß wieder an der Ecke der Theke, trank stets ihren Shochu der Marke *Schwarze Nebelinsel* und deponierte die angebrochene Flasche bei ihm. War die Flasche leer, bestellte sie eine neue nach. Die Zusammenstellung des Menüs überließ sie Ding Wuyong. Er schlug ihr wie immer gemäß der Jahreszeit und nach ihren Vorlieben drei oder vier Gerichte vor und sie hatte niemals etwas einzuwenden. Sie hielt die Augen auf ihr Handy gerichtet, las und tippte abwechselnd ein paar Sätze, hochkonzentriert, als wäre sie nicht zum Essen oder Trinken gekommen, sondern zum Schreiben dieser Worte. Dann legte sie das Handy beiseite und widmete sich in Ruhe ihrem Abendessen. Manchmal warf sie einen Blick zum Eingang, um anschließend ihre Mahlzeit fortzusetzen. Wenn sie fertig war, verließ sie das Lokal jedes Mal alleine. Nur einmal drehte sie sich auf dem Weg zur Tür nochmals um, als wunderte sie sich, dass ihr niemand nachfolgte.

Doch wer sollte ihr schon folgen? Die Geschichte war lange vorbei. In jenem Moment spürte Ding Wuyong, dass sich hinter der Frau eine große Leere öffnete, so leer, dass das ganze Restaurant mit seinen Gästen nicht zu existieren schien.

Nach jener Enthüllung sprach sie nicht mehr mit Ding Wuyong und schien sich auch nicht daran zu erinnern, dass sie ihm etwas anvertraut hatte. Ding Wuyong vermutete, dass sie zu der Sorte Mensch gehörte, die, wenn sie wieder nüchtern waren, alles vergessen hatten, was sie im Rausch erlebt hatte. Wie hätte sie es sonst wagen können, hier weiter aufzutauchen, als wäre nichts geschehen? Wartete sie etwa darauf, dass er sich dazu entschloss, zur Polizei zu gehen und sie festgenommen würde? Ding Wuyong hatte noch die Hoffnung, dass sie damals unter Alkoholeinfluss einfach Unsinn geredet hatte, dass der Mann noch lebte, und diese Frau das alles nur behauptet hatte, um ihrem Ärger Luft zu machen.

Doch andererseits, was war mit dem Mann? Eigentlich war Ding Wuyong immer weniger davon überzeugt, dass der Mann noch lebte.

Es geschah zur Regenzeit während der Pflaumenblüte. An einem

Tag, Lotus-Ingwer hatte gerade angefangen zu essen, wurde der Regen heftiger. Es fiel nicht mehr der für diese Saison typische Nieselregen, hingegen schüttete es wie aus Kübeln. Die Stadt drohte in einem Inferno aus Wind und Wasser unterzugehen. Man konnte das Gefühl haben, die letzte Schlacht am Ende unserer Tage habe begonnen. Ding Wuyong wusste, dass einem bei diesem Wetter der Alkohol besonders leicht zu Kopf stieg. Vielleicht wegen der zu hohen Luftfeuchtigkeit, was die Verdunstung des Alkohols beeinträchtigte. Tatsächlich trank Lotus-Ingwer ein Glas nach dem anderen, ihr Gesicht war gerötet, sie hatte ihren Kopf auf eine Hand gestützt und einen verlorenen Blick.

Ding Wuyong machte eine Ausnahme und sagte etwas: „Das genügt, hören Sie auf zu trinken. Wie kommen Sie überhaupt bei diesem Wetter nach Hause?“

„Wie ich nach Hause komme? Gar nicht. Ich habe kein Zuhause, niemand wartet auf meine Rückkehr. Wie ich nach Hause komme? Wohin sollte ich zurück?“

Sie brach in Tränen aus.

Alkoholdunst und Wasserdampf hingen in der Luft, das Heulen der Frau durchdrang das gesamte Lokal, es klang erbärmlich. Es war ein lautes, wenngleich auch unterdrücktes Schluchzen, so wie das einer Frau vom Land in früheren Zeiten, die nach vielen Jahren des Wartens die Nachricht vom Tod ihres Mannes erhalten hatte. Oder wie das eines fünf- oder sechsjährigen Kindes, das in der Kanalisation gefangen war und seinen vergeblichen Befreiungskampf nun mit einem letzten verzweifelten Aufheulen beendete.

Ding Wuyong erschrak: Der Mann, so fürchtete er, war wirklich tot.

Musste er die Polizei rufen?

Als er abends nach Hause kam, sah er, wie Yu Qing unter dem Schein einer Lampe Blumen arrangierte, während ihr frisch gewaschenes Haar ihr noch halb feucht auf die Schultern fiel. Aus einem spontanen Impuls heraus ging er zu ihr und fragte sie: „Eine ganz bescheidene Hochzeit, wie wäre das?"

Als er Yu Qings verständnisloses Gesicht sah, erklärte er: „Ich denke einfach, es wäre besser zu heiraten, was meinst du?"

Yu Qing sagte: „Du willst mich heiraten?"

„Ja", sagte Ding Wuyong.

„Lass mich darüber nachdenken", meinte Yu Qing.

Ding Wuyong entgegnete: „Was gibt es da noch zu überlegen."

„Hält jemand um deine Hand an, erhält man eine Bedenkzeit, so ist es Brauch. Vor allem muss man das erst mal genießen.", teilte ihm Yu Qing mit und lachte, auch Ding Wuyong lächelte.

Als Ding Wuyong in Yu Qings lachendes Gesicht sah, hatte er ein unbeschreibliches Gefühl. So als wäre ihm eine schwere Last genommen, als hätte er eine Prüfung bestanden, bei der er befürchtet hatte, durchzufallen, aber dann feststellte, dass er die Schwierigkeit der Prüfung überschätzt hatte. Was war schon dabei? Es ging doch nur um eine Heirat? Was gab es da schon zu fürchten?

Am nächsten Tag stand Lotus-Ingwer schon wieder in der Tür. Es war erst fünf Uhr nachmittags, sie waren im Lokal noch mit Vorbereitungen beschäftigt.

„Chef, heute komme ich nicht zum Essen," sagte sie, „ich bin hier, um meine Schulden zu begleichen."

Am Abend davor hatte sie wirklich zu viel erwischt. Nachdem sie sich in der Toilette übergeben hatte, hatte ihr Ding Wuyong über eine Taxi-App einen Wagen bestellt und sie unter dem großen restauranteigenen Regenschirm zum Taxi begleitet. An die Rechnung hatte niemand gedacht.

„Zahlen Sie doch einfach, wenn Sie das nächste Mal kommen. Jetzt haben Sie sich extra auf den Weg gemacht." Ding Wuyong meinte es so, wie er es sagte. Bei manchen Leuten wusste man auf den ersten Blick, dass sie nie im Leben die Zeche prellen würden. Lotus-Ingwer war so ein Mensch. Auch der Mann in Schwarz, in dessen Augen so eine luzide Müdigkeit gelegen hatte, gehörte eigentlich zu diesem Typ. Warum er dann in der Schuld dieser Frau stand, konnte er allerdings nicht wissen.

Dem Gesicht von Lotus-Ingwer war jetzt schon nichts mehr Ungewöhnliches anzumerken. Man musste ihr Gesicht schon genau studieren, um zu entdecken, dass ihre Augenlider leicht geschwollen waren und der Teint nicht so frisch aussah wie normalerweise. Abgesehen davon war sie nach wie vor eine modisch gekleidete junge Frau, die die Blicke auf sich zog und sowohl geschliffene Umgangsformen also auch ein souveränes Auftreten hatte. Bei der Aura, die solch moderne Frauen umgab, hatte man keinen Zweifel, dass ihnen in den exklusiven Geschäftsgebäuden, die in den wie Gold und Diamanten glitzernden Vierteln Shanghais so zahlreich waren, jede Tür offenstand. In irgendeinem der nach Süden liegenden makellosen, lichtdurchfluteten, wohltemperierten und tadellos ausgestatteten Räume wartete wie selbstverständlich ein Platz auf sie.

Dieser Typ Frau war dezent geschminkt, hatte einen hellen Teint, feine Gesichtszüge, schöne Konturen und ein zurückhaltendes, aber souveränes Auftreten. In ihren Gesichtern fand man keine dunklen Augenringe, nicht das kleinste Fältchen oder die geringste Unreinheit. Das alles lag unter einem dezenten Make-Up verborgen; noch weniger bemerkte man Anzeichen von Traurigkeit, Wut, Frustration oder Entsetzen in ihren Minen. Solche Regungen gab es nur in ihrem Herzen, verborgen wie in der Tiefsee. Die Psyche einer Frau ist so instabil wie eine Nadel auf dem Meeresboden, sagte man. Wer das behauptete, unterschätzte die Frauen. Das Herz einer Frau war so ruhig wie das Meer.

„Ich verlasse für eine Weile die Stadt und werde in den nächsten Monaten nicht vorbeikommen, deshalb bin ich heute hier."

Was für ein Glück, schoss es Ding Wuyong durch den Kopf.

Er würde die Frau nicht mehr sehen müssen. Wenn sie wirklich auf Geschäftsreise ging und für eine gewisse Zeit weg war, würde sie der Tapetenwechsel sicherlich auf andere Gedanken bringen. Kurz, sie würde wohl nicht mehr an den für sie tragischen Ort zurückkehren. Auch für den Fall, dass sie flüchtete, hätte sie Ding Wuyong einen Gefallen getan. Auf diese Weise gäbe es zwischen ihr und ihm keinerlei Verbindung mehr und Ding Wuyong wäre nicht mehr in die Sache verstrickt.

Die Frau war tatsächlich verschwunden. Ein halbes Jahr verging.

Manchmal, wenn Ding Wuyong Lotus-Ingwer in einer Oryoki-Schale liegen sah, verirrten sich seine Gedanken. Wie schön Lotus-Ingwer war, konnte er wirklich tödlich sein? Doch dann kamen seine scharfen Spitzen zum Vorschein, die doch ein bisschen mörderisch wirkten. Was für ein Schicksal hatte so eine Frau? Wenn er nichts zu tun hatte, blickte Ding Wuyong manchmal zu den beiden Plätzen hinüber. Wo waren die beiden Menschen, die dort früher gesessen hatten? Und war der Mann überhaupt noch auf dieser Welt? Undenkbar, dass er je wieder ein so schönes Paar in seinem Restaurant sehen würde. Aus irgendeinem Grund regte sich in Ding Wuyong echtes Bedauern.

Am Ende des Jahres belebte sich das Geschäft und Ding Wuyong hörte allmählich auf, an die beiden zu denken.

Eines Tages um sieben Uhr sah der gerade beschäftigte Ding Wuyong, wie Jasmin, die am Empfang saß, zwei Leute ins Lokal führte. Eine Frau mittleren Alters, immer noch gutaussehend und von einem gepflegten Äußeren, wenn auch etwas zu herausgeputzt. Ihr stolzer Gesichtsausdruck hatte zugleich etwas Schwermütiges. Als sie das Lokal betrat, tauchte hinter ihr eine weitere Person auf. Es gab keinen Zweifel, das war der Mann, der Mann in Schwarz.

Ding Wuyong erschrak in einer Weise, dass sein üblicher Willkommensgruß halb ausgesprochen die Tonlage änderte und ihm Jasmin einen überraschten Blick zuwarf.

Der Mann war gar nicht tot? Es ging ihm gut. Also war er es gewesen, der Lotus-Ingwer loswerden wollte, und sie hatte demzufolge im Zorn geredet. Nicht nur, dass er Lotus-Ingwer nicht mehr wollte, er brachte auch noch seine eigene Frau an diesen Ort? Ding Wuyong hatte das Gefühl, sich in diesem Mann getäuscht zu haben. Wer hätte gedacht, dass er ein Mensch war, dem es an jeglichem Anstand fehlte. Restaurants und Bars gab es am Shanghaier Bund so zahlreich wie Sterne am Himmel, doch dieser Mensch führte verschiedene Frauen ausgerechnet in ein und dasselbe Lokal aus. Wie unverfroren. Hatte er keine Angst, sich so vielen Blicken auszusetzen?

Als Jasmin die beiden direkt in eines der Separees führte, entfuhr Ding Wuyong innerlich ein ungläubiges Lachen. Er wartete, bis Jasmin wieder bei ihm vorbeikam, und fragte sie: „Wer von den beiden hat den Wunsch geäußert, in ein Separee zu gehen?“ Es sei vorbestellt worden, meinte Jasmin. Ein Mann, wobei sie nicht wusste, ob das dieser Mann gewesen war, habe angerufen und nach einem kleineren Nebenraum gefragt.

Es war merkwürdig. Mit seiner Geliebten präsentierte er sich ganz unverhohlen der Öffentlichkeit, während er sich in Begleitung seiner Ehefrau unbedingt in einem Separee verbergen wollte. In welcher Zeit lebten sie? Was waren das für Leute?

Ding Wuyong übernahm es selbst, dem Paar die Speisen zu servieren. Die beiden unterhielten sich, wenn auch nicht sehr angeregt, er hörte Wortfetzen wie „Schule“, „Mietwohnung“, „Dollar“ und „Kommilitonen“. Ding Wuyong konnte nicht wirklich erraten, worüber die beiden redeten, und fand, dass ihre Beziehung bei genauerer Betrachtung nicht mehr wie die zwischen Ehepartnern wirkte, sondern eher wie die zwischen Gläubiger und Schuldner.

Als japanisches Shabu-Shabu-Fondue mit fein aufgeschnittenem gefrorenem Rindfleisch serviert werden sollte, stellte Ding Wuyong auf das große Tablett auch ein Tellerchen mit Seigaiha-Dekor aus blauen Meereswellen. Darauf lagen drei Stück in Salz eingelegter Lotus-Ingwer. Gesalzener Lotus-Ingwer war in seiner aufreizenden Farbigkeit stark verblasst. Er gab nun ein Bild erschlaffter Leidenschaft ab, erfüllt mit Vergangenheit, die sprechen mochte und doch zögerte, zu sprechen.

Als er das Tellerchen auf den Tisch stellte, schaute der Mann auf: „Haben wir das bestellt?“ Ding Wuyong sagte: „Das geht aufs Haus.“ Der Mann in Schwarz betrachtete den Lotus-Ingwer und schaute dann zu Ding Wuyong, der seinem Blick standhielt. Damit schienen die beiden Männer ihr wortloses Zwiegespräch beendet zu haben.

Ding Wuyong hatte sich noch nicht ganz aus dem Separee zurückgezogen, als er den Mann ungeniert sagen hörte: „Ich habe das Geld dabei.“ Er reichte der Frau einen dicken Umschlag, der oben offenstand. An der Farbe ließ sich erkennen, dass darin US-Dollar waren. Wieder Bargeld, immer Bargeld. Was für ein eigensinniger Mensch.

Als Ding Wuyong das Separee verließ und sich gerade umdrehen wollte, um die Schiebetür zu schließen, hörte er die Frau ruhig sagen: „Das ist genug für nächstes Jahr.“

Was hieß genug? War dies das Haushaltsgeld für ein Jahr? Und wenn sie verheiratet waren, wozu einmal im Jahr so eine Geldübergabe? Und wenn nicht, warum sollte dann überhaupt Geld fließen? Diese Sache, spürte Ding Wuyong, überstieg seinen Verstand.

Nachdem Zeit für ein paar Kännchen Sake vergangen war, öffnete sich schließlich die Schiebetür, die Frau kam heraus und ging. Niemand ahnte, womit sich ihr hübsches Lackledertäschchen seit ihrer Ankunft gefüllt hatte. Ding Wuyong war jetzt klar, warum sie für ihren Besuch ein Separee gewählt hatten. Doch dieser Tropfen Einsicht genügte nicht, um seine brennende Neugier zu löschen, sondern fachte das Feuer nur noch mehr an.

Der Mann war der Frau nicht nachgefolgt, sondern bestellte eine weitere Flasche Shochu und sprach nun alleine dem Alkohol zu.

Eine Stunde später ging Ding Wuyong zu ihm, um Tee zu servieren. Zwar trieb ihn die Neugier, doch gleichzeitig war er auch ein Mann, der seit mehr als zehn Jahren am Bund von Shanghai im Geschäft war. Als dieser agierte er, was immer er sich insgeheim auch denken mochte, letztlich immer vernunftgesteuert. In diesem Moment hatte er einen vernünftigen Grund. Denn dies war in seinem Restaurant ein durchaus üblicher Zeitpunkt, ein Separee zu betreten. Sei es unter dem Vorwand Tee nachzuschenken, um zu sehen, ob die Gäste noch ein Gericht bestellen oder Kaffee wollten oder nach der Rechnung verlangten. Traf man dann einen Gast an, der zwar genug gegessen und getrunken hatte, aber einfach noch eine Weile alleine sitzen bleiben wollte, schenkte man ihm heißen Tee nach. Anschließend verließ man diskret und leise den Raum und ließ den Kunden in Ruhe in seinen Zähnen stochern, einen Rülpser loswerden, seinen Gedanken nachhängen oder einsam seine Wunden lecken. In der Regel erledigte diesen Service natürlich nicht der Chef, aber da sich Ding Wuyong heute ganz um dieses Separee kümmerte, konnte er die Angestellte nach Hause schicken und selbst nach dem Rechten sehen.

Nun schob Ding Wuyong die Tür auf und trat ein, um Tee nachzuschenken.

Sobald er heißes Wasser auf den Tee in der Schale goss, stieg ein zartes Aroma auf. Der Mann in Schwarz sagte: „Danke. Heute übernehmen Sie selbst den Service."

„Gern geschehen", antwortete Ding Wuyong. Er bemerkte, dass das Gesicht des Mannes vom Alkohol gerötet war. Seine Ausstrahlung war anders als früher, seine kantige Imposanz war einer Schwermut gewichen, die ihn entspannter wirken ließ und er schien mehr er selbst zu sein. Also fasste sich Ding Wuyong ein Herz: „Hat es Ihnen noch gut geschmeckt heute?“

Das Wörtchen „noch“ war geschickt eingesetzt. Es verlieh der Frage sowohl etwas angemessen Taktvolles, konnte aber auch „wie immer“ bedeuten. Mit dem Hinweis auf „heute“ implizierte seine Frage: Wie schmeckt Ihnen heute, nachdem eine gewisse Zeit vergangen ist, das, was Sie in der Vergangenheit einmal mochten? Dabei lag die Betonung auf: Es gab da eine Vergangenheit.

„Sehr gut. Bei Ihnen schmeckt es immer authentisch.“

Ding Wuyong hörte heraus, wie der Mann „immer“ sagte, was ganz offensichtlich eine Reminiszenz an all das Vergangene war, und hakte nach: „Apropos, Sie waren eine Weile nicht mehr hier.“

Dieser Satz war ein vorsichtiger Versuch, er konnte den Verlauf des Gesprächs vorantreiben oder zurückwerfen.

Der Mann seufzte. Ding Wuyong sah ihn an und traute seinen Ohren nicht, als er ihn fragen hörte: „War sie später nochmal hier?“

In dieser Frage klang so vieles an, Ding Wuyong konnte sich sogar als Kumpel angesprochen fühlen. Offenbar hatte der Mann heute zu viel getrunken. Ding Wuyong wusste nicht gleich, was er antworten sollte, also nickte er nur.

Der Mann seufzte wieder. „Sie hassen mich, alle beide hassen mich auf den Tod.“ Der Mann rieb sich mit beiden Händen kräftig das Gesicht. Er wirkte dabei einsam und traurig wie ein Straßenkehrer, der an einem kalten frühen Morgen Blätter von der Straße fegt.

Ein unerklärlicher Anflug von Mitgefühl packte Ding Wuyong.

Doch ermahnte er sich sofort, war es doch dieser Mann gewesen, der das Mädchen so unglücklich gemacht hatte, wohingegen er selbst ganz unverfroren mit einer Frau hier auftauchte, von der nicht klar war, in welchem Verhältnis er zu ihr stand.

„Eine hübsche Frau haben Sie ja auch", sagte Ding Wuyong, ohne zu wissen, wie ihm dieser Satz plötzlich herausrutschen konnte. Erst nachdem er ihn ausgesprochen hatte, merkte er, wie raffiniert sein übergriffiger Vorstoß war.

Der Mann hob den Kopf und sah Ding Wuyong ein wenig überrascht und verwirrt an. Dann trat ein Lächeln auf sein Gesicht: „Frau? Nein, Ex-Frau. Die Dame eben war meine Ex-Frau."

Ding Wuyong blieb misstrauisch: „Dann haben Sie später nochmal geheiratet?"

„Aber nein. Eine Scheidung ist, als würde einem bei lebendigem Leib die Haut abgezogen, wie könnte ich da je wieder heiraten? Ich habe vor 20 Jahren geheiratet und eine Tochter bekommen. Der Ärger nimmt ja auch so schon kein Ende: Der Unterhalt für meine Frau, das Haus, das Auslandsstudium meiner Tochter. Noch einmal heiraten und Kinder bekommen – dazu reicht mein Leben nicht mehr!"

Ding Wuyong war verblüfft, insgeheim beschämt und zugleich vor allem erleichtert. Er schwieg, er wusste nicht, was er hätte sagen können.

„Ach so", der Mann änderte plötzlich seinen Tonfall: „Sie haben doch nicht gedacht, dass ich Familie habe und die Frau, die mich jedes Mal begleitete, wäre … meine Geliebte?"

Ding Wuyong stieg eine brennende Röte ins Gesicht.

Der Mann lachte auf: „Das ist meine Freundin. Wir waren beide alleinstehend und hatten keine Geheimnisse voreinander. Ich wollte nur nicht heiraten, sie schon."

„Sie haben sich getrennt, weil Sie nicht heiraten wollten?", fragte Ding Wuyong.

„Wenn man einer Frau nicht geben kann, was sie will, muss man sie gehen lassen." Der Mann rieb sich mit den Händen das Gesicht.

Ding Wuyong sagte: „Sie könnte denken, dass das nur eine Ausrede war."

Der Mann lachte, ein Lachen, dass andeutete: Gut möglich. Oder auch: Wie auch immer. Er schien damit zu sagen: Was habe ich schon zu fürchten. Oder auch: Kommt man wirklich so billig davon?"

Als Ding Wuyong die Teekanne nahm und sich umdrehte, sagte der Mann plötzlich: „Sie kam später alleine zum Trinken, oder?"

Ding Wuyong seufzte, dann nickte er.

Der Mann fragte: „Hat sie … geweint?"

Übersetzung: Julia Buddeberg

邓一光

Deng Yiguang

Deng Yiguang ist mongolischer Herkunft, 1956 geboren in Chongqing. Er publizierte neun Romane und über 80 Erzählungen. Er erhielt den Lu Xun Literaturpreis, den Feng Mu Literaturpreis, den Guo Moruo Literaturpreis, den nationalen Literaturpreis der chinesischen Buchindustrie etc. Seine Werke wurden ins Englische, Französische, Russische, Japanische etc. übersetzt.

狼行成双

Ein Wolfspaar

Deng Yiguang

Hier sollte sich ihr Schicksal ändern. Zu dieser Zeit fühlt sie sich hungrig. Tatsächlich ist sie schon länger hungrig. Vor zwei Tagen hatten sie eine ordentliche Mahlzeit gehabt, als sie einen Hirsch erjagt hatten. Danach hatten sie kein großes Glück mehr. Einmal versuchte er einen Falken zu fangen, der dicht über dem Erdboden kreisend Feldmäuse jagte, die in ein Schneefeld zu entkommen versuchten. Er wollte mit einem Sprung von einem hohen Abhang den Falken aus der Luft herunterholen. Das musste zwangsläufig schiefgehen: er rannte ein paar Schritte nach vorn, sprang von dem moosbedeckten Abhang hoch auf und flog wie ein Vogel durch die Luft, aber er ist kein Vogel, er ist ein Wolf. Er fiel äußerst unfreiwillig vom Himmel herunter und landete hart auf dem Schnee. Und rutschte sich überschlagend weiter. Sie stand damals daneben und musste so sehr lachen, dass sie nicht mehr aufrecht stehen konnte. Sie liebte seine sture Verbissenheit sehr. Er war voller idealistischem Ehrgeiz. Wie konnte er nur denken, er könne einen fliegenden Falken fangen? Nach diesem

Vorfall hatte sie das benommene Kaninchen absichtlich laufen gelassen. Sie wollte ihr Glücksgefühl so lange festhalten, bis sie es mit jeder Nervenfaser spürte. Aber da hatte sie noch nicht damit gerechnet, dass sie bald wieder hungrig sein würde. Jetzt ist sie wirklich hungrig. Sie hört, wie ihr Magen knurrt, und außerdem ist es sehr kalt. Ihr ist so kalt wie sie hungrig ist, am liebsten möchte sie weinen. Sie fängt sogar an, dem Kaninchen hinterher zu trauern, das tapsig im Schnee geflüchtet ist.

Der Himmel wird unerbittlich dunkel, der Schnee glitzert bläulich, der Wind rührt die Wolken des Tages zu einem Nebel, noch feiner als der Schnee. Die Folge ist, dass über dem Boden nichts mehr zu erkennen und alles ungewiss ist. Er hat beschlossen, so schnell wie möglich etwas zu essen zu finden, um ihren und auch seinen Hunger zu stillen. Er entscheidet sich für einen Weg, der zu einem Dorf führt. Es ist ein gefährlicher Weg. Wölfe möchten niemals etwas mit den Menschen zu schaffen haben und beschränken sich auf Steppen und Wälder; nur wenn es um Rache geht, kommen sie in die Nähe menschlicher Siedlungen. Aber jetzt hat er keine andere Wahl. Er sieht, wie im Schneesturm ihre Fröhlichkeit rapide abnimmt; ihre nasse schwarze Nase ist eisig kalt, ihr silberfarbener Pelz verliert in der zunehmenden Dämmerung seinen Glanz. Der bezaubernde Schleier in ihren feuchten Augen schwindet unaufhaltsam. Das macht ihn nervös. Er schämt sich, dass er nichts dagegen tun kann. Eine Zeitlang zwingt er sich, nicht zu ihr zurückzuschauen. Was für ein Ehemann ist er eigentlich? sinniert er. In diesem Moment beschließt er, sich im Schutz der Nacht in das Dorf zu wagen, um nach Nahrung zu suchen.

Es ist sehr dunkel, der Schneesturm bläst heftig. Noch nicht einmal in der Nähe kann man etwas erkennen. Sie gehen auf den vagen Lichtschein des Dorfes zu, unter diesen Bedingungen ist es kein Wunder, dass er den Brunnen nicht bemerkt. Dieser ist seit Jahren ausgetrocknet, aber früher hatte er sehr viel süßes Wasser und war so tief, dass man nicht bis auf den Grund sehen konnte. Niemand weiß, warum später die Quelle versiegte, der Brunnen trocknete aus, übrig geblieben ist nur ein etwa 10 Meter tiefer Schacht. Dicke Maiglöckchenblätter und breitblättrige Rohrkolben wachsen an den Wänden, hartgefroren wie Stein, als seien sie dort hingemalt, und noch mehr schwarzes Moos breitet sich dort aus. Die Dorfbewohner benutzen ihn normalerweise als Vorratskeller, in dem sie Süßkartoffeln und Kohl lagern. Wird er nicht als Keller gebraucht, ist er eine leere, hohle Erinnerung, liegt kalt und düster da und lässt Vorbeikommende vage an seinen früheren Nutzen zurückdenken.

Der Brunnen sieht aus wie ein großes Auge in der Erde, immer offen. Normalerweise ist er nicht abgedeckt, aber ausgerechnet zu dieser Zeit hat es ein paar Tage lang geschneit, und weil die Dorfbewohner nicht wollten, dass der Brunnen sich mit Schnee füllt, haben sie eine alte bräunlich-gelbe Decke über die Öffnung gelegt. Die Decke hat den Schnee aufgefangen und so haben sie unabsichtlich den Brunnen in eine Falle verwandelt. Sie hätten niemals gedacht, dass bei einem so heftigen Schneesturm, bei dem einem der Atem gefriert, sich jemand dem Dorf nähern würde. Hätten sie daran gedacht, hätten sie vielleicht keine Decke auf die Brunnenöffnung gelegt. Aber, und das ist das Problem, sie haben nicht daran gedacht.

Er geht voran, sie folgt ihm, in einem Dutzend Schritten Abstand. Er hat nicht die geringste Vorahnung. Als er die verdächtige Nachgiebigkeit unter seinen Füßen wahrnimmt, ist es bereits zu spät für ihn abzustoppen. Er, die Decke und ein großer Haufen lockeren Schnees fallen hinab auf den Grund des Brunnens.

In diesem Moment sieht sie, wie knapp über dem Boden der Schnee aufwirbelt. Sie freut sich daran, wie ein Stück von einem Kiefernzweig sich im Spiel des Windes dreht wie eine Tänzerin, die nicht aufhören kann. Erst als von irgendwoher unter ihren Füßen ein dumpfer Aufschlag kommt, merkt sie, dass er aus ihrem Blickfeld verschwunden ist. Sie rennt zur Öffnung des Brunnens und blickt hinunter in das pechschwarze Loch, zu tief, als dass ihre Augen bis auf den Grund sehen könnten. Ein furchtbarer Schreck durchfährt sie. Wie hätten sie wissen können, dass unter dem reinen weißen Schnee dieser heimtückische Brunnen lauert? Sie weiß nicht, wie es ihm nach seinem Sturz dort hinunter geht. Plötzlich hat sie schreckliche Angst. Sie fürchtet, dass er für immer in dieser Schwärze verschwunden sein wird, dass er niemals mehr herauskommen und bei ihr bleiben wird.

Sie ruft in den Brunnen hinunter, ihre Stimme zittert etwas: „Wo bist du?“

Er ist da.

Er ist einen Moment lang ohnmächtig geworden, ist sich der 10 Meter Brunnentiefe erst nicht bewusst. Der plötzliche Fall war hart; als er auf dem Brunnenboden auftraf, schienen die Muskeln und Knochen seines ganzen Körpers auseinanderzufallen. Aber er kommt rasch zu sich und ist sich dann sofort über seine Lage im Klaren. Das ist der Kern seines Überlebensinstinkts. Er hat keine Angst mehr. Es ist nicht so schlimm wie er es sich vorgestellt hat; er ist nur in einen ausgetrockne-

Illustration: Xu Jianfei

ten Brunnen gefallen. Das ist gar nichts. Er war einmal in einer Schlinge gefangen, die ein Jäger gelegt hatte, um Schneehühner zu fangen. Ein anderes Mal war er festgekeilt zwischen zwei flussabwärts treibenden Eisblöcken und er hatte zwei ganze Tage gebraucht, um sich daraus zu befreien. Einmal war er auf einem engen Weg mit einem verletzten, rasenden Wildschwein zusammengetroffen, damals wäre er beinahe durchbohrt worden, sein ganzer Körper war rot von Blut, sein Pelz war völlig zerfetzt. Er hat sich selbst nie als einen jener vom Glück gesegneten Kerle betrachtet, aber er ist auch niemand, der einfach aufgibt. Er ist einfach so.

Er steht langsam auf und schüttelt Schnee und Matsch von seinem Körper. Er betrachtet seine Umgebung und beginnt nach einem Weg hinaus zu suchen.

Der Brunnen ist wie ein dickbauchiger Krug, oben eng und unten weit. Die Brunnenwände sind sehr glatt gehauen, sie sind völlig zugewachsen mit den prächtig gedeihenden Kolbenpflanzen und dickem Moos, er kann nirgends hochklettern. Dies wird schwieriger, als er gedacht hat. Aber er lässt sich nicht entmutigen, er wird schon einen Weg finden, um sich aus diesem Missgeschick zu befreien.

„Bist du da?" ruft sie.

„Ja, ich bin hier", antwortet er.

„Geht es dir gut?"

„Mir geht's gut."

„Du hast mich erschreckt."

„Mach dir keine Sorgen, ich werde hier herauskommen."

Er kann sie nicht sehen, während er spricht. Aber er ist entschlossen, es zu versuchen. Nicht, sie zu sehen, sondern zu versuchen, aus diesem unseligen, ausgetrockneten Brunnen zu entkommen. Wenn ihm das gelänge, könnte er sie so oft sehen, wie er will. Er fordert sie auf, etwas von der Öffnung zurückzutreten, damit er nicht gegen sie prallt und sie verletzt, wenn er herausspringt. Sie steht auf und geht einige Schritte beiseite. In der Regel hört sie immer auf ihn, es sei denn, sie möchte ihn ärgern. Sie hört, wie er tief und voller Zuversicht am Grunde des Brunnens einatmet, dann zwei scharfe Kratzgeräusche und gleich danach, wie etwas schwer unten aufschlägt. Sie stürzt zurück zum Brunnen.

Schnee und Wind haben aufgehört. Sie sind so, ohne einander Bescheid zu sagen, hören sie einfach auf. Sie haben gerade zur rechten Zeit aufgehört, in diesem Moment löst sich der dichte Nebel auf und der Mond kommt heraus, ein Mond, der seine Energie lange bewahrt hat und jetzt mit einem klaren, hellen Licht auf den Boden scheint. Neben der Brunnenöffnung liegend, kann sie ihn ganz deutlich im Mondschein sehen.

Er liegt auf dem Grund des Brunnens, von Kopf bis Fuß mit Schnee und Schlamm bedeckt. Er ist sehr schmutzig. Es ist ihm nicht so gut gelungen, wie er versprochen hatte. Der Sprung, den er eben gemacht hat, war zwar über sechs Meter hoch, kein schlechter Sprung, aber er hat die Öffnung des Brunnens noch immer um eine beträchtliche Länge verfehlt.

Seine beiden scharfen Vorderklauen haben ein Paar tiefe Furchen in der gefrorenen Erde der Brunnenwand hinterlassen, ein entsetzlicher Anblick, Verkörperung seines tiefen Bedauerns. Es ist, als wollten sie ihm sagen, dass es doch nicht so leicht sein wird, aus dem Brunnen herauszukommen.

Er liegt auf dem Grund des Brunnens, sie oben an der Öffnung. Beide starren ausdruckslos vor sich hin, ohne ein Wort. Die Realität ist ihnen bewusst geworden und sie sind ziemlich mutlos. In der ruhigen Schneenacht, in der es gerade eben aufgehört hat zu schneien, ist ein solcher Schlag unerträglich. Es ist schon lange her, dass er etwas gegessen hat, und sein Magen knurrt vor Hunger. Der Boden des Brunnens ist eng, es gibt keinen Platz, um Anlauf zu nehmen und hoch genug zu springen; zudem muss er auch noch senkrecht nach oben springen. Das hat zur Folge, dass er nicht so hoch wie gewöhnlich springen kann. Das heißt auch, er ist in der Falle gefangen und kann sich nicht wie in früheren Tagen souverän befreien.

Als ihr dies klar wird, beginnt sie zu weinen. Sie kriecht an den Rand des Brunnens, wimmert zunächst, und als sie erst einmal angefangen hat zu weinen, kann sie nicht mehr aufhören. Ihr klagendes Heulen durchdringt die Stille. „Es ist alles meine Schuld! Ich hätte das Kaninchen niemals entkommen lassen dürfen."

Er hingegen, auf dem Brunnengrund, macht sich lustig über ihre Tränen. Sein Lachen klingt sehr kräftig, weil die Abgeschlossenheit des Brunnens es noch verstärkt; seine Stimme dröhnt. Er steht auf, schüttelt Schnee und Schlamm von seinem Fell und schaut dann zu ihr hinauf. „Also gut. Wenn du das so siehst, geh und fang das Kaninchen wieder ein."

Der Himmel wird langsam heller. Es hat wieder angefangen zu schneien, die Luft ist klar und trocken. Kurz vor Tagesanbruch verlässt sie den Brunnen und kehrt auf der Suche nach Nahrung in den Wald zurück. Sie wandert weit, bis sie schließlich unter einer hohen, schlanken Eiche einen halberfrorenen schwarzen Auerhahn mit dünnem Schnabel fängt. Ihr ist kalt und sie ist so hungrig, dass sie fast ohnmächtig wird. Sie legt sich einen Moment lang in den Schnee, regungslos, aus Angst, dass sie, wenn sie sich bewegt, den Auerhahn selbst verschlingt. Sie widersteht den Magenkrämpfen und bringt den Auerhahn zurück zum Brunnen.

Er verschlingt den köstlichen frischen Auerhahn vollständig, mitsamt den Knochen, ohne etwas übrig zu lassen. Das füllt seinen Magen und er fühlt sich viel besser. Vielleicht hätte er noch einen Wildesel oder ein Reh fressen können, aber für den Moment ist es genug. Er spürt, dass Kraft und Zuversicht wieder in seinen Körper zurückgekehrt sind, und er kann fortfahren mit seinen Fluchtbemühungen.

Dieses Mal verlässt sie den Brunnenrand nicht, es ist ihr egal, ob er sie beim Herausspringen verletzen könnte. Sie liegt neben dem Brunnen und feuert ihn an, ermutigt ihn, drängt ihn immer wieder zu springen. Im allmählich heraufdämmernden Morgenlicht streckt sie ihre Pfoten hinunter in die grässliche Distanz, die sie trennt, so entschlossen, dass er unten im Brunnen die ganze Zeit Tränen in den Augen hat und am liebsten ganz hoch hinaufspringen und sie umarmen möchte.

Doch all seine Versuche schlagen fehl. Jeder Sprung ist kraftvoll und ziemlich hoch, voller Überlebenswillen und wütendem Widerstand. Doch sie enden alle gleich, und er fällt immer wieder dorthin zurück, wo er begonnen hat. Die Brunnenöffnung gähnt wie ein bösartiger Dämon über ihm. Egal, wie hoch er springt, immer höhnt dieser von etwas höher auf ihn herab. Jeder Sprung führt nur dazu, dass an den Brunnenwänden zwei weitere tiefe Kratzspuren entstehen.

Nach seinem fünfzehnten gescheiterten Versuch legt er sich auf den Boden und bewegt sich nicht mehr, erschöpft und nach Luft schnappend. Sie, am Brunnenrand, steht langsam auf und bleibt dort stehen. Sie schweigen, in diesem wortlosen Augenblick stürmen auf beide Gedanken der Verzweiflung ein.

Als der Tag anbricht, verlässt sie den Brunnen und verschwindet im Wald. Sie sind zu nah an dem Dorf, so nahe, dass sie sogar die Gestalten der Dorfbewohner deutlich sehen kann. Bliebe sie hier, würde sie ihre Aufmerksamkeit auf sich ziehen.

Den ganzen Tag bleibt er allein zurück. Er liegt im Schatten des

Brunnens und bewegt sich nicht, während die Stunden vergehen, nur ab und zu hebt er den Kopf und blickt durch die Brunnenöffnung auf den kleinen Ausschnitt des Himmels nach oben. Ständig laufen Menschen vorbei: manchmal Jäger mit ihren Jagdhunden und manchmal Kinder auf ihren Schlitten. Sie wirbeln etwas Pulverschnee auf, der in den Brunnen und auf sein Gesicht und seinen Körper fällt, er kitzelt ihn. Er schüttelt ihn nicht ab, sondern bleibt weiter regungslos, wie ein Schatten, der schon immer Teil der Dunkelheit auf dem Brunnengrund gewesen ist. Er fühlt sich so gedemütigt und deprimiert wie nie zuvor. Zum ersten Mal in seinem Leben möchte er weinen.

Bei Einbruch der Dunkelheit kehrt sie zurück. Mühevoll nähert sie sich dem Brunnenrand. Sie hat ihm einen Dachs gebracht, an dem sie sich bereits satt gegessen hat. Das hat sie beinahe all ihre Kraft gekostet. Er schlingt den Dachs hinunter, bis nichts mehr von ihm übrig ist, und beginnt erneut seine Versuche, aus dem Brunnen herauszuspringen.

Manchmal verlässt sie den Brunnenrand und geht am Dorf entlang, um zu sehen, ob sich ihretwegen etwas rührt, dreht dann auf halbem Wege wieder um und geht zurück zum Brunnen. Sie hat immer das Gefühl, dass ein Wunder eher geschieht, wenn sie nicht da ist. Sie würde zum Brunnen schauen und hoffen, ihn am Brunnenrand stehen zu sehen, schweißnass, heftig keuchend und sie närrisch anlachend.

Aber das ist nicht der Fall. Er steht nicht am Brunnenrand. Tatsächlich trieft er von Schweiß und hechelt schwer, aber er ist immer noch auf dem Grund des Brunnens und mit aller Gewalt springt er, wie ein gelbwurzelfarbener Blitz in der Dunkelheit, wieder und wieder in Richtung Brunnenöffnung. So viel Hingabe und Energie hat er noch nie aufgewandt. Aber das nützt überhaupt nichts. Jedem Sprung nach oben folgt ein genauso großer Fall in die Tiefe. Je höher er springt, desto härter trifft er auf den Boden. Ein paar Mal schlägt er so heftig auf, dass er Mühe hat wieder aufzustehen. Der Schnee fällt lautlos und sehr langsam, alles ist wie unter Wasser. Er sieht zu, wie Flocke für Flocke nach unten schwebt, es dauert lange, bis sie den Boden berühren, denn es weht kein Wind. Ohne den Wind wirkt der fallende Schnee seltsam. Auf einmal ist der Mond da. Der runde, helle Mond hängt unbekümmert am Himmel, unberührt von den Schneeflocken. Im Mondlicht springt er, und jedes Mal, wenn er herunterstürzt und dumpf aufschlägt, zittert der Mond, bis er schließlich hinter die Kiefernspitzen fällt und verschwindet, so dass er ihn nicht mehr sehen kann.

Der Himmel wird heller und sie verlässt den Brunnen wieder, verschwindet im Wald.

Als die Sonne aufgeht, scheint sie blendend hell auf den schneebedeckten Boden, eine Haubenlerche lässt sich auf dem Brunnenrand nieder. Sie wendet sich zur Sonne, und einen Moment später öffnet sie ihren Schnabel und zwitschert ein Lied, hell und schön. Bei diesem klaren, melodiösen Klang zerspringt das Sonnenlicht in unzählige goldene Strahlen. Er liegt im Schatten auf dem Grund des Brunnens, lässt sich von der Dunkelheit und Feuchtigkeit bedecken. All seine Hoffnungen sind zu Staub zerfallen, er schließt die Augen, niedergeschlagen und hoffnungslos keucht er mit geschlossenen Augen. Sein ganzer Körper ist bedeckt mit Schlamm, sein lehmfarbenes Fell ist völlig zerzaust. Durch die unzähligen Stürze ist sein Körper an vielen Stellen angeschwollen, er sieht völlig entmutigt aus. Er vergräbt seinen Kopf in den Vorderpfoten und liegt regungslos da, verbringt so den langen, einsamen Tag.

Sie gönnt sich den ganzen Tag keinen Moment Ruhe. Auf der Suche nach Nahrung streift sie weit umher und durchforscht fast den gesamten Wald. Sie ist viel erschöpfter als er, kurz vor dem Zusammenbruch. Ihr zerzaustes Fell ist ihr egal, an mehreren Stellen ist sie verletzt. Nachdem sie erfolglos einen wilden Hund gejagt hatte, begann sie sogar ganz benommen eine Hyäne zu attackieren und war von ihr in den Hals gebissen worden. Mit offener Wunde hat sie ihren Körper mit seinem vom Wind wild zerzausten silbergrauen Fell über abgefallene weiche Blätter geschleppt. Wie sie durch die Birken- und Zedernwälder huscht, sieht sie traurig und tragisch aus. Beim Rennen wirbelt sie Pulverschnee auf, der wie ein geheimnisvoller Nebel in der Luft hängt und lange über dem Boden schwebt, bevor er sich auflöst.

Als es dunkel wird, kehrt sie völlig entkräftet zum Brunnen zurück, ihr Herz schmerzt vor Schuld und Trauer. Sie hat kein Glück gehabt. Nach einem ganzen Tag der Jagd hat sie nur ein junges Eichhörnchen gefangen, das noch nicht einmal seine volle Größe erreicht hat. Natürlich ist sie selbst auch hungrig; in einer rein symbolischen Geste leckt sie ein wenig am Schnee. Sie weiß, dass das jämmerliche Eichhörnchen kaum ein Mundvoll ist. In normalen Zeiten hätte er es keines Blickes gewürdigt. Aber was für eine Wahl hat sie jetzt? Kann sie ihm dieses Eichhörnchen anbieten? Ihr Herz schmerzt. Es kommt ihr sogar so vor, als ob sie ihn damit demütigen würde.

Was sie jedoch jetzt erblickt, reißt sie schlagartig aus ihrer Niedergeschlagenheit heraus. Eine Welle freudiger Überraschung steigt in ihr auf. Er ist immer noch auf dem Grund des Brunnens, wartet aber jetzt nicht wie gestern einfach auf sie, in sein Schicksal ergeben. Er arbeitet hart und trieft vor Schweiß. Er kratzt die gefrorene Erde von den Wänden des Brunnens, eine Klaue nach der anderen, sammelt ihn in einem Haufen unter seinen Füßen und stampft sie fest. Er gibt alles, was er kann, und muss schon lange so geschuftet haben. Seine Klauen sind zerfetzt, ständig tropft frisches Blut heraus und sickert in die zusammengekratzte Erde.

Dennoch sieht es nicht so aus, als würde er aufgeben. Mit nach oben gerichtetem Kopf und ausgetreckten Vorderpfoten kratzt er voller Enthusiasmus nach und nach den gefrorenen Schlamm von den Wänden und häuft ihn auf. Sie steht zunächst verwirrt da, aber dann wird ihr schnell klar, dass er versucht, den Boden des Brunnens zu erhöhen, um den Abstand zur Brunnenöffnung zu verkleinern. Er hat einen Weg gefunden, sich selbst zu retten. Als sie dies verstanden hat, füllen sich ihre Augen mit Tränen. Er ist so tapfer, denkt sie, und es schnürt ihr die Kehle zu, als sie dies beinahe laut ausruft.

Dann beginnt sie, ihm zu helfen. Sie wirft ihm das armselige Eichhörnchen zu und fühlt sich nicht mehr schuldig. Sie lässt ihn eine Weile ausruhen, während sie seine Arbeit fortsetzt. Am Rande des Brunnens gräbt sie unter dem gefrorenen Schnee, lockert den darunter liegenden gefrorenen Boden auf und schiebt diesen den Brunnen hinunter. Sie macht dies eine Weile lang, dann ist er wieder an der Reihe, sammelt die heruntergestoßene gefrorene Erde zusammen, häuft sie auf und tritt sie fest. Die Arbeit ist anstrengend und stumpfsinnig, aber sie verrichten sie freudig und mit aller Kraft. Da sie jetzt Erde von oben aus dem Boden hinzufügt, muss er nicht mehr Brocken für Brocken von der Brunnenwand abkratzen. Er muss nur noch ab und zu die von oben herabgestoßene lockere Erde feststampfen, so dass es nun schneller vorangeht. Nachdem sie eine Zeitlang so zusammengearbeitet haben, bemerkt er, dass sie oben am Brunnen langsamer wird. Laut ermutigt er sie vom Boden des Brunnens aus. Er ist etwas ungeduldig. Er weiß nicht, dass sie hungrig und erschöpft und zudem verwundet ist. Ein paar Sekunden lang wäre sie fast in den Schnee gefallen, aber sie kämpft darum, sich aufrecht zu halten. Sie schnappt nach Luft, schaut zum rasch im Westen untergehenden Mond. Dann stürzt sie sich auf die von ihr gelockerte gefrorene Erde und schiebt sie mit einem kräftigen Stoß den Brunnen hinab.

Während der ganzen Nacht ist die Luft mit dem Geruch von frischem, dichten, schwarzen, gefrorenen Boden gefüllt.

Im Morgengrauen hören sie auf. Beide sind erschöpft, die Schweißperlen sind auf ihrem Fell gefroren, wie prunkvolle Rüstungen. Wenn sie sich bewegen, ertönen melodische metallische Klänge. Sie sind mit ihrer Arbeit sehr zufrieden. Sie haben bereits eine dicke Erdschicht auf dem Brunnenboden gebildet. Der Schrecken des ausgetrockneten Brunnens ist durch das Auffüllen geringer geworden, er scheint jetzt nicht mehr so furchteinflößend. Sogar die düstere, feucht-kalte Luft des ausgetrockneten Brunnens hat jetzt ein bisschen von der Wärme des Lebens. Wenn sie so weitermachen, das erkennen beide, werden sie eine Nacht oder höchstens zwei brauchen, um die Erdschicht so hoch aufzuschichten, dass er von dort aus leicht aus diesem verlassenen, ausgetrockneten Brunnen herausspringen kann. Diese Aussicht macht ihnen eine Weile Mut.

Bei Sonnenuntergang geht sie vom Brunnen fort und schleppt ihren erschöpften Körper in den Wald. Sie muss die Aufmerksamkeit der Menschen vermeiden und für ihre letzte Anstrengung Nahrung finden, während er sich auf dem Grund des Brunnens verborgen im dunklen Schatten ausruht und darauf wartet, dass die dunkle Nacht wiederkommt und er schließlich frei und ungezwungen über die unendlichen Schneeflächen jagen kann. Wenn alles wie geplant verläuft, werden sie beide diesen verfluchten Brunnen noch vor dem nächsten Sonnenaufgang hinter sich lassen und gemeinsam in den Wald laufen. Ein Gefühl der Vorfreude breitet sich in ihnen aus, wie das Warten auf den Sonnenaufgang. Die Dinge verlaufen jedoch schließlich nicht nach Plan, in diesem entscheidenden Moment läuft etwas schief.

Zwei Jugendliche aus dem Dorf haben sie entdeckt.

Die beiden Jungen sind auf einem Hundeschlitten am ausgetrockneten Brunnen vorbeigekommen und haben den aufgehäuften Schnee und die aufgewühlte gefrorene Erde gesehen. Sie gehen zum Brunnen, schauen hinein und sehen ihn erwartungsvoll daliegen. Sie laufen zurück ins Dorf, holen ein Jagdgewehr und feuern einen Schuss auf ihn ab.

Als der Schuss ertönt, springt er zur Seite, wird aber trotzdem getroffen. Die Kugel dringt hinten in seine Wirbelsäule ein und tritt durch die linke Seite aus. Blut schießt heraus wie aus einer unterirdischen Quelle. Er fällt sofort um und kann nicht mehr aufstehen. Kurz bevor der Schütze seine zweite Kugel abfeuert, hält sein Begleiter ihn auf. Er zeigt auf die Fußspuren im Schnee, die wie silbergraue, feingearbeitete Pflaumenblüten vom Rand des Brunnens bis in den Wald reichen.

Sie kehrt zurück, nachdem die Sonne hinter den Bergen versunken ist, und bringt eine mongolische Gazelle. Sie nähert sich jedoch nicht dem Brunnen. Inmitten des schwachen Dufts von Eicheln und Kiefernzweigen wittert sie auch den Geruch von Menschen und Schießpulver. Dann hört sie ihn in die klare Nacht heulen.

Sein Geheul ist eine Warnung, nicht näher zu kommen. Er will, dass sie wieder in den Wald zurückkehrt und sich weit von ihm entfernt. Er hat zu viel Blut verloren. Sein Rückgrat ist gebrochen. Er kann nicht mehr stehen. Aber er hebt mühsam den Kopf und heult in Richtung des großen Himmels.

Als sie sein Heulen hört, wird sie unruhig. Sie hebt ihren Kopf und heult in Richtung Brunnen zurück. Mit ihrem Heulen will sie wissen, was geschehen ist. Er antwortet ihr nicht direkt. Er sagt ihr, sie solle sich nicht darum kümmern, sie solle schnell fort, fort vom Brunnen und tief in den Wald gehen. Das tut sie nicht. Sie weiß, dass ihm etwas zugestoßen ist. Sie hört am Klang seiner Stimme, dass er verwundet ist. Sie besteht darauf, dass er ihr sagt, was geschehen ist, sonst wird sie ganz bestimmt nicht gehen.

Die beiden Jugendlichen verstehen das Heulen der Wölfe nicht, das eine klingt wie ein Echo auf das andere, für sie ist es nur Lärm. Wieso können sie niemanden sehen? Woher kommt das Echo? Aber sie müssen sich nicht lange Gedanken darüber machen. Bald zeigt sie sich von allein.

Sie sind verblüfft von ihrer Schönheit: ihre schlanke Statur, ihr geschmeidiger, prachtvoller Körper, ihre tiefschwarze Nase und ihre feucht-glänzenden Augen, die wie bei einem sanften Südwind erfüllt sind von einem schimmernden Dunst, der über klarem, reinem Wasser zu schweben scheint. Die Farbe ihres Fells, eine Art silbriges Grau, das ihren ruhigen Gang unterstreicht, fügt sich perfekt in die Umgebung ein und verstärkt ihre Anmut. Ihre gefasste und sehr ruhige Erscheinung gibt der gefrorenen, mit Schnee bedeckten Erde eine gewisse Seele und verändert den Eindruck, den sie hinterlässt. Sie steht dort, dann kommt sie langsam auf sie zu.

Die beiden Jungen stehen erst verblüfft da, einen Augenblick später kommt einer von ihnen zu sich und hebt das Gewehr in seiner Hand.

Der Schuss klingt dumpf. Die Kugel fällt in den Schnee und feiner Pulverschnee stiebt auf. Wie ein federleichter Windstoß verschwindet sie im Wald. Als der Schuss ertönt, stößt er ein langes Heulen vom Grund des Brunnens aus, so laut, dass die Brunneneinfassung fast erbebt. Die ganze Nacht wartet sie im Wald und heult unentwegt. Er ist froh zu wissen, dass sie noch lebt. Er warnt sie immer wieder davor, zu versuchen zu ihm zurückzukehren, sie soll sich tief in den Wald zurückziehen und nie wieder herauskommen. Sie legt den Kopf in den Nacken und stößt ein langes Heulen aus. Ihr Ruf dringt aus dem Wald und klingt weit durch die Nacht.

Der Himmel wird heller; die beiden Jungen können nicht mehr durchhalten und nicken ein. Zur gleichen Zeit kommt sie aus dem Wald heraus und nähert sich dem Brunnen. Rückwärts schleppt sie die hartgefrorene Gazelle an den Brunnenrand, wirbelt dabei lauter Schneewolken auf, und schließlich stößt sie mit aller Kraft die Gazelle in den ausgetrockneten Brunnen. Er liegt da und kann sich nicht bewegen. Die Gazelle fällt neben ihn. Er schimpft sie laut aus. Er möchte, dass sie verschwindet, ihn nicht mehr behelligt, sonst wird er ihr die Hölle heiß machen!

Er neigt den Kopf zur Seite, weigert sich, sie anzuschauen, als ob er eine große Wut auf sie habe. Sie klettert auf den Rand des Brunnens und winselt heftig, dass er durchhalten soll, dass sie, solange er noch einen Atemzug hat, einen Weg finden wird, ihn aus diesem verdammten Brunnen zu befreien.

Später wachen die beiden Jugendlichen auf. In den nächsten beiden Tagen bietet sie den beiden die Stirn. Sie schießen sieben Mal auf sie, aber treffen sie nie. Während dieser zwei Tage heult er unaufhörlich im Brunnen, ohne auch nur einen Augenblick innezuhalten. Seine Stimmbänder müssen am Ende bereits zerrissen sein, denn sein Heulen setzt immer wieder aus, er kann nur noch ab und an kleine Rufe ausstoßen.

Am dritten Tag setzt sein Heulen plötzlich aus. Die beiden Jugendlichen spähen in den Brunnen und stellen fest, dass der Wolf, den sie verletzt haben, bereits tot ist, er hat seinen Kopf schräg gegen die Mauern des Brunnens geschlagen. Sein Schädel ist zerbrochen und sein Hirn ist in alle Richtungen herausgequollen. Die Gazelle liegt neben ihm, gefroren und unversehrt.

Diese beiden Wölfe haben mit aller Kraft versucht, in den Wald zurückzukehren. Fast wäre es ihnen gelungen.

Sie sind dann in eine Katastrophe geraten. Erst er, dann sie, tatsächlich sind sie immer zusammen gewesen. Einer von ihnen ist bereits gestorben. Er ist tot und sie wird nicht wiederkommen. War das nicht das Ziel seines Todes?

Die beiden Jugendlichen kehren zurück ins Dorf, um ein Seil zu holen. Sie sind noch nicht weit gekommen, als sie abrupt anhalten. Da steht sie, ihr Körper bedeckt mit silbergrauem Fell. Ihre Haut ist voller Prellungen und Narben und verkrusteter Wunden. Sie ist erschöpft, an Leib und Seele zerstört. Ihre Fellhaare werden vom Wind hochgeweht, sie flattern in der Luft, und so wirkt sie wie ein uralter Geist des Waldes. Sie hebt ihren Kopf leicht an, als würde sie sanft seufzen, dann rennt sie zum Brunnen.

Sie starren sie an, bis im letzten Moment einer von ihnen sein Gewehr anhebt.

Als der Schuss ertönt, beginnt es nach zwei Tagen und zwei Nächten Pause wieder zu schneien. Aber die erste Schneeflocke, die herabschwebt, kommt nicht vom Himmel, sondern von einem Baum neben dem Brunnen.

Es ist ein Apfelbaum. Soweit wir sehen können, der letzte Apfelbaum.

Übersetzung: Helmut Forster

迟子建

Chi Zijian

Chi Zijian, geb. 1964 im Kreis Mohe, Provinz Heilongjiang. Mitglied des 9. Führungsgremiums des Chinesischen Schriftstellerverbandes, Schriftstellerin 1. Klasse. Vorsitzende des Schriftstellerverbandes der Provinz Heilongjiang. 1984 Abschluss der Pädagogischen Hochschule Da Xing'anling, Fortbildung als Schriftstellerin an der Nordwest-Universität Xi'an und 1987 an der Lu Xun Literatur-Akademie in Peking. Publizierte sieben Romane, fünf Bände mit Erzählungen, drei Bände mit Essays etc. Sie erhielt den Lu Xun Literaturpreis, den Mao Dun Literaturpreis, den Bing Xin Preis für Essays, den Zhuang Chongwen Literaturpreis, den Hundert Blumen Preis, den Preis der Zeitschrift People's Literature, den Suspended Sentence Award in Australien etc. Ihre Werke wurden ins Englische, Französische, Spanische, Italienische, Niederländische, Koreanische, Japanische etc. übersetzt. Der Roman `Das rechte Ufer des Irgun` wurde auf Spanisch publiziert.

一匹马两个人

Ein Pferd und zwei Menschen

Chi Zijian

Ein Pferd zieht zwei Menschen in Richtung Erdao Hezi. Das Pferd ist mager und ein bisschen alt, da geht es auf jeden Fall schleppend. Und die beiden Menschen, die es zieht, treiben es auch nicht an. Sie haben schon vor Jahren aufgehört, die Peitsche zu gebrauchen. Einerseits ist das Pferd verständig, es wird nicht absichtlich faul. Und andererseits sind alle drei alt. Das Pferd hält die Peitsche nicht aus, und ihnen fehlt schon der Mut, ein Pferd zu schlagen.

Das Pferd zieht ein altes Ehepaar. Der Mann ist genauso dünn wie das Pferd, die Frau ist dick wie ein großer Baumstamm. Sie haben beide kleine Augen, im Gegensatz zu den heldenhaft großen Augen des Pferdes. Ihre Augen wollen nicht so recht aufgehen, sie sind immer halb wach, halb im Traum. Kleine Augen in einem schmalen Gesicht, die sehen aus wie eingefasst, wirken dadurch größer. Aber in einem breiten Gesicht sehen kleine Augen aus wie Steinchen, die in Tofumolke gefallen sind, in Okara, wenn man Sojamilch und Tofu macht. Da kannst du nur aus ganz kleinen Vertiefungen merken, wo sie sich verstecken. Deshalb kommt es dem Pferd manchmal so vor, als hätte die alte Frau keine Augen.

Erdao Hezi ist 20 Li von ihrem Dorf entfernt, ungefähr 10 Kilometer. Niemand wohnt dort, da ist nur ein Fluss mit vielen Windungen, da sind Felder und weites, wildes Land. Und natürlich gibt es auch einen Berg, aber der ist auf der anderen Seite des Flusses, man sieht ihn nicht sehr deutlich, man kommt nicht so leicht in die Nähe. Das Pferd hat sich schon gedacht, dieser Berg muss ein großes, großes Haus sein, aber es hat nicht erraten, welche Tiere darin wohnen, vielleicht Bären, Wölfe und Hasen? Das Pferd hat solche Tiere gesehen und meint, die haben es besser, müssen sich nicht anschreien und antreiben lassen von Menschen, bekommen auch keine Stricke umgebunden, damit sie Wagen ziehen, ziehen und ziehen, bis ihnen die alten Augen flimmern und sie ihr Heu nicht mehr vertragen. Aber manchmal glaubt das Pferd, in dem Berg leben nicht unbedingt Tiere, sondern Wolken. Für das Pferd leben die Wolken, da sollten sie auch einen Platz zum Wohnen haben. Berge sind auf der Erde den Wolken am nächsten, dort zu wohnen wäre für die Wolken sehr praktisch.

Der Mann an der Deichsel nickt ein, er lässt wie früher den Kopf hängen und die Hände in die Ärmel rutschen, die Frau liegt hinten und schläft. Sie sorgen sich nicht um das Pferd, nach Erdao Hezi geht nur der eine Weg. Und erschrecken wird es sich auch nicht, um diese Jahreszeit gibt es keine anderen Wagen, da läuft allerhöchstens ein Eichhörnchen über den Weg. Und das Pferd wiederum weiß, dass die beiden Menschen im Schlaf sind, und wenn es sieht, dass der Weg eine Zeit schnurgerade läuft, nickt es auch ein bisschen weg. Es wird immer gleich müde, es ist wirklich alt geworden.

Das Pferd geht im Rhythmus, die beiden Alten träumen weiter getrost durch den feuchtfrischen Morgen. Manchmal wachen sie einen Augenblick auf, von einem Vogelruf.

Das Pferd zieht die beiden Menschen, dazu noch Getreide zum Kochen und Werkzeug. In Erdao Hezi haben sie eine Scheune. Im Sommer kommen sie einmal pro Woche und bleiben jedesmal drei bis fünf Tage. Die Menschen schlafen in der Scheune, das Pferd schläft draußen. Wenn der Herbst kommt, müssen sie auch noch dort bleiben, egal wie schlimm das Wetter ist. Sonst machen die Vögel den Weizen kaputt. Nur auf Vogelscheuchen kann man sich nicht verlassen, sie müssen sich einfach selber bemühen.

Eine Brise geht über das Gras, die Steppenblumen geben ihren Duft in den Wind. Je weiter von den Menschen, desto wilder werden die Blumen. Der Mann an der Deichsel mag keine Blumen, aber das Pferd mag sie, es leckt sie oft mit der Zunge. Die Frau hinten im Wagen mag auch Blumen, aber nur die mit großen Blüten, zum Beispiel Lilien und Päonien. Über diese kleinen Blumen am Weg rümpft sie die Nase und schimpft: „Eine Blüte nicht größer als ein Nadelöhr, ist das auch eine Blume?“

Diese 20 Li, die ist das Pferd unzählige Male gegangen, unzählige Jahre. Nur das weiß es noch, mit der großen Ernte hinten drauf ist der Wagen im Lehm eingesunken, und sein Herr hat ihn unzählige Male auf den Rücken geschlagen. Der Schmerz von der Peitsche hat ihm auch nicht mehr Kraft gebracht, aber die Tollheit im scharfen Schmerz hat ihm gesagt, dass es Kraft hat. Das Pferd kann sich auch noch erinnern, das erste Mal, als der Sohn des alten Mannes in Handschellen abgeführt wurde, da war es auf ebener Straße ganz ohne Last, aber es hat trotzdem dutzende Schläge gehagelt. Und als er das zweite Mal abgeführt wurde, da waren sie schon viel sanfter geworden, in der Nacht haben sie ihm sogar Bohnenfladen gefüttert, die Herrin hat es auch öfters gebürstet, als wäre das Pferd jetzt ihr Sohn geworden.

Es ist schon ganz hell. Das Pferd schnaubt, es zeigt an, Erdao Hezi ist da. Und der Mann springt auch schon herunter, er streichelt das nasse Pferd und sagt unendlich mitleidig: „Oh, schau deinen Schweiß an, ich kann dir das wirklich nicht mehr antun." Dann dreht er sich nach seiner Frau um. Aber die Alte ist verschwunden! Vielleicht hat sie aufs Klo müssen, also schaut er in die Felder und auf die Wiesen rundherum, aber er findet nichts. Früher, wenn der Wagen angehalten hat, ist er runtergesprungen, und sie hat noch hinten im Wagen geschlafen. Dann hat er laut werden müssen: „Heh, Alte, wach auf, sonst schläfst du die Sonne noch hinter die Berge!"

Und dann hat sich die alte Frau umständlich aufgesetzt und dem alten Mann mit kränklicher Stimme erzählt, was sie geträumt hat. Sie hat ganz viele Träume, und zwar sehr seltsame. Blätter mit Flügeln, Perlen im Weizen versteckt, Pferde singen eine Oper am Flussufer, eine Maus mit einer roten Blume im Maul macht einer Krähe in der Luft einen Heiratsantrag. Der alte Mann hat zugehört und gesagt, sie ist über 60, aber sie hat ein Herz wie ein 18- oder 19jähriges Mädchen. Er versteht es nicht, als sie jung war, hat sie nicht gern geträumt, aber jetzt im Alter, wieso kommen die Träume jetzt so herausgesprudelt, wie wenn Berge umfallen und Meere ausgeleert werden?

„Alte, wo bist du, ich kann dich nicht sehen, sag was, melde dich!“

Das Pferd steht noch am selben Platz, es ist sehr unwillig, warum hat es der Herr noch nicht ausgespannt, es will sein Geschirr loswerden und sich endlich in der Wiese ausruhen.

Der alte Mann hört auch die Stimme der alten Frau nicht. Was ist los, versteckt sie sich vielleicht unter dem Wagen, wie als sie jung war? Er bückt sich voller Mühe, aber unter dem Wagen sind nur die lehmverklebten Räder, sonst überhaupt nichts. Da versteht er, sie ist auf dem Weg verloren gegangen. Er hat wieder nur an sich selbst gedacht und ist eingenickt, wirft er sich vor, vielleicht ist sie abgesprungen, um sich zu erleichtern, und hat den Wagen dann nicht mehr eingeholt. Der alte Mann dreht den Wagen herum, er muss zurückfahren und sie suchen.

Das Pferd hat gehört, wie der alte Mann die alte Frau gerufen hat, es hat schon verstanden, warum es der Herr noch nicht ausgespannt hat. Also macht es sich gleich wieder auf den Weg, und gar nicht träge. Obwohl es eigentlich schon so müd ist, dass ihm die Augen flimmern. Aber dem alten Mann ist es immer noch zu langsam. Er hat keine Peitsche, also steigt er noch einmal ab, bricht einen Weidenzweig herunter und haut dann damit die ganze Zeit zu. Das Pferd hat schon lang mehr keine Peitsche geschmeckt, es spannt den Kopf ein und zieht um sein Leben, aber der alte Mann merkt es gar nicht, er schlägt immer noch wie verrückt, das Pferd sieht gleich wieder Sterne.

Ungefähr vier Li entfernt, wo ein Stück feuchter Wiese mit gelben Blumen sich an den Weg drängt, finden sie die alte Frau. Sie liegt quer auf der Straße und scheint zu schlafen. Der alte Mann ruft: „Wieso schläfst du direkt auf dem Weg, du erschreckst mich zu Tod!“ Er seufzt, springt hinunter und will sie angreifen.

Das Pferd ist schweißüberströmt, sein ganzer Körper tut weh, alle vier Beine zittern. Es ist nicht so optimistisch wie der alte Mann und glaubt nicht, dass sie nur schläft. Das Pferd weiß, dass sie nur auf dem Wagen gern schläft, auf der Erde schläft sie nicht fest, der Wind und die Vögel würden sie aufschrecken. Und auf jeden Fall jetzt, wenn sie der Lärm vom Wagen nicht aufweckt, dann muss sie tot sein.

Wirklich, als der alte Mann die alte Frau umdreht, bemerkt er das viele Blut an ihrer Stirn, und auch auf der Erde sind lauter Blutspritzer. Er tätschelt ihr die Wange, ruft: “Meine Alte, sag etwas!“ Die alte Frau schweigt, sie erzählt keine Träume mehr. Der alte Mann hält seine Finger unter ihre Nase, er spürt überhaupt keinen Atem. Er berührt ihre ungeschlachten Hände, die sind schon kalt wie Flusswasser im Herbst. Alle Gliedmaßen sind starr.

Der alte Mann ist ein bisschen schwerhörig, aber obwohl er zehn Jahre älter ist als seine Frau, ist er nicht verwirrt. Er weiß, sie ist tot. Er weint nicht, sagt nur sehr gekränkt: „Warum fliegst du so einfach davon?“ Was er in den Händen hält, ist für ihn nur noch eine Hülle, seine Frau ist in Wirklichkeit schon fortgegangen aus ihrem Körper.

Der leichte Wind übt Taiji, er weht ruhig hin und her; wo seine Hände und Füße zuschlagen und zustoßen, entstehen verschiedene Wellen. Fällt der Wind ins Gras, knickt er Grashalme ab, fällt er in die gel-

Illustration: Li Feng

ben Blumen, stiehlt er Strähnen von Duft und schenkt sie einem Vogel oder einem Schmetterling, der den Weg daherkommt.

Das einzige, was sich an der alten Frau noch bewegen kann, ist ihr Haar. Das schüttere weiße Haar tanzt im Wind, wie ein letzter Abschied von ihr für ihn. Der alte Mann riecht den schweren Bütenduft und seufzt: „Sag mir doch einfach, du magst die gelben Blumen, ich pflanz dir unsern Garten voll davon, dass du immer genug hast."

Das Pferd sieht, wie der alte Mann die Frau mit Mühe zum Wagen hinaufhebt, dann erst schaut er genau, was an der Straße nicht ganz in Ordnung sein mag. Am Ende sehen es beide zugleich, rechts auf dem

Weg schaut ein Stein heraus, wie ein junger Bambus, das war der Mörder. Der Stein ist noch rot vor Blut.

„Du kleiner Teufel frisch aus der Hölle, ich tret dich tot!" Der Alte brüllt und tritt, aber der Stein bewegt sich nicht.

„Du Wolfszahn, ich zieh dich raus!" Der Alte kniet sich nieder und zieht, aber der blutrote Zahn bleckt ihn weiter regungslos an.

„Du blindes Geschoß, ich brech dir die Seele!" Der Alte nimmt vom Wagen eine Hacke herunter und schlägt auf den Stein ein. Diesmal kann der Stein nicht mehr widerstehen, zuerst stöhnt er, dann sprüht er Funken, bald ist er zersprungen.

Die Hacke war eigentlich dafür da, um Lilienwurzeln auszugraben. Die alte Frau hat Asthma gehabt, sie hat die Wurzeln im Reisbrei gekocht. Der alte Mann hebt die Hacke vorsichtig wieder in den Wagen, dann streicht er seiner Frau über die Wange und weint.

Sie fahren in Richtung des Dorfes. Der alte Mann sitzt nicht mehr vorne an der Deichsel, er hält die Frau im Arm und sitzt hinten. Sie hat wahrscheinlich zu fest geschlafen, denkt er, dann ist sie vom Wagen abgeworfen worden. Und sobald sie auf dem Boden angekommen ist, war da sofort dieser Unglücksstein, direkt auf den Kopf, dann war es aus mit ihr.

So ein unansehnlicher Stein hat ihr das Leben geraubt, das kann er nicht verstehen. Ist sie hingefallen und war sofort tot? Hat sie nach ihm gerufen? Leider hört er nicht mehr so gut wie als junger Mann, außerdem, wenn der Wagen fährt, hört er nur die Pferdehufe, alles andere geht darin unter. Wenn er daran denkt, ist er gleich auch böse auf das

Pferd.

Das Pferd wiederum trottet schweren Herzens dahin. Es gibt auch sich selbst die Schuld. Die alte Frau ist sicher deshalb auf die Erde gefallen, weil es nicht mehr so regelmäßig läuft wie früher, seine Beine zittern immer wieder, und deshalb rumpelt der Wagen, wahrscheinlich ist sie davon abgeworfen worden. Außerdem, und das ist unverzeihlich, der alte Mann hat es deshalb nicht bemerkt, das jemand fehlt, weil nicht er den Wagen zieht. Das Pferd hätte bemerken sollen, dass beim Ziehen des Wagens etwas fehlt. Aber es hat nichts bemerkt. Es ist zu nichts mehr nütze. Am besten sollte es nichts mehr fressen und so einfach Schluss machen.

Sie sind ungefähr zwei Li gefahren, da schreit der alte Mann das Pferd an und lässt es umkehren, wieder in Richtung Erdao Hezi. Warum soll er seine tote Frau ins Dorf zurück bringen? Sie mag es dort nicht, sie mag die Weizenfelder in Erdao Hezi. Aber nach kurzer Zeit überlegt er es sich wieder, ihm fällt ein, der Sarg für seine Frau ist daheim, sie muss ja in den Sarg, dann erst kann sie bestattet werden. Also lässt er das Pferd wieder umdrehen, in Richtung des Dorfes. Das Pferd ist erschöpft, aber es führt treu aus, was sein Herr gebietet. Jetzt sind sie schon so weit, dass es Mittag ist, die Sonne wird heiß. Das Pferd spürt seine trockne Zunge im Maul, da ändert der alte Mann wieder sein Kommando, er lässt es den Kopf abermals wenden, sie gehen doch wieder nach Erdao Hezi. Er will sie dort begraben, wo sie es gern hatte, will sie in die Scheune legen, und dann zurück fahren und den Sarg holen, das geht genauso. Auf diese Weise geht das Pferd wieder auf der ursprünglichen Route, es kommt wieder dort vorbei, wo die alte Frau verunglückt ist, das ist eine Qual. Aber das Pferd ist gefügig, der Herr wird schon seinen Grund haben. Sie sind ungefähr zwei Stunden unterwegs, fast schon angekommen in Erdao Hezi, da hat es sich der alte Mann noch einmal überlegt. Wenn er sie ganz allein in die Scheune legt, am Ende kommt ein Wolf oder ein Bär, und sie kann sich nicht wehren und wird aufgefressen! Das erschreckt ihn so, dass er sofort umdreht, in Richtung des Dorfes. Auf jeden Fall sollte er sie noch einmal den Ort sehen lassen, an dem sie jahrzehntelang gelebt hat, denkt er. Und so kriegen weder das Pferd noch der Mann diesen ganzen Tag etwas zu trinken oder zu essen, sie rennen hin und her zwischen dem Dorf und Erdao Hezi, erst als es schon dunkel wird, kommen sie todmüde ins Dorf.

Die alte Frau wird in Erdao Hezi begraben, aber das wird ein mühseliges Begräbnis. Weil der Weg zu weit ist, begleiten die meisten Leute den Sarg nur bis zum Eingang des Dorfes. Der alte Mann mag es sowieso nicht, wenn die Leute mitgehen. Sie sind nur drei, er selbst, seine Frau und das Pferd, wer sich anhängt, ist unnötig. Das Pferd zieht den roten Sarg, der alte Mann sitzt an seinem alten Platz an der Deichsel. Er hört die Pferdehufe, sieht das Gras und die wilden Blumen, spürt, wie sich die Vögel verständigen, in der strahlenden Sonne. Diesmal gehen sie sehr langsam. Das Pferd und der alte Mann wollen beide, dass die Frau noch einmal den Weg genießen kann, den sie gern gehabt hat.

Am Unglücksort lässt der alte Mann das Pferd halten, geht zu dem Stück Gras, wo die gelben Blumen wachsen, pflückt einen Strauß und legt ihn auf den Sarg. Dann fahren sie weiter. Den ganzen Weg denkt er an Kleinigkeiten aus ihrem Leben, wie sie sich kämmt, wie sie zufrieden aussieht beim Essen. Wie sie im Ärger den Bambusbesen hinwirft.

Als sie Erdao Hezi erreichen, spannt er das Pferd aus und führt es zum Fluss, dass es trinken kann. Dann isst er selbst, was da ist, sucht einen Platz und fängt an zu graben. Das Fengshui ist hier nicht schlecht, findet er, Weizenfelder auf beiden Seiten, vorne die Wiesen, hinten der Fluss. Ein einzigartiger Ort, um zu essen, zu trinken und sich zu vergnügen. Als er beim Graben ist, stellt sich das Pferd gerade neben ihn. Er sagt zu ihm: „Sie ist tot, ich grabe ihr ein Grab, wenn ich tot bin, kannst du mir eins graben?“ Das Pferd schlägt mit den Hufen an die Erde, die er aufwirft. Das bedeutet, seine Hufe werden hinter einer Schaufel nicht zurückstehen, wenn es darum geht, eine Grube zu machen. Der alte Mann krault das Pferd hinter den Ohren: „Guter Bruder.“

Als die Sonne untergeht, ist das Grab endlich fertig. Als der alte Mann die Frau in die Erde bringen will, fängt der Ärger an. Er kann den Sarg nicht allein vom Wagen hinunter und in das Grab hinein bringen. Auf den Wagen hinauf, da haben ihm doch die Nachbarn geholfen. Jetzt ist es zu spät, etwas zu sagen, er sagt es der Frau: “Ah, ich wollte, dass du deine Ruhe hast, und hab deshalb niemanden mitgehen lassen. Aber jetzt kann ich dich nicht allein eingraben, und das Pferd kann auch keinen Menschen ersetzen. Was soll ich machen? Hier ist sonst niemand, wenn ich nicht zum Dorf zurückfahre und jemanden hole, außer du bist Sun Wukong und zauberst deinen Sarg ganz leicht, wie ein Blatt Papier, dann kann ich dich hineintragen.”

Der alte Mann glaubt, dass seine Worte etwas bewirken werden.

Denn in seinem Herzen ist seine Frau allmächtig. Sie kann so wunderbar geheimnisvoll träumen, da muss es doch ganz leicht für sie sein, ihren Sarg leicht zu machen. Er wartet eine Weile, dann fasst er voll Vertrauen wieder an. Aber der Sarg bewegt sich nur ganz ganz wenig. Er ist verzweifelt und möchte fast weinen. Er schilt sich einen Dummkopf, er hätte jemanden mitnehmen sollen. Aber die Leute im Dorf waren auch dumm, jemand hätte ihn daran erinnern sollen. Aber vielleicht haben sie schon gesehen, dass er es alleine nicht schaffen kann, weil er keinen Sohn hat, und wollten es ihm auch nicht leichter machen.

Der alte Mann kann nicht mehr. Die Sonne ist den ganzen Tag durch den Himmel gerollt, jetzt muss sie hinter die Berge. Wahrscheinlich gibt es auf dem Himmel auch Erdenstaub, und dieser Staub wird rostrot sein, deshalb ist die Sonne in mehrere Schichten von roten Blütenblättern eingewickelt. Der alte Mann sagt zu seinem Pferd, du bleibst hier bei der Frau, ich muss jetzt in der Nacht zurück ins Dorf und jemanden mitbringen. Wenn ich zurück bin und inzwischen haben Wölfe oder ein Bär sie zerrissen, dann ist das ganz deine Schuld!

Das Pferd wiehert, dann schubst es mit dem Maul an den Sarg. Es will sagen, die alte Frau ist in diesen dicken Kasten genagelt, was sollen Wölfe und Bären da machen!

Der alte Mann will sich gerade mit der Taschenlampe und einem Werkzeug als Waffe auf den Weg machen (Waffe heißt hier nur gegen wilde Tiere). Auf einmal sieht er, wie das Pferd seine Ohren aufstellt und ausbreitet wie ein Vogel seine Flügel. Es muss etwas Fremdes gehört haben. Der alte Mann starrt besorgt in Richtung der einzigen Straße, aber da ist nichts zu sehen. Das Pferd wird sich manchmal auch unnötig sorgen, denkt er. Er will sich auf den Weg machen, da sieht er doch einen Reiter herbeikommen. Sein Herz klopft wie verrückt, meine Frau hat Erbarmen, denkt er, sonst kommt ja niemand hier vorbei, aber gerade jetzt, in der entscheidenden Stunde, erscheint jemand zur Hilfe. Der alte Mann weint fast vor Aufregung.

Aber der Ankömmling ist Wang, der Tischler, den mag der alte Mann gar nicht. Er reitet auf einem Pferd, dessen Farbe an blauen Lotos erinnert, oder Schnee in der Dämmerung. Viel jünger und schöner als sein eigenes Pferd. Tischler Wang trägt ein sauberes blaues Gewand, sein Pferd hat auf dem Rücken eine Harpune und ein Fischernetz, offenbar kommt er nach Erdao Hezi, um im Fluss zu fischen.

„Kann ich dir helfen?", sagt Tischler Wang mit lauter Stimme, indem er vom Pferd steigt.

Der alte Mann zögert ein bisschen, er muss seinen Neid herunterschlucken. „Ah, bitte hilf mir, der Sarg ist zu schwer für mich allein."

Tischler Wang lächelt, der alte Mann meint sofort, der lächelt über mich. Herr Wang ist zehn Jahre jünger, gesund und robust, als könnte er bei jeder Mahlzeit fünf Schüsseln Reis vertragen. Damals hat er ebenso wie der alte Mann sein Aug auf dieselbe Fau geworfen, aber diese hat den armen Schlucker vorgezogen, der schon über dreißig und immer noch allein war. Der alte Mann erinnert sich, wie der traurige junge Tischler sich bei der Hochzeit betrunken hat, unter den Tisch getrunken, jemand hat ihn nach Hause getragen. Das hat einen Schatten auf die Hochzeitsnacht geworfen. Und das wiederum hat der alte Mann dem Tischler die ganze Zeit nicht vergessen.

Der alte Mann weist Tischler Wang an das Fußende des Sarges, er selbst nimmt das Kopfende. Allerdings reicht seine Kraft überhaupt nicht aus, er kann nicht gerade stehen und muss mit Herrn Wang Plätze tauschen. Mit Wang am Kopfende bringt der alte Mann den Sarg mit zitternden Beinen gerade noch in die Grube. Er kränkt sich und denkt, am Ende hält dieser Wang sie am Kopf und ihm selbst bleiben nur die Füße, weil er einfach zu schwach ist. Der alte Mann seufzt, wartet eine Weile und schaufelt dann Erde aufs Grab. Tischler Wang weiß, dass er sich besser entfernt, und geht fischen. Der alte Mann denkt, wahrscheinlich war das mit dem Fischen gehen überhaupt nur ein Vorwand, Herr Wang hat gemerkt, dass der alte Mann es nicht allein schaffen wird. Außerdem wollte der Tischler wohl auch die Frau begraben, die er am meisten geliebt hatte. Er hört auf das Geräusch der Erde, die er schaufelt, und sieht die goldenen Strahlen der untergehenden Sonne um den Grabhügel. Dieses sanfte, zauberhafte Licht, das schaufelt er mit hinein, das ist ihm im Herzen ein Trost.

Tischler Wang fischt nicht sehr lange, er reitet noch in die Nacht hinein zurück ins Dorf. Das bestätigt die Vermutung des Alten. Als es dunkel ist, verlässt der alte Mann das Grab, geht in die Scheune zurück, zündet die Öllampe an, macht Feuer und kocht sich sehr unbeholfen sein Abendessen. Er gibt die trockenen Nudeln ins Wasser, weiß aber nicht, wie lange sie kochen sollen, am Ende wird es fast eine Paste. Er isst es irgendwie fertig, bläst die Öllampe aus und rollt sich eine Zigarette. Er vermisst seine Alte, und zwar so sehr, dass er sich einen Stein suchen möchte, um sich auch zu erschlagen. Dann denkt er weiter, Tischler Wang ist gekommen, vielleicht wollte sie ihn noch einmal sehen und deshalb hat ihre Seele ihn hergelockt. Also wenn das stimmt, war ihm seine Alte nicht treu. Er raucht den Glimmstengel fertig, kriecht ins Bett und schläft ein. Am nächsten Morgen steht er früh auf und geht ins Weizenfeld. Er arbeitet den ganzen Tag, bis zum Sonnenuntergang. So bringt er eine Woche durch. Es ist die Arbeit für zwei, die er jetzt allein macht, da geht viel Zeit verloren. Als er fertig ist, will er das Pferd anspannen, um zum Dorf zurückzufahren. Da sieht er auf dem Wagen die Hacke, starrt sie an wie in Trance. Er hat etwas vergessen: Lilienwurzeln ausgraben. Schnell nimmt er die Hacke auf die Schulter und geht in die Wiesen, sucht ein paar Lilien, gräbt die weichen weißen Wurzeln aus, steckt sie in seine Taschen, jetzt kann er aufbrechen. Als der Wagen bei den vielen gelben Blumen vorbeikommt, fällt ihm erst ein, die Alte ist gestorben, die Lilienwurzeln wird niemand essen, also wirft er sie eine nach der anderen aus dem Wagen.

Zurück im Dorf geht er kaum vor die Tür. Sein größtes Problem ist: Essen. Früher hat ihm immer seine Frau gekocht, er hat nur den Mund aufsperren müssen. Jetzt schaut er die Töpfe und das Kochbesteck an und ist ratlos. Wie soll er Reis dünsten, wie soll er Gemüse braten, von Dampfbrötchen und Teigtaschen gar nicht zu reden. Im Dorf gibt es ein Gasthaus, das hat Zhang Jinlai aufgemacht, also muss er dorthin gehen und essen. Eigentlich will er nicht, denn Zhang Jinlai ist der Schwiegersohn von Tischler Wang. Das Gasthaus lohnt sich nur in der Reisesaison. Normalerweise, wenn keine Leute von auswärts kommen, und auch keine Hochzeiten und Begräbnisse anstehen, macht das Gasthaus zu. Als er jung war, ist Zhang Jinlai nach Erdao Hezi gegangen und hat mit Dynamit gefischt, da hat er sich das eine Bein weggesprengt. Als

Behinderter kann er nicht in der Landwirtschaft arbeiten, also hat er das Gasthaus aufgemacht. Weil er vom Körper her benachteiligt ist, hat er Schneeflocke geheiratet, die Tochter von Tischler Wang. Schneeflocke hat Kinderlähmung, mit verdrehten Gliedmaßen, wie ein schief gewachsener Baum. Sie schwankt und zittert beim Gehen, als hätte sie Federn an den Füßen montiert. Die beiden sind gehbehindert, aber ihr Sohn ist kerngesund und rennt wie ein junges Fohlen. Außerdem ist ihre Ehe sehr gut, keiner verachtet den anderen. Sie sind beide behindert, aber sie sind sehr tüchtig und halten viel aus. Sie haben einen Garten, da gibt es alles an Gemüse, was man nur braucht, außerdem züchten sie Schweine, Schafe, Hühner und Enten. Zuerst wollte der alte Mann nicht gerne in das Gasthaus gehen, aber nach einigen Tagen hat er sich daran gewöhnt. In der Früh geht er hin und isst Reisbrei, zu Mittag gibt es eine Schüssel Reis und ein Gericht dazu, am Abend gibt es 100 Gramm Schnaps, zwei kleine Gerichte und Dampfbrötchen. Pro Tag kostet das alles ungefähr 20 Yuan. Der alte Mann und seine Frau haben so viele Jahre Weizen angebaut, jedes Jahr haben sie ein paar tausend Yuan verdient, da hat er einiges Geld zur Hand. Sie haben nur einen Sohn, der noch im Gefängnis sitzt. Der alte Mann hasst ihn und knirscht mit den Zähnen beim Gedanken an ihn, keinen Cent will er ihm hinterlassen. Außerdem hat er für seinen eigenen Sarg und für sein Totengewand schon vor ein paar Jahren vorgesorgt. Er kann es sich leisten, jeden Tag im Gasthaus zu essen, auch wenn er bis zu seinem Tod so weitermacht, kein Problem. Nur eine Sache geht ihm auf die Nerven, im Gasthaus trifft er öfters Tischler Wang, der kommt seinen Enkel besuchen. Tischler Wang macht die Tür auf und ruft mit lauter Stimme: „Wo ist mein braver Enkel?“

Und egal, wo der hoffnungsvolle Knirps gerade spielt, er schreit sofort „Opa, Opa!“, kommt angerannt und wirft sich wie ein Wirbelsturm in die Arme von Tischler Wang. Das gibt dem alten Mann jedes Mal einen Stich. Er muss denken, wenn sein eigener Sohn tüchtig wäre, hätte er auch so einen Enkel!

Der Sohn des alten Mannes ist schon zwei Mal ins Gefängnis gekommen, beide Male wegen Vergewaltigung. Deswegen haben die Eltern im Dorf sehr viel Gesicht verloren und können kaum noch den Kopf heben. Das Kind war schon früh seltsam, ungesellig, wollte nur für sich sein. Eigentlich hatte er Mädchen gar nicht so gern. Nachdem er die Oberschule abgebrochen und aus der Stadt zurückgekehrt war, war dem alten Mann klar, dass sein Sohn der Bauernarbeit nicht entkommen würde. Also sorgte er dafür, dass dem Jungen Kandidatinnen zur Heirat vorgestellt wurden. Aber der Sohn hatte kein Interesse, wollte nicht heiraten. Die beiden Alten fanden das auch nicht so schlimm, es gab eben Spätzünder, sobald er dann ein Mädchen haben wollte, würde er sich nicht abhalten lassen, eine zu finden! Aber dann in einem Frühling brachen mehrere Hühner aus dem Hof des alten Mannes in Xue Mins Gemüsegarten ein und pickten mehrere Reihen Spinatkeime weg. Xue Min war eine sture Frau. Der alte Mann wollte ihr Geld als Entschädigung geben, sie nahm es nicht an. Er wollte ihr die Hühner geben, sie nahm sie nicht an. Sie wollte unbedingt, dass der Spinat in ihrem Hof innerhalb einer Nacht genau so wachsen würde wie vorher. Das war eine Provokation. Der Sohn hielt sich auch nicht zurück, er brach in derselben Nacht bei Xue Min ein, um sie zu vergewaltigen. Damals war

Xue Mins Mann zu seinem Heimatort gefahren, um die Hochzeit eines Neffen zu feiern. Xue Mins fünfjährige Tochter sah den Angriff auf ihre Mama, fing an zu weinen und rannte hinaus, um Hilfe zu suchen. Schneiderin Hu kam gerade vorbei und ging mit dem Kind hinein, so war der Sohn des alten Mannes auf frischer Tat ertappt. Schneiderin Hu hatte geschickte Hände, sie hatte im Dorf ein gutes Leben, alle Frauen beneideten sie. Sie machte für Xue Min die Anzeige. Der Sohn des alten Mannes wurde zu neun Jahren Gefängnis verurteilt. Als ihn der Richter fragte, wieso er eine Frau vergewaltigt habe, sagte er: „Die war total unvernünftig, die hat es verdient!" Xue Mins Mann ertrug nach seiner Rückkehr nicht, dass die Leute auf sie zeigten, er wollte unbedingt weg und ließ sich von Xue Min scheiden. Also hasste Xue Min ihren Mann, sie hasste die beiden alten Leute, sie hasste ihre Tochter und Schneiderin Hu. Sie hasste ihren Mann, weil er sie verlassen hatte, hasste die beiden Alten, weil sie so einen Sohn aufgezogen hatten, hasste ihre Tochter, weil sie hinausgelaufen war, hasste Schneiderin Hu wegen der Anzeige. Sie hätte mit der Schande leben können, sie hätte so tun können, als ob nichts vorgefallen wäre. Sie hätte immer noch ein Bild von einer anständigen Frau abgegeben. Manchmal hasste sie sich selbst, sie hätte eben damals die beiden Alten nicht so behandeln dürfen. Eigentlich war sie nur von ihrer Rede her hart gewesen, sie hatte gedacht, vielleicht zahlt er ihr ein bisschen mehr. Sie wollte die Hühner nicht, eigene Geflügelzucht war ihr zuwider. Und jetzt waren alle Hühner weggeflogen und alle Eier zerbrochen, wie man so sagt. Aber später hasste sie Schneiderin Hu nicht mehr, weil es dieser dann auch nicht besser erging.

Der alte Mann und die alte Frau machten in Erdao Hezi Land urbar und pflanzten Weizen, nachdem ihr Sohn ins Gefängnis gekommen war. Damals war das Pferd neu bei ihnen, es war erst zwei Jahre alt und musste gleich für sie pflügen. Wenn es nur ein bisschen ausruhen wollte, schlugen sie es, bis es sich fragte, warum es unbedingt ein Pferd sein musste, warum keine Schlange, oder ein Wiesel oder ein Bär, die lebten frei und schreckten die Menschen sogar?

Nach neun Jahren wurde der Sohn freigelassen und kam zurück ins Dorf. Niemand erkannte ihn, er war noch größer geworden, aber auch mager und bleich. Er wollte noch weniger mit anderen reden, meistens blieb er beim Pferd, manchmal schlief er auch im Pferdestall. Nur das Pferd wusste, dass er tief in der Nacht weinen konnte. Oft umarmte er das Pferd am Kopf und sagte ihm etwas. Das Pferd versteht ein bisschen von dem, was die Menschen sprechen, aber es verstand überhaupt nichts von dem, was dieser Sträfling von sich gab. Und so dauerte es nicht einmal ein Jahr, bis er wieder ins Gefängnis kam. Diesmal vergewaltigte er Schneiderin Hu. Eines Tages nahm die alte Frau ihren Sohn mit zu Schneiderin Hu, um ihm eine Hose anmessen zu lassen. Schneiderin Hu war dazu nicht bereit, sie fand es zu gefährlich, ihn zu berühren. Die alte Frau bat sie: "Ich komme ja mit, was kann er dir da machen?" Aber Schneiderin Hu sagte laut und deutlich: "Ich bin ein sauberer Mensch und mache keine schmutzigen Hosen!" Die alte Frau konnte nur frustriert mit ihrem Sohn nach Hause gehen. Schneiderin Hu hatte eine Milchkuh, am Abend holte sie immer die Kuh zurück ins Dorf. Am zweiten Abend nachdem sie abgelehnt hatte, dem Sohn der alten Frau eine Hose zu machen, versteckte er sich auf der Weide. Als Schneiderin

Hu auftauchte, presste er sie aufs Gras und vergewaltigte sie in aller Ruhe. Diesmal zeigte er sich selbst an. Als Motiv gab er an: "Sie wollte ja keine schmutzigen Hosen machen, also hab ich dafür gesorgt, dass sie selbst schmutzige Hosen anhat!" Schneiderin Hu sprang aus Scham in einen Brunnen. Als Wiederholungstäter, und wegen der schlimmen Folgen (weil Schneiderin Hu tot war) wurde er diesmal zu zwanzig Jahren verurteilt. Er wusste, dass er nicht mehr für seine Eltern sorgen konnte, also ging er nach der Tat nach Hause, umarmte das Pferd und sagte: "Du musst jetzt für sie bis zum Ende da sein!" Das war das einzige Mal, dass ihn das Pferd verstand.

Der alte Mann isst jetzt regelmäßig im Gasthaus, am Abend geht er nach Hause und schläft ganz allein auf dem Kang, auf dem Ofenbett. Aber weil es allein so leer ist, geht er lieber zum Pferd und schläft im Pferdestall. Nachdem der Sohn zum zweiten Mal ins Gefängnis gekommen war, fingen die alten Leute stillschweigend damit an, das Pferd wie einen Menschen zu behandeln. Nun will sich der alte Mann gar nicht mehr von dem Tier trennen. Wenn es Heu kaut, klingt das so sanft, er möchte gleich weinen. Er weiß, dass das Pferd auch schon in seinen letzten Jahren ist, aber er hofft, dass er selbst zuerst stirbt. Ohne das Pferd, was für einen Sinn hätte sein Leben dann noch?

Ungefähr einmal jede Woche spannt der alte Mann den Wagen an und fährt nach Erdao Hezi. Dort spannt er das Pferd aus und geht sofort zu seiner Frau. Das Pferd geht auch mit, um nach ihr zu schauen. Sie stehen eine Weile vor ihrem Grab, dann trennen sie sich. Der alte Mann arbeitet im Weizenfeld, das Pferd geht auf der Wiese spazieren. Am

Abend macht der alte Mann Feuer und kocht sich eine Schüssel Nudeln. Das Pferd sieht die rote Flamme, die einzige Blume, die in der Nacht aufblüht. Nachher schläft der alte Mann in der Scheune, aber das Pferd liegt auf der Wiese, es riecht so gerne den Tau, das Summen und Gurren von allen möglichen Insekten, da wird ihm gleich warm genug. Das Pferd vermisst die alte Frau, sie war aufmerksam, sie ist in der Nacht aufgestanden, hat sich etwas übergeworfen und ist gekommen, um nach ihm zu sehen. Und sie hat ihm oft die Mähne gebürstet. Der alte Mann, der ist ein bisschen verwirrt, der kann kaum gut für sich selber sorgen. Beim Wäschewaschen verteilt er die Seife nicht, beim Kochen wird aus den Nudeln ein Batzen Weizenpaste, wenn er in der Früh aus der Scheune kriecht, weiß er nicht einmal, wie er das Gepäck zusammenrollen soll, das auf den Wagen kommt. Außerdem wäre es jetzt an der Zeit, das Stroh zu schneiden, damit man im Herbst rechtzeitig Vogelscheuchen im Weizenfeld aufstellen kann. Aber der alte Mann macht keine Anstalten. Das Pferd hält ihm einmal zwischen den Zähnen eine Sichel vor die Nase, der alte Mann sagt unverständig: „Ich hätte zwar sehr gern ein bisschen Fleisch, aber deine Zunge werd ich dir nicht abschneiden!" Das Pferd hat es wirklich nicht leicht.

Der Weizen kommt in die Ähren, die Körner werde jeden Tag größer. Das Pferd und der alte Mann pendeln weiter zwischen dem Dorf und Erdao Hezi. Eines Tages trifft der alte Mann im Gasthaus einen Maler von außerhalb, der gekommen ist, um Skizzen zu machen. Er wohnt bei Zhang Jinlai im Gasthaus. Was er male, sehe so aus wie in Wirklichkeit, sagt er. Der alte Mann nimmt Geld heraus, gibt dem Maler ein Foto mit der alten Frau und bestellt ein Porträt von ihr, das so groß sein soll wie eine Tür. Der Maler willigt ein, in einer Woche soll es fertig sein.

Am vereinbarten Tag zieht sich der alte Mann fein an, taucht noch extra den Holzkamm in Wasser, um seine restlichen weißen Haare glänzend zu machen. Auf dem Weg zum Gasthaus ist er ein bisschen schüchtern und aufgeregt, ein bisschen wie damals, bei der ersten Verabredung mit seiner alten Frau im Weidenwäldchen. Endlich sieht er in einem Zimmer mit wenig Licht das Porträt der alten Frau, es ist wirklich so groß, in leuchtenden Ölfarben. Seine alte Frau lächelt ihn an, sie trägt einen bunten Schal, hinter ihr ist ein wogendes endloses Weizenfeld, und darauf sind klar die Figuren eines Mannes und eines Pferdes zu sehen. Wahrscheinlich hat ihm Tischler Wang etwas erzählt, denkt der alte Mann, sonst hätte es der Maler nicht so geläufig und echt hingekriegt. Der alte Mann trägt das Bild heim und weint den ganzen Weg, er hat seine Frau verloren und doch freut er sich, als hätte er sie wiedergefunden. Seine Tränen tropfen auf das Bild, das Bild sieht dadurch noch lebendiger aus. Als wäre die alte Frau gerade vom Baden im Fluss gekommen. Der alte Mann trägt das Bild zuerst in den Stall und zeigt es dem Pferd, das schaut einmal hin, und schon rinnen ihm auch die Tränen herunter. Es streckt die Zunge aus und leckt den Sandelholzrahmen, es wagt nicht, die alte Frau zu lecken, der alte Mann könnte eifersüchtig werden. Nachher hängt der alte Mann das Bild im Haus an die Westwand, so fängt es gleich zu leuchten an, wenn das Licht von Osten hereinkommt. Als wollte die alte Frau den Mund aufmachen und mit ihm sprechen.

Der alte Mann ist tot. Das Pferd erinnert sich genau, sie fahren nach Erdao Hezi, und als sie dort sind, springt der alte Mann nicht wie sonst herunter. Das Pferd bemüht sich und dreht den Kopf, es sieht den alten Mann nicht an seinem Platz an der Deichsel sitzen. Der alte Mann liegt wirr hingestreckt auf dem Wagen, reglos, das Pferd weiß sofort, dass er nicht mehr atmet. Das alte Pferd bleibt nicht stehen, es wendet den Wagen und trabt zurück ins Dorf. Es hört die Wagenräder rattern, sieht, wie der Himmel finsterer wird, fleht immer wieder, dass es nicht regnet, dass sein Herr ja nicht nass wird. Immer nach einer Strecke wiehert es, als ob es den Himmel anschluchze. Die Wolken zeigen sich sogar gerührt, sie haben sich grad zusammengezogen, jetzt fließen sie langsam auseinander. So kommt die Sonne durch, das lebendige Licht springt auf die Straße. Das Pferd trabt in dieses sanfte Licht, wie auf einem von Wildblumen überstreuten Weg, seine Hufe können den Duft fast spüren.

Das alte Pferd hält mit dem Wagen am Gasthaus. Nur das Pferd weiß, wie sehr Tischler Wang seinen Herrn achtet. Tischler Wang liebt die alte Frau, sein Leben lang, das weiß auch nur das Pferd. In der Nacht ist Tischler Wang oft vor dem Hof seines Herrn hin und her gegangen. Er hat gewartet, bis sich im ganzen Dorf kein Schatten bewegt hat, dann ist er gekommen. Es muss gewartet haben, bis die alte Frau das Wasser vom Füßewaschen ausschüttet. Von außen in der Nacht kann er überhaupt nichts sehen, er hört nur das Wasser platschen, und manchmal niest oder hustet sie. Das Pferd weiß auch noch, als der Sohn der alten Leute das erste Mal ins Gefängnis gekommen ist, da hat sich die Frau so aufgeregt, dass sie krank geworden ist. Tischler Wang hat ein paar Fische gefangen, sie an einem Stock aufgereiht und in den Hof der beiden alten Leute geworfen. Am nächsten Tag in der Früh hat hat der alte Mann die Fische bemerkt und ist ganz froh hineingelaufen und hat seiner Frau berichtet: „Jemand hat uns heimlich Fische geschenkt!" Er hat einfach geglaubt, ein guter Mensch fühlt mit ihnen und steckt ihnen Fische zu. Aber die alte Frau hat verstanden, die Fische waren sicher von Tischler Wang. Er hat auch geheiratet und hat eine Tochter, aber er hat die alte Frau nie vergessen, obwohl er nie davon gesprochen hat. Auch beim Begräbnis der alten Frau, da hat das Pferd sofort verstanden, Tischler Wang ist natürlich wegen ihr nach Erdao Hezi gekommen und nicht, um zu fischen, das war nur ein Vorwand. Und nachdem er scheinbar leichten Schrittes vom Grabhügel weggetreten ist, waren seine Augen ganz voller Tränen. Er ist zum Fluss gegangen, nicht um zu fischen, nur um zu weinen.

Tischler Wang begräbt den alten Mann in Erdao Hezi, gleich neben seiner Frau. Nachdem die anderen Leute, die beim Begräbnis dabei waren, sich nacheinander entfernt haben, sucht Tischler Wang einen Strauß wilder Blumen zusammen und legt ihn auf das Grab der alten Frau. Er sagt ihr leise: „Ich wollte dir schon lange Blumen bringen, es war nie eine Gelegenheit. Ab jetzt komm ich jedes Jahr im Sommer, da kriegst du immer Blumen."

Der Bürgermeister kommt und versiegelt das Haus der beiden alten Leute. Er sagt, das Haus sollte von Rechts wegen an diesen Vergewaltiger im Gefängnis gehen, aber man weiß nicht, ob er das Glück haben wird, das Haus zu verwenden. Was das Pferd betrifft, jeder sieht, es ist alt, kann keine landwirtschaftliche Arbeit mehr verrichten, also will man es schlachten und das Fleich verteilen. Am Schlachttag kommt der Fleischhauer in der Früh und muss feststellen, im Stall ist kein Pferd. Er fragt den Bürgermeister, der sagt, das Tier sei von seinem Herrn nicht zu trennen, vielleicht sei es nach Erdao Hezi gelaufen. Niemand möchte für ein altes Pferd extra nach Erdao Hezi rennen. Sie sagen, wenn man das Pferd schlachtet und das Fleisch auch einen ganzen Tag kocht, wird es nicht weich, das schmeckt sicher nicht gut. Also denkt bald keiner mehr an das Pferd.

Der Herbst kommt, der Weizen ist gelb und reif. Weil es keine Vogelscheuchen gibt, kommen die Vögel in Scharen. Das Pferd, es ist nur noch Haut und Knochen, strengt sich an, die Vögel zu vertreiben. Aber wenn er eine Schar vertreibt, kommt schon die nächste, diese Vögel betrachten das Weizenfeld schon als ihr Paradies. Das Pferd fühlt sich schuldig gegenüber seinem Herrn. Um die Vögel zu vertreiben, rennt es hin und her, keucht und keucht, es kann nicht mehr. Es spürt, sein eigenes Leben ist auch schon am Ende. Eines Tages kommt das Pferd vom Trinken am Fluss zurück und entdeckt zwei Menschen im Weizenfeld: es sind zwei Frauen. Xue Min und ihre Tochter! Xue Min ist schon sehr alt und faltig. Nach ihrer Scheidung hat sie niemand mehr geheiratet, ihre Tochter Yinhua und sie sind aufeinander angewiesen. Yinhua ist 21, sieht anmutig aus, aber sie hat nicht viel im Kopf, hat die Oberschule abgebrochen und ist zur Bauernarbeit zurückgekehrt. Das alte Pferd weiß, immer wenn seine Leute etwas verloren haben, war Xue Min dahinter. Ihre eigene Tragödie ist ja von dieser Familie dort verursacht worden, also wenn ihr Reis fehlt, geht sie in der Nacht zum Speicher der alten Leute. Wenn sie Feuerholz braucht, schickt sie Yinhua los. Der alte Mann und die alte Frau merken, dass bei ihnen alles mögliche verschwindet. Sie passen in der Nacht auf und entdecken, es ist Xue Min, da ist es ihnen peinlich, sie tun nichts dagegen.

Xue Min ist sehr froh, dass die alten Leute beide vor der Ernte gestorben sind. Nach ihrer Ansicht sollte über dieses ertragreiche Weizenfeld jetzt ohne Zweifel sie verfügen. Sie bringt zwei scharfe Sensen und beginnt mit Yinhua den Weizen zu schneiden. Sie hat auch schon einen Käufer, nach dem Weizenverkauf will sie in die Stadt gehen, sie hat eine wattierte Jacke aus weichem Satin im Sinn, altmodisches Blau, und für Yinhua eine warme Wollhose, den Rest will sie sparen. Aber Xue Min hat erst einen kleinen Fleck abgemäht, da greift das alte Pferd an. Es rennt vom Fluss her und schlägt mit den Hufen nach der Sense, die Xue Min gerade schwingt. Xue Min erkennt das Pferd kaum wieder, so mager ist es, der lose Bauch pendelt hin und her. Es stellt sich vor sie hin und zittert, wie ein Mensch zittert, der schwer verkühlt ist. Aber seine Augen sind klar.

„Du bist wirklich treuer als ein Hund! Deine Leute sind tot, sie kümmern sich nicht mehr um dich, was kümmern dich noch ihre Sachen!“ Xue Min hat die Sense losgelassen, aber Yinhua schwingt ihre Sense. Das Pferd will sie aufhalten. Yinhua stellt sich hin und spricht mit dem Pferd, derweil fängt Xue Min wieder an zu schneiden. Yinhua sagt: „Wenn du mich trittst, schneid ich dir mit der Sense den Fuß ab, am

Abend grill ich mir dein Fleisch.“ Das alte Pferd tritt Yinhua nicht, aber es tritt nach der Sense. Yinhua hebt die Sense aus dem Weizen auf und schneidet flink dem Pferd ins Vorderbein. Das Pferd ist wirklich alt, es bricht sofort auf dem Feld zusammen. Aus seinem Bein sickert Blut, das Blut färbt den frischgeschnittenen Weizen rot.

Xue Min sieht, das Pferd ist gefallen, und fängt an zu singen. Ihre Stimme verklingt, die Vögel kommen geflogen und singen weiter. Das Pferd kann nicht mehr aufstehen, es hört, wie der Weizen geschnitten wird, dieses sausende Geräusch, seine Tränen rollen herunter wie Tau.

Nach dem Abendessen haben Xue Min und Yinhua noch nicht genug, sie kochen sich den frischen Weizen. Der frische Weizen duftet herrlich und schmeckt so gut, dass sich die beiden vergessen. Yinhua fragt ihre Mutter, sollten sie nicht das Pferd schlachten, es werde sowieso sterben, so wie es blute, es tue ihr wirklich leid. Xue Min sagt: „Es soll keinen guten Tod haben! Seine Leute schulden mir zu viel!“

„Es ist ein Pferd, kein Mensch!“

„Es ist das Pferd von denen, bei ihnen ist es ein Mensch!“ Und so hört das Pferd drei Tage, wie der Weizen geschnitten wird, dann gibt es still den Geist auf. Xue Min und Yinhua wollen ihm gerade seine Haut abschneiden und ein bisschen gutes Fleisch heraussuchen zum Grillen, da kommt Tischler Wang nach Erdao Hezi geritten. Er geht Fischen, sagt er.

Als er sieht, dass Xue Min gerade hineinschneiden will, rät er ihr ab: „Wenn du ihren Weizen willst, sollst du ihn haben, aber das Pferd war ihr bestes Vieh, du solltest es ganz zurückgeben.“

Xue Min will vor dem Weizenverkauf keine Schwierigkeiten haben, also willigt sie ein. Tischler Wang hebt eine Grube aus und begräbt das Pferd neben dem alten Mann und der alten Frau. Niemand würde ahnen, dass von den drei Grabhügeln einer zu einem Pferd gehört.

Eines Abends, als die Weizenernte zu Ende geht, geht Xue Min früher in den Schuppen, um zu kochen. Yinhua sagt, sie will noch ein bisschen schneiden. Als es dunkel wird, hat Xue Min fertig gekocht, sie will Yinhua rufen, aber Yinhua kommt schon zurück. Obwohl es nicht mehr hell ist, kann Xue Min sehen, dass die Tochter hin- und herschwankt. Sie muss total erschöpft sein, denkt sie. Erst als sie nah bei ihr ist, merkt Xue Min, dass mit der Tochter etwas geschehen ist, ihr Haar ist wirr, die Kleider sind zerrissen, auf dem Gesicht sind lauter Tränenspuren.

„Was ist passiert?"

„Da war ein Mann, ist auf einmal aufgetaucht im Feld, hat mich vergewaltigt!"

Xue Min wird schwindlig, sie muss sich auf den Boden setzen. Yinhua sagt, der Mann habe eine schwarze Maske getragen, mit Löchern für Augen, Nase und Mund, sein Gesicht war nicht zu erkennen. Er sei sehr stark, habe schwer gekeucht, sein Körper rieche nach Pferd.

„Kann doch nicht er sein?" Der Sohn des alten Mannes, der riecht ja nach Pferd, denkt Xue Min, aber der sitzt noch im Gefängnis. Ist er ausgebrochen, oder begnadigt worden? Wenn nicht er, wer kann es sein?

Yinhua schluchzt: „Ich hasse den Weizen!"

„Diese Sache darfst du niemand sagen, wie wenn es nicht passiert wäre!" Xue Min schlägt sich weinend auf die Schenkel. „Als wär es ein

Geist gewesen!“

Sie weinen eine Weile, dann essen sie wie sonst. Am nächsten Morgen schneiden sie den restlichen Weizen. Dann sitzen sie im kahlen Feld, mit hängenden Köpfen über den stumpf gewordenen Sensen.

Übersetzung: Martin Winter

张炜

Zhang Wei

Zhang Wei, 1956 geboren in Shandong. Abschluss der Pädagogischen Akademie in Yantai. Vorsitzender des Schriftstellerverbandes der Provinz Shandong. Er schrieb den Roman „Das alte Schiff" und viele weitere Romane. 2014 wurden seine gesammelten Werke publiziert. Er erhielt den Mao Dun Literaturpreis, den Nationalen Preis für den besten Roman, den Preis der Zeitschrift People`s Literature, den Zhuang Chongwen Preis, den Nationalen Preis für die beste Kurzgeschichte etc., insgesamt über 50 nationale und internationale Auszeichnungen. Seine Werke wurden ins Englische, Japanische, Französische, Koreanische, Deutsche, Schwedische etc. übersetzt.

海边的雪

Schnee an der Küste

Zhang Wei

1

An der Küste türmte sich der Schnee zu einer immer dickeren Decke auf. Die Fischerkaten lagen eine neben der anderen halb in den Sandboden eingegraben, um im Winter die Wärme zu halten. Momentan waren sie bis zu den Dachspitzen von einem reinen Schneeweiß überzogen. Die von den Strandgutsammlern ausgenommenen Muschelschalen stapelten sich zu kleinen Hügeln, die nun ebenfalls langsam vom Schnee eingehüllt wurden. Und immer noch trieben Schneeflocken durch die Luft und schwebten herab, herab auf die Erde.

Das Meer war still. Nur die Wellen schlugen kurz und regelmäßig gegen den Strand. Das Wasser färbte sich allmählich dunkler, während es unzählige strahlend weiße Schneeflocken in Empfang nahm und in sich einschmolz.

Aus der Ferne kam jemand herübergelaufen. Der Mann, dessen Rücken mit Pulverschnee bedeckt war, ging mit schwankenden Schritten. Seine Füße, die in großen Baumwollstiefeln steckten, gruben sich mit jedem Schritt tief in den aufgehäuften Schnee und hinterließen dabei die erste Reihe von Fußspuren am Strand. „Ga-gu, ga-gu!“ – Möwenschreie ertönten, in denen eine leichte Unruhe lag. Der alte Mann blickte kurz zu den Möwen auf und ging dann mit gesenktem Kopf weiter. Er hatte einen schlimmen Buckel. Schließlich war er bei einer etwas größeren Fischerkate angelangt und blieb stehen. Er trat mit dem Fuß gegen die Tür und brüllte etwas. Aus seinem Mund stieg eine dicke weiße Dampfwolke.

Doch die kleine Tür der Fischerkate blieb fest geschlossen. Der Mann begann zu fluchen. „Jinbao – du alter 'Leopard'!“, rief er mit lauter Stimme. [ANMERKUNG: Der Name *Jinbao* bedeutet 'Goldener Leopard'.]

Von drinnen antwortete die leise, dumpfe Stimme eines anderen alten Mannes: „Bist du‘s, Lao Gang?“ Gleich darauf war ein Krachen zu hören und die Tür öffnete sich. Der Mann vor der Tür drückte sich ins Innere.

So wie bei allen anderen Fischerkaten ragte auch von dieser nur der spitze, etwa mannshohe obere Teil aus dem Boden, im Inneren war sie aber sehr geräumig. Der mit Hilfe von Sorghumstroh und Seetang errichtete Bau teilte sich in zwei Räume auf. Im Vorraum befand sich ein Lehmpodest, auf dem man schlafen konnte. Darauf lag eine dicke Schicht Weizenstroh und eine halbe Schilfmatte. Unter dem Podest und hinter der zweiten Tür stapelten sich überall Haufen von Fischernetzen und Seilen. Auf dem Boden war eine Strohmatte ausgebreitet. Die

Stellen, an denen der Sandboden zum Vorschein kam, waren dagegen mit Krabbenbeinen, Fischgräten und ähnlichen Abfällen übersät. Die Gerüche nach Linoleum, Mief und feuchter Luft stiegen einem zusammen in die Nase ... Genau das war eine typische Fischerkate. In solchen Katen wohnten seit jeher die alten 'Katler' oder 'Meerkieker', die auf den Strand aufpassten. Die Katen vermittelten den Männern, die auf Fischfang gingen, eine andere Art von Wärme. Denn an welchen Ort dachten die Männer, die auf See gegen die Wellen kämpften, wohl am häufigsten? An keinen anderen als an ihre halb in der Erde liegende Fischerkate mit den Gerüchen in ihrem Inneren!

Der ‚Leopard' hatte kurz zuvor noch gemütlich auf seinem Lehmpodest geschlafen. Tatsächlich waren es seine aus der Decke herausragenden Füße gewesen, mit denen er gerade den Türriegel enthakt hatte, ohne sich dabei nur ein Stückweit aufrichten zu müssen.

Lao Gang, der durch die Tür getreten war, hielt mit beiden Händen seine Füße fest und zog kräftig daran, sodass Jinbao sich nur zu erheben brauchte, um sich etwas anziehen. Mit nacktem Oberkörper schüttelte er den Sand aus seiner Kleidung und sagte: „Ich muss es zugeben, muss mich damit abfinden – gestern Abend habe ich eine Weile lang den Sampan getragen und fühle mich total erschöpft! Ach ja, bald bin ich siebzig ..."

Jinbao schüttelte sorgfältig den Sand aus, ohne eine Abneigung gegen Kälte zu zeigen. Sehr kalt war es in der Kate auch nicht, denn neben der Tür brannte auf einer Seite ein kleiner eiserner Ofen. Jinbao war tatsächlich alt geworden. Außerdem war er mager, sodass man eine Anzahl von Rippen sehen konnte. Doch seine Muskeln waren sehr kräftig, und

Hände sowie Füße äußerst gelenkig. Schnell hatte er sich angezogen.

Lao Gang zog eine halbe Schachtel Zigaretten aus dem Sand an der Wand der Kate, rückte näher an den Ofen heran und sagte, während er rauchte: „Gestern Nacht ist eine große Menge Schnee heruntergekommen, und es schneit immer noch."

„Hm?" Jinbao zündete sich auch eine Zigarette an und schlüpfte in seine Schuhe. „Ist es sehr viel Schnee?", fragte er.

„Sehr viel. - Ich schätze, dieses Mal ist er 15 Zentimeter tief."

Jinbao streckte eigens seinen Oberkörper nach draußen, um sich das anzusehen. Danach zog er ihn wieder hinein und sagte: „Gut! Hm, gut!"

Sie waren beide alte ‚Katler', die dageblieben waren, um auf die Katen im Winter aufzupassen. In den meisten der Handvoll Katen an der Küste befanden sich nur wenige Habseligkeiten. Sobald die strenge Kälte einsetzte, rollten die Eigentümer ihr Bündel zusammen und fuhren zurück nach Hause. Nur Lao Gang und Jinbao blieben als Wächter zurück. Die ganze Zeit über fühlten sie sich sehr einsam, und weil sie jeden Tag miteinander sprachen, gab es bereits kaum mehr etwas, über das sich noch mit Gewinn reden ließ. In diesem Moment fragte sich Lao Gang, was es bedeuten mochte, dass Jinbao den Schneefall lobte.

Jinbao schwieg und rauchte nur seine Zigarette weiter. Die Flammen im Ofen warfen ihr Licht auf die dunklen Falten seines Gesichtes, Falten, die so aussahen, als würden sie gleich anfangen zu zucken.

In der Kate war es dunkel. Lao Gang warf den Zigarettenstummel weg und tastete mühsam nach der Schachtel. „Es ist doch seltsam", murmelte er, „dass es in den Katen kein einziges Fenster gibt. Hier ist der Tag wie die Nacht."

„Da es hier dunkel ist, schläft man gut." Jinbao zog angestrengt an seiner Zigarette, blickte kurz zu der winzigen Glasscheibe in der Tür und sagte: „Gut! Hmm, gut!"

„Was ist denn gut?" Lao Gang konnte die Frage nicht mehr zurückhalten.

Während Jinbao im Ofenfeuer stocherte, sagte er: „An diesem verschneiten Tag schmoren wir uns einen großen Fisch, schließen die Tür und trinken den Tag durch. Wäre das nicht gut?"

Lao Gang lachte: „Doch."

„Schön wird es erst, wenn man sich betrinkt. Wenn es kalt ist, dringt die eisige Luft bis ins Herz vor. Kalte Luft ist schon was Seltsames. Von den Beinen und den Handgelenken aus kann sie dir wie ein kleiner Wurm bis in die Magengrube kriechen ..." Mit diesen Worten drehte sich Jinbao um, grub eine Flasche Schnaps aus dem Sand und stellte sie vor Lao Gang. „Wie wäre es damit? Die haben mir ein paar alte Kumpel geschenkt, die zum Strandgutsuchen herkamen. Du dagegen, du hast von deinem Sohn mit der Brille gar nichts bekommen..."

Lao Gangs Sohn arbeitete als Assistenzingenieur in einem nahe gelegenen Kohlebergwerk und hatte fast vergessen, dass er noch einen Vater besaß. Lao Gang hatte sich schon immer zu sehr geschämt, um jemandem einen Anlass zu geben, diesen Sohn zu erwähnen. In diesem Moment begann er laut zu husten.

Jinbao steckte die Flasche wieder in den Sand zurück.

Von draußen war fast kein Laut zu hören. Beide Männer rauchten ihre Zigarette. Das, was gesagt werden musste, war gesagt worden. Es war seit langer Zeit das erste Mal gewesen, dass sie so wie heute in aller

Frühe derart viel miteinander geredet hatten. Und dies lag ausschließlich am starken Schneefall.

Wieder rauchten sie eine Weile bevor sie sich bückten und aus der Kate schlüpften. Mit ihren Glimmstengeln im Mund sahen die beiden alten 'Katler' den wirbelnden Schneeflocken zu, die den ganzen Himmel bedeckten.

Ha-heee! Dies war der erste Schneefall des Winters, völlig neuer und taufrischer Schnee, der an den Strand geweht worden war. Hatte man vorher geradeaus geblickt, dann hatte man nur verrottendes Unkraut und einen Strand voller Gruben und Schlaglöcher gesehen — jetzt dagegen war alles eine weiße Fläche, sauber und unheimlich schön. Die Schneeflocken fielen lachend auf ihre Gesichter und Hände, und waren sofort geschmolzen. Es kitzelte überall, fühlte sich aber seltsam angenehm an.

Nachdem sie eine Weile herumgestanden hatten, wollte Lao Gang in seine Kate zurückkehren. Jinbao sagte ihm, er solle in zwei Stunden wiederkommen. Währenddessen würde er einen großen Fisch fangen.

2

Die Schneeflocken waren lachend auf Jinbaos Gesicht und seine Hände gefallen und sofort geschmolzen. Gesicht und Hände hatten beide ziemlich gejuckt. Er zog sich hohe Gummistiefel an, legte das Drehnetz über sein tiefdunkles Handgelenk und ging den Spuren der Wellen folgend geradeaus. Das kleine Drehnetz fand er ausgesprochen hübsch. Mit ihm hatte er einmal einen ein Meter langen, fetten Riffbarsch gefangen, und bis heute erinnerte er sich noch an die roten, hasserfüllten Augen des Fisches.

Das Meer spiegelte die Farbe des Himmels wieder, der düster aussah. Dass keine Fische zu sehen waren, enttäuschte Jinbao ein wenig. Er hatte großen Appetit auf einen geschmorten Fisch. Aber dieser Fisch hielt sich heute in weitem Abstand versteckt und war nicht bereit, sich von ihm schmoren zu lassen. Verärgert lief Jinbao zwei Stunden lang am Saum der Wellen auf und ab. Schließlich blieb ihm nichts anderes übrig, als in seine Kate zurückzukehren, wo er das Drehnetz auf den Boden schmiss.

Der kleine Ofen brannte, dass die Flammen nur so loderten, und stieß dabei ein Geräusch aus, das sich wie „Lu-lu" anhörte. Es war wirklich so gemütlich, wie wenn er in seinem eigenen kleinen Haus geblieben wäre. — Ein solches Häuschen hatte Jinbao einmal gehört. Es war so hübsch gewesen, dass er oft daran dachte. Heute besaß er es allerdings nicht mehr ... Lao Gang sollte zurückkommen, ging es ihm durch den Kopf. Er zwängte sich durch die Tür nach draußen und sah die chaotisch durch die Luft fliegenden Schneeflocken, sah in der Ferne das spitze Dach der Fischerkate von Lao Gang ... Die Möwen kreischten nervös. Außerdem schien vom Meer her der Schrei eines Menschen herüberzudringen. — Solche Ohren hatten nur alte 'Katler', deren Leben dem Meer gehörte: Sie konnten aus dem Getöse des Meeres schwache menschliche Stimmen herausfiltern. Erschrocken warf er einen schnellen Blick zum Meer und entdeckte einen kleinen Sampan, den zwei Insassen mit Kraft vorwärtsruderten. Von der Küste hatten sie sich bereits mehrere Meilen entfernt. Heutzutage, wo es erlaubt war, mit dem

Fischfang reich zu werden, gab es auch Leute, die keine Angst vor dem Tod hatten, dachte Jinbao. Allerdings verstand er nicht, was man an einem solchen Tag auf dem Meer tun konnte.

Also blieb Jinbao auf dem schneebedeckten Boden stehen, beobachtete das Boot und wartete auf Lao Gang. Aus der Kate waren ohne Unterlass die Geräusche des brennenden Ofens zu hören. Ein Fisch, dachte er, stand nicht darauf. Sobald Lao Gang käme, würde er enttäuscht sein. Sonderbarerweise hatte er immer, wenn er allein in der Kate saß, das Bedürfnis, eine Weile mit Lao Gang zu plaudern. Aber wenn Lao Gang dann wirklich kam, schien es ihm dagegen, dass es nichts gab, worüber sie sich unterhalten konnten. Lao Gang war wirklich ein seltsamer Kerl. Aber ohne ihn war es hier nicht auszuhalten.

Nachdem er noch eine Weile gewartet hatte, ging Jinbao fluchend auf die Suche nach ihm.

Die Umrisse von Lao Gangs Fischerkate wurden immer deutlicher sichtbar. Jinbao musste daran denken, dass er einmal, als er vergeblich auf Lao Gang gewartet hatte, in seine Kate gestürmt war, um nach ihm zu sehen. Da hatte er gerade allein für sich Muschelschalen zu einer kleinen Pagode aufgetürmt. Kinderkram war das, sonst nichts.

In der Kate waren Stimmen zu hören. Überrascht drückte Jinbao die Tür auf, schlüpfte hinein und sah, dass sich Lao Gang gerade mit zwei Jägern unterhielt, von denen einer sein Sohn 'Brille' war! Dass die beiden zum Jagen hergekommen waren, konnte Jinbao den doppelläufigen Jagdflinten entnehmen, die sie neben sich abgelegt hatten. Es waren zwei wirklich hübsche Jagdflinten.

„Eine große Menge Schnee. Heute wird es nicht mehr aufhören...“,

Illustration: Wang Yan

sagte 'Brille' und nickte dem hereinkommenden Jinbao höflich zu.

„Das hört nicht mehr auf!“, bekräftigte ein dürrer Jugendlicher mit dunkler Haut neben ihm.

Lao Gang hustete.

Jinbao kam es so vor, als ob Lao Gangs Gesicht rot und ein wenig geschwollen wäre. Kein Wunder, dachte er, dass Lao Gang nicht in seine Kate gekommen war, denn sein Sohn war hier. Und wegen einem solchen Unglücksfall von Sohn vergaß er glatt seinen alten Freund! Ein wenig verärgert warf er Lao Gang einen kurzen Blick zu.

‚Brille' begann sich die Hände zu reiben, erst langsam, dann immer schneller.

Jinbao starrte auf seine beiden Hände, die weiß und zart waren und große Ähnlichkeit mit dem Bauch einer Makrele hatten. Solche Hände, fand er, sah man wirklich nicht oft.

„Dieses verdammte Wetter! So schrecklich kalt... Ist Schnaps da?", fragte ‚Brille'.

Lao Gang machte ein trauriges Gesicht: „Nein. Kein Schnaps und auch kein warmes Essen."

„Aber wenn wir einen Fisch haben, reicht das doch!" ‚Brille' zwinkerte dem mageren jungen Mann mit der dunklen Haut kurz zu.

„Haben wir nicht! Wir haben keinen Fisch!", entgegnete Lao Gang empört und warf Jinbao einen leicht selbstzufriedenen Blick zu. „Außerdem, hast du nicht eine Abneigung gegen den schlechten Schnaps deines Vaters, der so in der Kehle brennt?"

Jinbao konnte ‚Brille' nicht ausstehen, und sein Zwinkern missfiel ihm ebenfalls. Er begriff nicht, wie die Küste so einen Menschen hatte hervorbringen können. Einen Menschen, der auf seinem Rücken eine doppelläufige Jadgflinte trug, und dem sein alter Vater gleichgültig war. Jinbao hatte längst die Geduld verloren. Mit einem Schnauben erhob er sich aus dem Winkel der Kate. In seinem ausgezehrten Gesicht breitete sich ein spöttisches Lächeln aus.

Der Assistenzingenieur blickte ihn verständnislos an. „Onkel Bao!" Er rückte näher an seinen Vater heran. Jinbao sagte lachend: „Weiße Haut und wohlgenährt, du siehst gut aus! Deine Hände sind fein wie ein Fischbauch. Unsere Hände dagegen sind fast so rau wie die Rinde eines Pagodenbaums, und voller Wunden sind sie auch. Die haben wir uns beim Fischen geholt. Aber dir waren wir immer gleichgültig. Erst jetzt, wo dich die Kälte beißt, flüchtest du dich in diese Kate und willst Schnaps trinken. Haha!"

‚Brille' schoss die Röte ins Gesicht. Er biss sich auf die Lippen.

Jinbao fuhr fort: „Hast du gesehen, wie dein Vater wohnt? Wenn man durch die Tür geht, muss man sich mühsam bücken, und in der Kate selbst ist alles voller Sand. Stimmt, Schnaps ist da, aber die Gläser sind zerbrochen. Wir trinken ihn aus Muschelschalen. Du hättest mit einem Glas als Geschenk kommen sollen..."

Der braungebrannte dürre Jugendliche fand die Sache unterhaltsam und lachte.

'Brille' entgegnete leicht ungehalten: „Ich wollte den Schnaps von meinem Vater, nicht von dir!"

Jinbaos Lächeln verschwand. „Bei den Angelegenheiten deines Vaters habe ich ein Wörtchen mitzureden", brauste er auf. „Du hältst dich für den Sohn von wer weiß wem! Aber trotzdem betrittst du diese Kate? Du solltest dich zurück in den Schnee trollen."

Lao Gang war fassungslos. Er stand auf, hustete laut und stellte sich zwischen seinen Sohn und Jinbao.

Der Assistenzingenieur fing vor Ärger an zu zittern. Offenbar kam es selten vor, dass er so wütend wurde. Nun drückte er an seiner Brille herum und sagte eigensinnig: „Ich will unbedingt ... hierbleiben!"

Jinbao straffte seine Brust und rieb sich nochmal die Handflächen. Es schien, als würde er seine Muskeln absichtlich bewegen. „Von mir aus darfst du gehen! Ich will, dass du gehst!", sagte er schnell und wollte dabei Lao Gang mit der Hand wegdrücken, der zwischen ihnen im Weg stand. Sein Gesicht war so rot, als hätte er tüchtig Schnaps getankt. Jede Falte seines Gesichts zuckte, dass es zum Fürchten war.

Der braungebrannte dürre Jugendliche hob die Jadgflinte auf und zog 'Brille' an der Hand nach draußen. 'Brille' wandte sich um und brüllte noch etwas, bevor er in den Schnee davonging.

Lao Gang war ihnen durch die Tür gefolgt und schien noch etwas sagen zu wollen. Aber er atmete nur einmal tief aus und ging dann in die Hocke.

Jinbao starrte entrüstet auf die beiden sich entfernenden dunklen Silhouetten: „Söhne. Hat man keine, macht das nichts. Hat man aber welche, muss man sie dazu bringen, sich auch wie Söhne zu verhalten!"

„Hast du den Fisch gefangen?", fragte Lao Gang kraftlos.

Jinbao schüttelte den Kopf. Er blickte nach draußen zum Himmel und sagte: „Meine Knochen und Muskeln tun mir oft weh. Schuld daran ist nur, dass wir den Sampan zusammen tragen. Aber in dem Augenblick, in dem ich mich mit deinem Sohn gestritten habe, fühlte sich mein Körper etwas leichter an…"

Lao Gang musste trotz seiner Trauermiene auflachen.

Sie gingen nach draußen und setzten sich in Richtung von Jinbaos Fischerkate in Bewegung. Das Meer war grau und der Himmel war grau, ein verschwommener Streifen mattgrauer Düsternis. An der Küste lag der Schnee nun in einer noch dickeren Schicht. Schneeflocken fielen fast keine mehr, aber dafür begannen feine Eiskristalle durch die Luft zu schweben. Wenn sie darauf traten, machte es ein knirschendes Geräusch. Auf der dämmrigen Meeresoberfläche war undeutlich ein kleines

Boot zu erkennen. „Siehst du das?“, fragte Jinbao. „An einem solchen Tag fahren immer noch Menschen aufs Meer hinaus. Das sind sicher junge Leute, nur die tun solche gefährlichen Dinge.“ Bei seinem letzten Satz dachte er wieder an Lao Gangs Sohn und stieß unwillkürlich einen lauten Fluch aus. Lao Gang sah ihn verwundert an und fragte: „Auf wen schimpfst du?“

Jinbao schüttelte den Kopf: „Ich meine, dass die jungen Menschen die alten schikanieren, weil sie glauben, dass sie Angst haben, sich mit ihnen zu prügeln. Aber wovor haben die alten Männer Angst? Sie haben doch harte Muskeln und Knochen...“

Lao Gang gab keinen Laut von sich.

Jinbao hatte die Kate einen Schritt vor ihm erreicht, klappte die Tür auf und sagte: „Ach ja! Es wäre viel besser, wenn drinnen jetzt ein geschmorter Fisch auf uns warten würde. An einem Tag mit so viel Schnee...“

3

Als sie die Kate erreicht hatten, legten sie beide eine Atempause ein. Schnaufend holte Jinbao aus einem Winkel eine Schüssel mit eingelegtem Fisch, tastete im Sand nach der Schnapsflasche und zog sie heraus.

Dann tranken die zwei Männer schweigend ihren Schnaps. Die Hand, mit der Jinbao den Becher hielt, zitterte leicht, sodass er immer wieder etwas vom Inhalt verschüttete. „Wir sind alt geworden“, sagte er. „Jetzt zittern uns sogar die Hände.“

„Meine Hände zittern nicht“, entgegnete Lao Gang.

Der Fisch war ein wenig zu lange eingelegt gewesen und ebenso zäh wie salzig, sodass die beiden Männer kräftig daran kauen mussten. Als sie den reinen, angenehm starken und noch dazu gut durchgewärmten Schnaps tranken, bildeten sich Schweißperlen auf ihren Nasenspitzen. Lao Gang sagte: „Nun fehlt nur noch der gedämpfte Fisch. Heutzutage sind die Menschen flexibler geworden, aber die Fische raffinierter." Jinbao nickte: „Die Menschen sind raffinierter geworden. Letztes Jahr, als die Fischerei-Vertragsgruppen eingeteilt wurden, wollte die Alten keiner haben." „Aber bist du nicht trotz deines Alters", wand Lao Gang ein, „ebenfalls einer Vertragsgruppe beigetreten?" Jinbao nahm einen kräftigen Schluck Schnaps, wischte sich über den Mund und antwortete: „Du vergleichst mich mit den anderen Alten? Um einen langjährigen Experten wie mich könnten sie sich streiten, sie bekämen mich nicht!"

Draußen kam ein leichter Wind auf. Als die beiden Männer ihn rauschen hörten, stellten sie ihre Becher ab und gingen hinaus. Die Schneeflocken tanzten wild umher und ließen nichts unversucht, um in ihre Krägen und Ärmelaufschläge zu gelangen. „Sieh mal, wie tief die Wolken stehen", sagte Lao Gang. Jinbao kniff die Augen zusammen und ließ sie kurz musternd von oben nach unten gleiten. Dann sagte er: „Es hört nicht auf zu schneien, und dann noch der Wind. An der Küste wird er sicher einen Schneehügel nach dem anderen aufschütten."

Sie kehrten erneut zurück in die Kate, um weiter zu trinken.

Der eingelegte Fisch war immer noch hart und salzig, sodass sie mit aller Kraft daran kauten. Darüber vergaßen sie sogar eine Weile lang ihren gedämpften Fisch... Gegen Mittag brachte ihnen jemand aus der Vertragsgruppe trotz des Schnees Tabak, Schnaps und Proviant als Geschenk vorbei, was die beiden alten Männer in eine fröhliche Stimmung versetzte. Aus dem Mund des Besuchers erfuhren sie dies: Von dem kleinen Sampan auf dem Meer aus fischten die Xiaofeng-Brüder nach Muscheln, deren Fleisch sie in Longkou verkauften. Fünfzig Muscheln konnten sie am Tag aus dem Meer holen...

Lao Gang trank schlürfend seinen Schnaps, während Jinbao die ganze Zeit stumm blieb. Die Xiaofeng-Brüder, die auf Teufel komm raus Geld anhäuften, hatten ihn auf eine andere Sache gebracht.

Ihm war sein eigenes kleines Häuschen eingefallen.

Er hatte das Häuschen verkauft, nachdem seine Frau krank geworden war. Als seine Frau starb, war er erst vierzig. Da er kein Haus mehr hatte, wollte man ihm im Dorf dabei helfen, eines zu bauen. Aber er schüttelte den Kopf und lehnte ab. Er war in die Fischerkate am Meer gezogen und schien das Häuschen seitdem nicht mehr zu brauchen. Aber wie kann ein Mann auf ein eigenes Haus verzichten! Er vergaß es keinen Moment lang, und selbst in jedem seiner Träume kam es vor. Im Stillen sparte er Geld an. Er sparte und sparte und bereitete sich auf den Bau eines hübschen, stabilen Häuschens mit nur einer Tür und einem Fenster vor.... Selbst Lao Gang, der oft mit ihm zusammen war, wusste davon nichts. Sein Geld war in einem Kissen dieser Fischerkate eingenäht. Nachts schlief er mit dem Gedanken ein, dass sein Kopf auf einem kleinen Haus ruhte.

In diesem Moment starrte Jinbao unwillkürlich auf sein 'kleines Häuschen'. Erst als Lao Gang ihn kurz anschaute, richtete er seinen Blick vom Kissen des Podestes wieder auf die Schnapsbecher.

Beide Männer sprachen nicht. Es mussten auch nicht viele Worte zwischen ihnen gewechselt werden. Als Lao Gang seinen Becher von sich wegschob, wusste Jinbao, dass er eine rauchen wollte, und warf ihm eine Zigarette zu. Und als Jinbao das Fleisch mit der dunklen Haut vom Rücken des Fisches riss, wusste Lao Gang, dass er den ölgetränkten, schmackhaften Schwanz absichtlich zurückließ. Zufrieden verzehrte Lao Gang den Schwanz des Fisches. Die beiden Männer hatten mehr als die Hälfte der Flasche geleert.

Der Wind lies die Fischerkate knarren und ächzen. Lao Gang starrte die Schneeflocken an, die durch die Ritzen der Tür hineinwehten, und murmelte leise: „Oh, wenn der Wind den Schnee eine Weile lang aufwirbelt, dann werden sie sich am Strand verirren..." Während er noch sprach, stand er auf und ging zum Ofen, um das Feuer anzuschüren.

Jinbao setzte seinen Becher ab. Er wusste, dass Lao Gang sich um seinen jagenden Sohn Sorgen machte. Er blickte in Lao Gangs Gesicht, in dem weiße Bartstoppeln wuchsen, aber gab keinen Mucks von sich. So war es, Vater zu sein. Selbst der schlechteste Sohn war immer noch ein Sohn!

Der Wind nahm tatsächlich langsam an Stärke zu, sodass erstaunlicherweise kleine Sandkörner durch die Außenwände der Kate drangen und in die Schnapsbecher flogen. Jinbao erinnerte sich daran, dass er eigentlich nach dem Sampan sehen sollte, also ging er mit Lao Gang nach draußen. Auf dem Meer begann die Zahl der Wellen zuzunehmen. Die Gischt war schneeweiß und brandete kraftvoll ans Ufer. Sie verstärkten nacheinander die Trossen des Sampans und trugen den ankerlosen Kahn wieder den Strand hinauf. Als alles erledigt war, setzten sich Jinbao und Lao Gang auf ein umgedrehtes Boot, rauchten und blickten aufs Meer.

In jedem Winter schneite es, aber in diesem Jahr schienen die Schneefälle ein wenig zu stark zu sein.

Aus nordöstlicher Richtung trieb etwas auf sie zu, das allmählich größer wurde und deutlichere Konturen bekam. Jinbao behielt es starr im Blick. „Vielleicht werden wir reich", raunte er Lao Gang ins Ohr.

Hier an der Küste gab es ein ungeschriebenes Gesetz: Was das Meer antrieb, gehörte demjenigen, der es zuerst entdeckte. Ganz langsam erkannten Jinbao und Lao Gang, dass es ein paar Holzstämme waren, ein dicker und ein schmaler. Den dicken konnte man als Dachbalken verwenden. Begeistert musste Jinbao wieder an sein Häuschen denken. Er sprang vom Boot herunter und schickte Lao Gang nochmal zurück in die Kate, um Seile und langstielige Bootshaken zu holen.

Lao Gang machte sich eilig auf den Weg. Von Nordwesten näherte sich das Boot der Xiaofeng-Brüder.

Als Jinbao und Lao Gang die Stämme ans Ufer gezogen hatten, waren ihre halblangen Hosen durchnässt, sodass sie vor Kälte wie Espenlaub zitterten. Dennoch war Jinbao in Hochstimmung.

„Das kleine Haus hat einen großen Dachbalken" rief er mit lauter Stimme. Ein Ausruf, der Lao Gang völlig rätselhaft blieb.

Auch das Boot hatte das Ufer erreicht und die Xiaofeng-Brüder sprangen an Land. Als Xiaofeng die Holzstämme sah, schrie er: „He, Jinbao, du bist schon ein echter Schnäppchenjäger! Wir haben die Stämme auf hoher See gesichtet und sind ihnen bis hierher gefolgt, aber du streckst den Bootshaken nach ihnen aus."

Nervös warf Lao Gang Jinbao einen eiligen Blick zu.

Jinbao wrang das Wasser aus seinen Hosenbeinen. Dann setzte er sich, um eine zu rauchen. „Ruh dich einen Moment aus“, wies er Lao Gang an. „Wenn wir wieder gleichmäßig atmen, schleppen wir sie nach Hause.“

Xiaofeng machte einen Satz und stellte sich in sein Blickfeld: „Du schleppst ihn nicht weg!“

Jinbao kniff die Augen zusammen: „Hmhm. Mein halbes Leben schlafe ich in einer Fischerkate, aber Sand habe ich mir dabei nicht in die Augen gerieben. Die Stämme sind aus Nordosten angetrieben, dein Boot kam von Nordwesten. Und du hast die Stämme gesehen?“

Xiaofengs Gesicht färbte sich blutrot. Er schaute die Stämme an, auf denen sich Salzblumen gebildet hatten, schrie wütend und kam näher auf Jinbao zu. Der warf seinen Zigarettenstummel weg, zog seine beiden bretttharten dunklen Fäuste zur Hüfte und biss sich auf die Lippen. Seine Augen wurden starr, und zu den Falten auf seiner Stirn trat eine weitere hinzu, die dick und tief war. Dicht neben seinen Ohren rief ihm Lao Gang etwas zu, aber er hörte nicht ein Wort davon.

Xiaofeng blinzelte seinem Bruder zu, beugte sich nieder und umklammerte ein Ende des Stammes. Mit nur einem Faustschlag hatte Jinbao Xiaofengs Stirn eine Beule verpasst. Xiaofeng stürzte zu Boden, nutzte die Situation dabei jedoch geschickt aus und brachte mit seinen Füßen auch Jinbao zu Fall. Auf kaum glaubliche Weise drehte er sich in einer Rolle herum, sprang wieder auf und griff nach den Stämmen, bevor beide Brüder sie sich auf die Schultern hoben und davonrannten.

Wortlos hob Jinbao den Bootshaken hoch und setzte ihnen gebückt nach.

Lao Gang war starr vor Staunen, als er Jinbao so rennen sah, als ob er flöge. Er verfolgte mit, wie Jinbao ein paar Schritte lang dicht hinter den Brüdern herlief, dabei den Bootshaken rücksichtslos in einem Kreisbogen schwang und schließlich nach unten sausen ließ, sodass er einen der Stämme zu fassen bekam... Mit dem anderen Stamm auf ihren Schultern suchten die beiden Brüder das Weite.

Der Stamm, den er mit dem Haken heruntergezogen hatte, war der kleine, schmale.

„Eines Tages", riefen die beiden Brüder aus der Ferne, „wird deine Kate Feuer fangen und du alter Knochen wirst verbrennen... !"

Alle Muskeln an Jinbaos Körper zitterten. Mit erschreckend kräftiger Stimme schimpfte er:

„Ihr beiden Stück Vieh, ihr gierigen Diebe! Ich werde nicht verbrennen!"

4

Die beiden alten Männer schleppten den Baumstamm nach und nach zur Kate und legten ihn auf das spitz zulaufende Dach.

„Man kann ihn als Dachpfette benutzen", sagte Jinbao mit dünner Stimme und zwängte sich in die Kate.

Er legte sich auf einen Haufen schwarz gewordener Netze und schloss fest seine Augen. Lao Gang trat neben ihn und musterte sein Gesicht, das von tiefen Falten durchzogen war und dunkle Flecken aufwies. Er bemerkte, dass Jinbaos Wimpern schon sehr ausgedünnt waren. Einige davon waren in der Mitte abgebrochen und standen steif und kerzengerade heraus. Mit weit aufgerissenen Nasenlöchern atmete er schnell und angestrengt. Lao Gang hatte ein paar Bemerkungen und Witze über diese Nasenlöcher machen wollen, die wie zwei schwarze Höhlen aussahen, aber jetzt traute er sich das nicht.

„Er hat sich auf seine Jugend verlassen und mir einen Dachbalken weggeschnappt!“, sagte Jinbao verbittert.

„Ja, an sich gerissen“, bestätigte Lao Gang.

„Mir als Strandwächter hat tatsächlich jemand etwas weggeschnappt. Das nennt man alte Leute schikanieren. Schau mal, an einem Tag habe ich zweimal Streit gehabt, beide Male mit jungen Leuten.“ Jinbao stand auf und reckte eine dunkle, harte Faust in die Höhe.

Lao Gang sah sich die Faust genau an. Er bemerkte, dass zwei Finger schief standen. Sie waren schon an der Wurzel gekrümmt. Er vermutete, dass er sie sich irgendwann in der Vergangenheit gebrochen hatte. Wie musste das wehgetan haben, dachte Lao Gang und knirschte mit den Zähnen.

„Hehe! Diese vor Energie strotzenden, reizbaren jungen Leute! Man muss ihnen zeigen, dass alte Menschen auch Lust darauf haben, sich zu prügeln.“ Während er sprach, kramte Jinbao einen weiteren eingelegten rohen Fisch hervor, legte ihn zum Aufwärmen ans Ofenloch, holte den Schnaps und goss zwei Becher damit voll.

Während draußen der Wind pfiff und heulte, wehten Schneeflocken unter dem Türspalt herein. In der Kate war es warm, und der kleine Ofen summte sein 'Lu-lu', was die beiden Alten sehr anregte. Gemeinsam leerten sie Becher um Becher.

Die Kate füllte sich mit Rauch, sodass sie ständig husten mussten. Durch den Rauch sah Jinbao, was Lao Gang für ein düsteres Gesicht machte. „Lao Gang“, fragte er, „was ist los mit dir?“ „Ich denke über mein Leben nach“, antwortete Lao Gang leise.

Jinbao schwieg.

Er wusste, dass Lao Gang so wie er selbst sein Leben auf dem Meer verbracht hatte. Ein Unterschied zwischen beiden bestand darin, dass Lao Gang einen Sohn hatte, er aber nicht. Sein ganzes Leben lang hatte er gegen starke Winde und berghohe Wellen gekämpft, war gestorben, aber schließlich dennoch ins Leben zurückgekehrt. Doch dann war Lao Gang, so wie er selbst, von den starken Winden und den Wellen trotzdem ans Land gespült worden. Nun konnten sie nur noch am Ufer liegen und die Brandung beobachten. Jinbao stieß einen langen Seufzer aus.

Lao Gang sagte: „Wir sind beide alt geworden. Und das wirklich schnell!“

„Wenn ich auf mein Leben zurückblicke“, erwiderte Jinbao, „dann war es auch Zeit, alt zu werden. Ich weiß nicht mehr, wie viele Boote mir kaputt gegangen sind und wie viele die Wellen zerlegt haben; einige davon waren nagelneu, die musste ich dem Meer überlassen. Allein und nackt bin ich ans Ufer gekrabbelt. Einmal im Winter bin ich zwanzig Meilen geschwommen, indem ich mich an einen treibenden Korb geklammert habe. Seltsamerweise bin ich dabei nicht erfroren!“

„Und ich weiß nicht, wie viele Fische ich in meinem Leben gefangen habe“, sagte Lao Gang, während er seine Ärmel hochrollte, den Kopf senkte und das Kinn hart gegen das Brustbein presste. „Damals gab es so viele Fische, dass sie sich am Strand stapelten. Die Käufer warfen ein paar Münzen hin und durften dafür so viele auf dem Rücken davontragen wie sie wollten. Wenn ich als Kind hörte, dass die Netze ans Ufer gebracht wurden, rannte ich dort sofort hin. Aus der Fischerkate reichte mir mein alter Vater eine Schüssel mit dampfenden frischen Makrelen hinaus und sagte: 'Iss mehr Fisch, Kind, und weniger Getreide. Wir fahren sowieso nicht aufs Meer!' Damals gab es so viele Fische..."

Jinbao nickte: „Wir sind alle mit Fisch aufgewachsen. Wenn wir damals Maisfladen sahen, waren wir so gierig danach, dass uns das Wasser im Mund zusammenlief. Hehe, das glaubt heute keiner mehr... Als ich zum ersten Mal aufs Meer fuhr und einen Angelhaken ins Wasser ließ, hätte mir ein Degenfisch fast den Daumen abgebissen. Damals habe ich mich ganz darauf verlassen, dass ich jung war. Ob ich mir irgendwo einen kleinen Schnitt holte oder stark blutete, war mir völlig egal. Mehr als einmal bin ich im Winter ins Wasser gefallen. Das Eis-Alaun im Meer hat mir ins Fleisch geschnitten, also habe ich die Zähne zusammengebissen. Das Wasser war tintenschwarz, die großen Wellen haben gebrüllt, dass es zum Fürchten war, und ich wusste nicht mal, an welchem Abschnitt des Ozeans ich mich befand. Ich dachte, dass ich ganz sicher sterben würde. Aber um auf diese Weise zu sterben, war es vermutlich noch zu früh. Das war damals wirklich schwer auszuhalten. Wenn ein Mensch nicht sterben will, aber dazu gezwungen wird, ist das kaum zu ertragen."

Lao Gang lachte ein paar Mal.

„Mein Leben lang habe ich mich durch Wind und Wellen gekämpft. Also dachte ich daran, mir an einem Ort, an dem es kein Wind und keine Wellen gibt, ein kleines Haus zu bauen." Jinbao lachte bitter: „Ich wurde in einer Fischerkate geboren und habe mich immer danach gesehnt, ein festes und stabiles Häuschen zu besitzen. Erst nach 1949 bekam ich ein Haus und auch eine Frau. An die Zeit dieser wenigen Jahre werde ich mich selbst noch in meinem nächsten Leben erinnern! Eine Ehefrau ist schon eine tolle Sache... Eines Tages wurde sie krank und bekam Appetit auf einen Barsch, und du weißt, dass Barsche schwer zu kriegen sind. Ein alter Mann hatte einen von wer weiß woher aufgetrieben und wollte ihn gegen ein Drehnetz tauschen. Ich versuchte zu feilschen, aber kein Argument verfing, er wollte unbedingt ein Drehnetz von mir haben. Da wurde ich sehr wütend, riss ihm den Fisch aus der Hand und lief davon. Vorher warf ich ihm noch fünf Yuan vor die Füße..."

„Das heißt, dass auch du etwas geraubt hast, was jemand anderem gehörte", warf Lao Gang ein.

Jinbao nickte: „Richtig. Auch ich war damals jung und habe einem alten Mann etwas weggenommen. So wie die Xiaofeng-Brüder mir. Vielleicht müssen sich alle Menschen etwas unter den Nagel reißen, wenn sie jung sind. Ein anderes Mal wurden wir in Sangdao dazu eingesetzt, auf einem Boot Wasser zu transportieren, um damit die Dürre zu bekämpfen. Mittags, nachdem ich meine trockene Verpflegung gegessen hatte, war ich so durstig, dass mir die Kehle rauchte. Da zog der Kader des Dorfes aus seiner Tragetasche eine kleine Thermoskanne und begann daraus zu trinken. Als ich ihn um einen Schluck bat, wollte er mir keinen geben. Da habe ich ihm seine kleine Thermoskanne aus den Händen gerissen. Danach, du weißt und hast sicher davon gehört, suchte der Kerl Streit mit mir, indem er behauptete, ich hätte einen Motorsegler beschädigen wollen. Und er sperrte mich für eine Woche im Büro der Arbeitsgruppe ein... !“

Jinbao fing an zu lachen und schlug sich mit der Hand kräftig auf sein eigenes Bein: „Zufällig saß er später einmal bei mir im Boot (er hatte mich nicht wiedererkannt). Da habe ich mich gründlich um ihn gekümmert, bis sein Gesicht vom vielen Kotzen wachsgelb geworden ist. Offenbar war der Kerl ein höherer Beamter, denn allein in seiner kleinen Jackentasche steckten drei Füllfederhalter. Wegen mir musste er sich übergeben, bis er ein wachsgelbes Gesicht hatte... Siehst du, in meinem Leben habe ich geraubt und bin selbst beraubt worden. Aber wenn wir unsere Hände aufs Herz legen und uns selbst befragen, dann haben wir keine himmelschreienden Untaten begangen.“

„Deine Frau hast du auch geraubt“, sagte Lao Gang mit gedämpfter Stimme.

Jinbao starrte ihn an, als würde er ihn nicht kennen. Wie nebenbei schenkte er sich den Becher voll und nippte ganz leicht daran. Dann blickte er Lao Gang direkt ins Gesicht und lachte. Erst danach fing er an zu sprechen: „Ich habe sie nicht geraubt, sie wollte sich aufhängen... An diesem Abend, es war auch viel Schnee gefallen, habe ich sie in meinen Armen aufs Boot getragen und von der Insel weggebracht. Lediglich meine Schwiegermutter hat mir leid getan. Es hieß, dass sie sich um ihr Töchterchen die Augen ausgeweint hat...“

Jinbao wurde traurig und fiel ins Schweigen.

Da es in der Kate dämmrig wurde, zündeten sie die Öllampe auf dem Herd an. Jinbao zog an seiner Zigarette, starrte auf seine Füße und stieß schließlich einen langen Seufzer aus: „Wie sind die Xiaofeng-Brüder nur so geworden? Und warum hat sich dein kleiner Liebling von

Sohn plötzlich ein Jagdgewehr mit zwei Läufen über die Schulter gehängt...?“ Lao Gang senkte den Kopf und verstummte... Weil es in der Kate ein wenig stickig wurde, beschlossen sie, nach draußen zu gehen und sich kurz die Beine zu vertreten. Über die ins Dunkel tauchende verschneite Flur wälzten sich in diesem Moment Millionen von Schneedrachen! Der Wind heulte ohne auf irgendwen Rücksicht zu nehmen und nahm den Schnee in die Mangel, der auf dem Boden lag. Bald würde der Himmel dunkel sein. Als sie so gut wie keinen Moment mehr länger herumstehen wollten, machten sie kehrt und gingen in die Kate zurück.

Jinbao setzte sich wieder vor den Herd und sagte, während er sich die Hände daran wärmte: „Bei diesem Sauwetter kann man nur trinken. Ach, schließlich sind wir alt geworden und haben keine Energie mehr. Einem Schneesturm können wir uns einfach nicht mehr aussetzen.“

„Wer weiß, ob dieser Schneefall heute noch aufhört. Warte ein paar Tage und du wirst sehen, dass überall auf dem Meer Eis-Alaun treibt.“ Lao Gang hörte dem Heulen des Schneesturms noch immer aufmerksam zu.

„Ach, wir sind alt geworden, alt.“ Jinbao legte seine tiefdunklen Handflächen auf den Ofen und wendete sie immer wieder um, als würde er einen eingelegten Fisch braten. „So wie Schnee, der voller Freude herabfällt, aber früher oder später schmelzen muss.“

Lao Gang nickte. „Ja, so wie Schnee.“

Jinbao blickte zur schwarzen Glasscheibe in der Tür: „Auf dem Boden ist es immer noch besser. Die Schneeflocken wirbeln vom Himmel herab und bilden eine dicke Schneeschicht. In die treten die Menschen und die Sonne scheint darauf, und dann verwandeln sie sich in Wasser. So geht ihr Leben zu Ende.“

„Bei den Menschen ist es auch so. Sie liegen am Boden und werden alle von anderen Menschen getreten, bis sie ganz schmutzig sind.“ Lao Gangs Stimme zitterte ein wenig. Seine Augen waren starr auf das hüpfende Ofenfeuer gerichtet. In seinen Augenwinkeln leuchtete etwas auf.

Jinbao rauchte ganz langsam seine Zigarette und steckte die halb ausgetrunkene Flasche Schnaps ein weiteres Mal zurück in den Sand. Dann bewegte er seine Arme, dehnte unbekümmert seine Hüften und stieß einen oje-oje-Laut aus, der aber signalisierte, dass er sich wohlfühlte. „Meinen Namen“, sagte er, „hat mir mein alter Vater gegeben. Vom Temperament her habe ich auch wirklich Ähnlichkeiten mit einem 'Leoparden'. Gerade habe ich mich sogar zweimal herumgestritten. Ich bin zwar alt geworden, aber ich bin ein 'alter Leopard'! Hehe...“

Jinbao fing schallend an zu lachen. Lao Gang hatte das Gefühl, dass sein alter Kumpan betrunken war.

5

Vom Schneesturm abgeschnitten, musste Lao Gang in Jinbaos Kate schlafen. Die beiden alten Männer lagen dicht nebeneinander, wobei jeder mit geschlossenen Augen seinen eigenen Sorgen und Gedanken nachhing. Lao Gang dachte an seinen Sohn – der in diesem Augenblick bereits mit der Jagdflinte auf dem Rücken in sein dortiges Zuhause zurückgekehrt war. Dieses Zuhause hatte er, Lao Gang, einmal kennengelernt: Es war klein, sehr hübsch, und hatte auch noch eine Heizung. Damit konnte man einen durchgefrorenen Körper rösten. Seine Schwiegertochter war eine rigorose Frau aus der Stadt. Lao Gang hatte sie nur zweimal getroffen, wusste aber bereits, dass sie sehr bestimmend war. Irgendwie kam ihm plötzlich der Gedanke, dass sie seinen Sohn mit irgendeinem städtischen Trick kontrollierte, er deswegen eine doppelläufige Schrotflinte auf seinem Rücken trug und sich nicht mehr um seinen Vater kümmerte. – Draußen quietschte etwas mehrmals. Als Lao Gang das Geräusch hörte, setzte er sich beunruhigt auf. Jinbao, der liegen blieb, sagte: „Man weiß nicht, was der Wind anbläst, so ist das am Strand. Einmal hat mir jemand erzählt, dass in der Nacht eine Frau ständig 'Mein Bein, mein Bein!' ruft. – Würde man am Strand einen Schritt auf die Stimme zumachen, würde sie sich um einen Schritt entfernen. Vielleicht ein Gespenst, das über Bord gegangen ist und sich hier das Bein gebrochen hat. Aber ich habe das nicht geglaubt. Als ich später nachsehen ging – hey, da sind es die Wellen gewesen, die gegen das Heck eines Bootes gedrückt haben, das Geräusch von zwei gegeneinander reibenden Holzstücken auf dem Boot. Es klang sehr schrill, aber eben nicht wie eine Frau! ... Komm, schlaf jetzt."

Lao Gang legte sich wieder hin. Aber nun konnte Jinbao selbst nicht einschlafen. Das Quietschen störte ihn so sehr, dass er innerlich ganz unruhig wurde. Er drehte sich zur Seite, zündete sich eine Zigarette an und lauschte ganz still auf die Geräusche von draußen. Das Tosen der Wellen war furchtbar laut. Er wusste, dass sie sich einrollten, wenn sie ans Ufer schlugen, und dass sie die Schneebrocken am Ufer gerade grausam verschlangen. Er war daran gewöhnt, beim schauerlichen Gebrüll der Wellen in tiefen Schlummer zu fallen, aber heute Nacht konnte er einfach nicht einschlafen. In dieser Schneenacht schien es etwas Furchtbares zu geben, das ganz langsam auf ihn zuschlich. Nein, wie er es auch versuchte, an Schlaf war nicht zu denken. Er hielt einen Moment inne, dann warf er seinen Zigarettenstummel fort, zog sich seine zerschlissene wattierte Jacke über und schlüpfte aus der Kate.

Kaum war er aus der Tür, wurde er von einer sich drehenden Säule aus Schnee zu Boden geworfen. Er begann laut zu fluchen – diese Schneesäule war wirklich genau so hart wie eine aus Holz. Seine Augen und Ohren füllten sich mit Schnee, und der Schlag gegen den Kopf hatte ihn leicht benommen gemacht. Jinbao stöhnte vor Angst. Als er sich umsah, wollte er seinen Augen nicht trauen. Die Wellen und der Schneesturm brüllten gleichzeitig wie ein heiserer alter Bär. Vielleicht erdröhnte auf dem Meeresgrund eine riesige Trommel, und durch die Erschütterung fielen nicht nur die Wolken herab, die sich während des Tages am Himmel gesammelt hatten, sondern das ganze Meer wurde durchgeschüttelt. Jinbao lag bäuchlings im Pulverschnee und hörte dem 'Trommelschlag' zu, der von überall zu kommen schien. Sein Herz begann auf seltsame Weise zu pochen. Plötzlich fiel ihm der Sampan ein, den sie tagsüber transportiert hatten. Auch die verstärkten Trossen boten keine Sicherheit! Wie von etwas gestochen schrie er nach Lao Gang, rappelte sich hoch und kehrte in die Kate zurück.

... Indem sie die Glätte des Pulverschnees ausnutzten, schoben sie gleich mehrere Sampans ein paar Meter vom Ufer weg. Sie konnten einander nicht sehen, sondern hörten nur die groben Atemzüge des jeweils anderen. Aus Angst, sie könnten nicht mehr in die Kate zurückfinden, wagten sie es nicht, die Boote noch ein Stückchen weiter zu schieben.

Der Himmel und das Meer waren wirklich verrückt geworden. „Das alles schaffen wir nur“, sagte Jinbao, „weil wir einen Tag lang getrunken haben. Schnaps ist schon eine tolle Sache.“ Lao Gang brachte vor Keuchen kein Wort heraus, zerrte kräftig am Seil und gab als Erwiderung nur einen oh-oh-Laut von sich. Irgendwann zog er auf unglückliche Weise, sodass er ausrutschte und in den samtigen Pulverschnee fiel. Es dauerte ziemlich lange, bis er sich herauskämpfen konnte...

Ihre Hände und Füße wurden vor Kälte taub. Schließlich hatten sie keinen Mut mehr, noch länger zu bleiben, und begannen sich zurück zur Kate zu tasten. Jinbao rief in einem fort nach Lao Gang, ohne eine Antwort von ihm zu hören. Also streckte er die Hände aus, um ihn anzufassen und an ihm zu ziehen. Einmal stieß er mit seinem Gesicht gegen seine Nase und sah, dass er sich beide Hände an die Ohren hielt, so als würde er auf etwas horchen.

Lao Gang lauschte wirklich auf etwas. Er hörte eine seltsame Stimme, die nur alte Katler unterscheidend heraushören konnten. Nachdem er eine Weile gehorcht hatte, fing sein Mund an zu zittern, und er rief in weinerlichem Ton einen einzigen Satz: „Bei meiner Mutter, da ist jemand auf dem Meer!“

Jinbao lauschte ebenso wie er.

„Uuu-ooo – Heee – Hilfe – Uuu...“

Es war ein verzweifeltes Heulen und Schreien. Jinbao sprang auf und brüllte wie der Donner: „Das sind die beiden Xiaofeng-Brüder! Sie können nicht an Land kommen!“

„Den Stimmen nach zu urteilen, sind sie nicht weit weg.“ Lao Gang fing an zu zittern und seine Zähne klapperten.

Jinbao stampfte mit dem Fuß auf: „Die haben so viele Wellen gegen den Kopf bekommen, dass sie nicht mehr klar denken können, die beiden Burschen mit ihrem illegalen Reichtum! Xiaofeng! – Xiaofeng –!" Nah an einer Welle begann Jinbao zu brüllen. Als sie herabstürzte, wurde er sofort pitschnass... Auch Lao Gang rief eine Weile und sagte dann verzweifelt: „Sie schaffen es nicht. Sie hören uns zwar, aber sie finden den Weg an den Strand nicht. Die beiden Brüder werden es nicht schaffen..."

Jinbao breitete die Arme aus, so als wolle er mit seinen beiden furchtbaren Fäusten jemandem drohen. Er rannte umher, brüllte weiter und fiel dabei wer weiß wie oft hin. Dann wühlte er mit ausgestreckten Händen wahllos im Schnee herum – er wollte Brennholz zu fassen bekommen, um ein großes Feuer zu entzünden: Menschen, denen die Wellen den Kopf verwirrt hatten, konnten nur dann ans Ufer gelangen, wenn sie sich auf einen Feuerschein zubewegten. Nach den auf See geltenden Regeln wollte Jinbao für die Xiaofeng-Brüder ein Rettungsfeuer entzünden. Aber wo sollte man in den tiefen Schneemassen nach Feuerholz suchen! Schließlich stellte er sich stumm neben Lao Gang. Eine Minute lang blieb er so stehen, dann sagte er plötzlich: Lass uns die Kate anzünden!"

Seine großen Hände packten Lao Gang fest an den Schultern.

Durch das Kneifen taten Lao Gang beide Schulterknochen weh. Er wusste, dass es nur diesen einen Weg gab; eine Methode, die früher auch schon andere Leute angewandt hatten. Aber Jinbaos Kate stand voll mit ungenutzten Netzen, Geräten und verschiedenen Gegenständen, die die gesamten Habseligkeiten ihrer Vertragsgruppe darstellten. Lao Gang nickte und sagte mit zitternder Stimme: „Schnell, räumen wir die Sachen aus der Kate. Du nimmst die drinnen und ich die draußen..."

Lao Gangs große Hände begannen die Netze aus dem dicken Pulverschnee zu klauben, verfingen sich dabei aber in einem Knäuel Nylongarn. Laut fluchend befreite er sich davon. Als er seine Handgelenke herauszog, schnitt das Garn so tief in sie hinein, dass es blutete. Immer noch kämpfte er mit aller Kraft und rief dabei seltsamerweise ein paar mal Jinbaos Namen.

Von Jinbao kam kein einziger Laut, auch sah man nicht, dass er etwas nach draußen trug. Als sich Lao Gang in die Kate zwängte, um nachzusehen, war er mit einem Mal wie vor den Kopf geschlagen: Jinbao hatte die Kate vom Ofen aus anzünden wollen – aber der Ofen war irgendwann ausgegangen, und gerade riss Jinbao mit zittrigen Händen ein Streichholz an... Lao Gang versetzte der Streichholzschachtel einen Schlag mit der Handfläche, sodass sie zu Boden fiel. „Komm mit mir nach draußen", brüllte er, „du Leopard!" Jinbao biss sich auf die Lippen, schüttelte seinen eisverklebten Bart und öffnete seine blutunterlaufenen Augen, um einen kurzen Blick auf seinen alten Kumpan zu werfen. Dann schnellte abrupt seine stahlharte Faust vor und – wusch! - schlug sie zu...

Nachdem Lao Gang zur Tür der Kate hinausgeprügelt worden war, lag er auf dem Bauch im Schnee und wäre beinahe ohnmächtig geworden... Begleitet von einem Brandgeräusch, das wie „Piff-Paff" klang, richtete er sich wieder auf. Ein großes Feuer war in Gang gekommen! Der Wind wehte, sodass rund um den lodernden Brand herum für Eis oder Schnee kein Platz mehr blieb. Aus den Nylonnetzen brach im Feuer eine silberhelle, glänzend grüne Lichtfarbe. Der Himmel und die in der Luft wirbelnden Schneeflocken wurden rot beleuchtet; ja über weit und breit alles auf dem schneebedeckten Boden legte sich die hellrote Farbe des Feuers. Der wilde Schneesturm schien im Vergleich zur Feuersbrunst bereits kaum mehr erwähnenswert zu sein… Lao Gang röstete das Feuer dermaßen, dass es ihm am ganzen Körper wehtat. Er begann zu rennen und nach Jinbao zu rufen, aber neben dem Feuer war keine Spur mehr von ihm zu sehen.

Jinbao war längst in die Wellen hineingewatet. In diesem Moment starrte er auf einen dunklen Schatten im Wasser. Der Schatten kam näher. Es war Xiaofeng, der ein Brett umklammert hielt. Jinbao zog an Xiaofeng und machte gerade einen Schritt nach vorn, da wurde er von einer riesigen Welle zu Boden geworfen. Als er sich wieder aufrappelte, sah er, dass auch Lao Gang an einem Mann zog... Sie trugen die beiden Brüder an den Rand des großen Feuers.

Den beiden Xiaofeng-Brüdern hatten die Wellen fast alle Kleider vom Leib gerissen. Ihre Haut war sehr glatt. Im Feuerschein rötete sie sich und weißer Dampf stieg von ihr auf. Das ölig glänzende Haar, das fest an ihren Köpfen klebte, ließ diese sehr rund und hübsch aussehen. Nach einer Weile des Aufwärmens fingen die beiden Körper an, sich zu winden.

Genau in diesem Augenblick war von der anderen Seite des Feuers ein seltsames Geräusch zu hören. Sie liefen hinüber, um nachzusehen und bekamen einen solchen Schrecken, dass es ihnen die Sprache verschlug – aus dem Schnee und der Tiefe der dunklen Nacht wälzten sich ihnen zwei 'Schneebälle' entgegen! Die 'Schneebälle' rollten an den

Rand des Feuers. Erst dort 'entfalteten' sie sich und gaben sich ihnen als zwei Menschen zu erkennen. Lao Gang senkte den Kopf und warf einen kurzen Blick auf sie, dann packte er einen der beiden erschrocken bei der Hand. „Das ist mein Sohn!“, sagte er.

Es stellte sich heraus, dass sie es letztendlich nicht aus der unübersehbaren offenen Landschaft herausgeschafft hatten. Stattdessen hatten sie sich im schier grenzenlosen Schneestaub verirrt! Genau wie die Xiaofeng-Brüder waren sie mal nach rechts und mal nach links gestürmt, bis ihnen schließlich klar wurde, dass sie dazu verurteilt waren, in dieser Schneenacht zu erfrieren. Aber da, in ihrer ausweglosen Situation, hatten sie ein Wunder erblickt - in der Ferne loderten die wilden Flammen eines gewaltigen, lebensrettenden Feuers, das ein blendendes weißes Licht aussandte! Mit Tränen in den Augen waren sie darauf zu gekrochen, darauf zu gerollt...

Die Kraft des Feuers wurde allmählich schwächer, aber der Haufen aus Holzkohlen glomm in einem schönen Rot. Die Xiaofeng-Brüder waren nun imstande, sich aufzusetzen. Sie blickten auf das Holzkohlenfeuer und in die ferne dunkle Nacht, riefen Jinbao und Laogangs Namen und fingen laut an zu weinen.

Die beiden jungen Jäger hatten ihre doppelläufigen Flinten längst irgendwo hingeschmissen. Die Eisklumpen an ihren Körpern waren dabei zu schmelzen. Ihr Wasser floss hinab und sickerte in den Sand. „Papa!“, rief der Assistenzingenieur mit zitternder Stimme, „Onkel Bao...“.

Sie und die Xiaofeng-Brüder gingen zusammen vor den beiden alten Männern in die Knie...

In ihren umgehängten langen Regenmänteln und wattierten Jacken blieben die beiden Alten reglos stehen. Das Holzkohlenfeuer warf ihre kerzengeraden Schatten auf den verschneiten Boden.

6

Als sie die vier jungen Leute zu Lao Gangs Kate begleiteten, war der Himmel fast hell geworden. Die Wucht des Schneesturms hatte sich erheblich abgeschwächt. Wie von etwas getrieben, kehrten die beiden Männer bald zur abgebrannten Kate zurück.

Das Feuer war mittlerweile ganz erloschen und hatte einen Haufen schwarzer Asche übriggelassen.

Sie starrten darauf, ohne auch nur einmal zu blinzeln. Dies war der komplette Besitz einer Vertragsgruppe gewesen, für dessen Erwerb sie geblutet und geschwitzt hatte! Den beiden Männern stieg unwillkürlich Angst in die Knochen.

Darüber hinaus verspürte Jinbao einen nagenden Schmerz. Er scheute regelrecht davor zurück, daran zu denken: In seiner Panik hatte er doch tatsächlich das Kissen vergessen, in dem das 'Häuschen' versteckt gewesen war! Mit eigenen Händen hatte er sein kleines Haus niedergebrannt!

Lao Gangs Lippen zitterten: „Verbrannt, so vollständig verbrennt ein Feuer..."

Jinbao hielt seinen Kopf in beiden Händen und gab keinen Laut von sich. Er dachte mehrmals daran, seinem alten Kumpan das über ein halbes Leben gehütete Geheimnis zu verraten, ihm von dem 'Häuschen' zu erzählen, das er mit eigenen Händen abgefackelt hatte... Aber schließlich unterließ er es. Als er allein in der Dämmerung stand, begann er lautlos zu weinen.

... Ganz langsam hörte es auf zu schneien. Der Wind blies immer noch. Die Schneeflocken auf dem Boden flogen auf und wollten den Aschehaufen bedecken, aber letztendlich gelang ihnen das nicht. Jinbao, der davor hockte, erinnerte sich plötzlich an etwas. Er ging zum Aschehaufen und wühlte angestrengt darin. Am ganzen Körper mit Staub bedeckt, hob er schließlich etwas auf: eine Schnapsflasche, die durch die Hitze in mehrere Stücke zerborsten war....

Als die Sonne herauskam, wurde der bis zum Horizont reichende weiße Schnee so hell, dass er die Augen blendete. Der Himmel war tatsächlich von einem wunderbaren Blau! Viele Leute stapften durch den angehäuften Schnee bis vor zum Strand. Ausgeschlossen, dass die Menschen das Meer während der wenigen aufeinander folgenden Tage vergessen hatten. Viele von ihnen begaben sich nach dem Schneesturm ganz unwillkürlich an die Küste. Der Schnee lag sehr hoch, und außerdem querten mehrere Schneehügel die Wegstrecke, sodass sie die Menschen mühsam, aber auch mit Begeisterung zurücklegten.

Alle kamen, um sich die abgebrannte Fischerkate anzusehen. Indem ihre Phantasie bei dem großen Aschehaufen ansetzte, versuchten sie mit aller Kraft, sich die vorangegangene hell leuchtende Feuersbrunst vorzustellen.

Die kleine Vertragsgruppe ließ sehr schnell eine neue Kate errichten, die selbstverständlich genauso aussah wie die alte. Nur Netze lagen keine mehr darauf. Da die Sache nicht offensichtlicher sein konnte, machte anscheinend niemand den beiden alten Katlern Vorwürfe. Nach einer Untersuchung beschlossen die Führungskräfte des Dorfes, der Vertragsgruppe eine kleine finanzielle Unterstützung zu gewähren. Außerdem zeichneten sie die beiden alten Männer für ihr schnelles und entschlossenes Handeln aus. „Was war schon groß dabei", sagte Jinbao ergriffen. „Als die Zeit dazu gekommen war, haben wir bloß ein Streichholz angezündet!"

Und auch Lao Gang erwiderte, wenn sie später jemand lobte: „ Was war schon groß dabei. Wir haben bloß ein Streichholz angezündet!"

„Bloß ein Streichholz angezündet?", fragte sich Jinbao im Stillen. Er schüttelte gequält den Kopf: „Wir haben so viele Dinge verbrannt, mein Haus haben wir angezündet!" Er erinnerte sich genau daran, dass auch die 'Dachpfette', die er Xiaofeng aus den Händen gerissen hatte, mitverbrannt war – anfangs hatte sie nur gequalmt, so als würde sie sich ein bisschen genieren. Aber danach waren rote Feuerzungen aus ihr geschlagen und sie war fröhlich verbrannt...

Eines Abends bat er Lao Gang eigens, dazubleiben und in der neuen Kate zu schlafen. Er müsse mit ihm reden, sagte er. Aber nachdem sie sich hingelegt hatten, kam nicht ein Wort von seinen Lippen. Auf dem Rücken liegend hörte er den Gezeiten des Meeres zu und dachte über unendlich viele Dinge aus der Vergangenheit nach. Während er mit geschlossenen Augen so nachdachte, hatte er plötzlich das Gefühl, dass es vieles gab, was er nicht mit Lao Gang, sondern mit sich selbst besprechen musste... Eine tiefe Stimme fragte in seinem Herzen: „Bist du jetzt alt?" Er selbst gab sich die Antwort: „Ich fühle, dass ich alt geworden bin. Meine Muskeln und Knochen tun mir oft weh." „Hast du in letzter Zeit über den Tod nachgedacht?" „Ich möchte nicht sterben. Aber vor dem Moment, an dem ich sterben muss, habe ich trotzdem keine Angst."

„Und dein Häuschen?" „Ist abgebrannt." „Abgebrannt?" „... Nein, es ist bereits gebaut worden. Ich habe ein Leben lang daran gebaut. Und vor ein paar Tagen ist in der Nacht nochmal ein Ziegelstein dazugekommen..."

... So sprach er mit sich selbst. Schließlich fühlte er sich müde und schlief mit einem befreiten Lächeln ein.

Sie schliefen sehr sehr lange. Als sie aufwachten, stapften sie aufgeregt durch den Schnee, um Fische zu fangen.

Und es ging ihnen ein Fisch ins Netz. In der Kunst der Zubereitung von geschmortem Fisch war Jinbao ein Meister... Die beiden Männer tranken eine große Menge Schnaps! In so aufgekratzter Stimmung waren sie lange nicht gewesen. In der Kate war es ziemlich warm, daher gingen sie später nach draußen in den Schnee.

Vor ihnen lag die strahlend weiße offene Landschaft, in der sie bereits mehrere Reihen Fußspuren hinterlassen hatten. An der Küste, auf den meterhohen Schneehügeln, die der Meereswind aufwirbelte, waren von den Muschelsammlern mehrere Durchgangswege in den Schnee getreten worden. In den Pulverschnee hatten sich die schlammigen Schuhe der hart arbeitenden Fischer eingedrückt und mit Sand vermischt. Unter der Sonne begann der hohe Schnee bereits wegzuschmelzen... Mit Blick auf den schneebedeckten Boden sagte Jinbao: „Viele Leute fahren mit Booten aufs Meer hinaus. Schau dir den Mut der Muschelsammler an. Ich wollte schon lange mal aufs Meer hinaus und es ausprobieren.

Darin wäre ich nicht schlechter als die jungen Leute. Vor ein paar Tagen hatte ich sogar zweimal hintereinander Streit mit ihnen und ich habe Xiaofeng mit einem Fausthieb zu Boden geschlagen, daran wirst du dich erinnern."

Lao Gang nickte würdevoll. In diesem Moment entdeckte er plötzlich, dass aus dem auftauenden Schneeboden unter seinen Füßen ein ganz zarter Trieb wuchs, und machte Jinbao verwundert darauf aufmerksam.

Jinbao sah ihn ebenfalls: einen kleinen Grashalm von intensiver grüner Farbe...

Übersetzung: Frank Meinshausen

张悦然

Zhang Yueran

Kommt aus Jinan in Shandong. Studienabschluss an der National University of Singapore. Sie unterrichtet seit 2012 Literatur an der Renmin-Universität in Peking. Romane (‚Kokon', Le Clou etc.), mehrere Kurzgeschichtenbände. Übersetzungen in viele Sprachen (Englisch, Französisch, Deutsch, Spanisch, Italienisch, Japanisch, Koreanisch etc).

Ihr Roman ‚Kokon' wurde von Asiaweek unter die zehn besten Bücher des Jahres 2016 gereiht. Der Kurzgeschichtenband Ten Love Stories (十爱) kam auf die Auswahlliste für den Frank O'Connor International Short Story Award.

Familie

Zhang Yueran

1. Qiu Luo

Am Tag der Abreise wachte Qiu Luo besonders früh auf. Um ihren üblichen Rhythmus nicht zu stören, blieb sie lange auf dem Bett liegen. Erst als es ungefähr an der Zeit war, zog sie das Nachthemd über, begab sich ins Wohnzimmer, stellte Musik an, ging ans Fenster, drückte auf den Knopf, um den elektrischen Vorhang etwas aufzuziehen, blinzelte mit den Augen, sah draußen die unangenehm rote Sonne. Dann wusch sie sich, föhnte sich das Haar, kochte Kaffee, toastete Brot, ging nach unten und holte die heutige Zeitung, legte sie auf den Tisch.

Nachdem sie das alles erledigt hatte, hob sie den Kopf und schaute auf die Uhr an der Wand. Es war an der Zeit, Jing Yu zu wecken. Aber als sie ins Schlafzimmer kam, war Jing Yu bereits wach, saß auf dem Bett und starrte vor sich hin.

Heute Morgen waren seine Bewegungen äußerst langsam. Als es an der Zeit war, zu der er normalerweise das Haus verließ, saß er immer noch am Tisch und las Zeitung, der Kaffee in seiner Hand war nur zur Hälfte getrunken. Gestern hatte ihm die Firma seine Beförderung mitgeteilt und weil nach so langen Bemühungen seine Hoffnung endlich in Erfüllung gegangen war, hatte sich die ganze Person plötzlich entspannt.

Sie hatte auf diesen Tag ebenfalls lange gewartet. Mehrmals drängte sie ihn, bis er schließlich aufbrach. Bevor er aus der Tür ging, sagte er, heute Abend würden die Kollegen ihm gratulieren und sie solle ebenfalls kommen. Qiu Luo lehnte ab, bereute es aber gleich ein wenig. Egal, ob sie seine Freude über sein endlich erreichtes Ziel sah oder nicht, sie fühlte sich niedergeschlagen.

Nachdem sie Jing Yu hinaus gebracht hatte, verschloss sie die Tür, holte den leeren Koffer heraus und begann, ihn zu packen. Auch wenn sie nur die Kleidung, die sie am häufigsten trug, auswählte, wäre es schon zu viel. Qiu Luo holte ein Kleidungsstück nach dem nächsten heraus, hing es wieder zurück in den Kleiderschrank und mahnte sich ständig selbst, da sie ein ganz neues Leben führen wolle, dürfe sie die alten Kleidungsstücke nicht mitnehmen. Haartrockner, Lockenstäbe, Kosmetika, Schallplatten, Bücher, alle Dinge, die sie unterwegs begleiten sollten, sortierte sie aus, legte sie hinein, holte sie dann wieder heraus, bis sie plötzlich einen Moment lang meinte, sie seien alle wertlos. Der Koffer wurde auf einmal leer. Die Katze sah unentwegt von der Seite zu, sprang plötzlich in den Koffer, saß mittendrin und wollte nicht heraus. Sie wusste nicht, warum die Katze das machte, wollte sie sie nicht gehen lassen oder wollte sie mit ihr gehen?

Mit viel Mühe fing sie die Katze und sperrte sie ins Arbeitszimmer.

Als sie wieder zurück kam, hatte sie schließlich die Geduld verloren, stopfte wahllos alle Kleidungsstücke und Kosmetika in Reichweite hinein, dann noch einige häufig gebrauchte Medikamente und Elektrogeräte, schloss dann schnell den Koffer, wollte keinen Blick mehr darauf werfen. Sie verstand sich überhaupt nicht gut aufs Kofferpacken, wahrscheinlich weil sie sehr selten eine weite Reise machte. Sie mochte früher nie verreisen. Reisen ist voller Einschränkungen, man lebt immer eingeengt. Aber jetzt sah sie es anders, sie wollte es eher ein „bescheidenes Leben" nennen. Sie schleppte den schweren Koffer zurück auf den Balkon und legte die staubige Schuhschachtel wieder darauf. Außer der gerade im Studierzimmer laut klagenden Katze wusste niemand, dass sich im Koffer das „bescheidene Leben" verbarg, das sie bald beginnen würde.

Bis zur Öffnung des Supermarktes war noch eine halbe Stunde. Sie setzte sich auf die Couch und las den Roman, den sie zur Hälfte gelesen hatte, rasch zu Ende. Ein fader Schluss, der Autor hatte wahrscheinlich auch bemerkt, dass es eine künstliche Geschichte war. Plötzlich hatte er kein Vertrauen mehr gehabt und es war ihm nichts anderes übrig geblieben, als sie schnellstens zu beenden. Qiu Luo hatte schon lange keinen zufriedenstellenden Schluss mehr gelesen. Viele Romane hatten im vorderen Teil fesselnde Kapitel, aber leider hielt so etwas selten an, die Geschichten wurden konfus und verloren die Orientierung. Sie wusste, dass sie den Autoren gegenüber zu hart war, aber da sie das auch zu sich selbst war, war sie schließlich keine Romanschriftstellerin geworden. Ihren Kindheitstraum, selbst Schriftstellerin zu werden, hatte sie durch ihre Härte gegen sich selbst abgewürgt.

Um zehn Uhr kam sie zum Supermarkt. Schwarze Müllbeutel (50cm x 60cm), Fresh and Cool Oil Control Bath Gel for Men, Anti-Schuppen-Shampoo, Artemisia Duftseife, Kragenreiniger, Austauschbeutel für flüssige Handseife, drei Schachteln Kleenex, Multivitamine für Männer, 60-Watt-Energie-Sparlampe, A4-Druckpapier, Haselnuss-Kekse. Bevor sie bezahlte, warf sie noch 4 AA-Batterien in den Einkaufswagen.

12 Uhr, Reinigung, einen Anzug von ihm und drei Hemden abholen.

12 Uhr 30, sie aß alleine eine Schale lange Nudeln mit Schweinefleisch, eilte dann in die Zoohandlung, eine 5-Kilo-Packung Picky Cat Katzen-Trockenfutter, 10 Beutel Katzen-Nassfutter im Beutel, fragte den Ladeninhaber, ob sie seine Visitenkarte haben könne, schrieb Adresse und Telefon für die Lieferung darauf. In der Bank nebenan hob sie Geld ab, lud die Karten für Elektrizität und Gas auf.

Um ein Uhr ging sie ins Café. Nach einer Tasse Espresso war sie immer noch müde und schlief ein, den Kopf auf dem Tisch.

Erst kurz vor 2 Uhr kam Yuan Yuan, natürlich hatte sie ihr Kind bei sich. Sie gingen nach draußen in die Sonne und hatten sich noch nicht lange unterhalten, da waren sie bereits mehrmals vom Weinen des Kindes unterbrochen worden. Als Yuan Yuan ihre Tochter in den Arm nahm, ihr kleines Gesicht an ihre eigene Stirn hielt und sie besänftigte, hatte Qiu Luo plötzlich einen seltsamen Gedanken: Wusste dieses kleine Kind, dass seine Mutter sich ihre beiden Augenlider hatte straffen lassen? Natürlich nicht, es wusste noch nicht einmal, wo und was Augenlider sind. Qiu Luo dachte, diese Welt belügt dich von Anbeginn an, selbst die beiden Augen der Mutter, die dich so verzweifelt anlächeln, sind wahrscheinlich falsch.

Um halb vier verließen sie das Café. Unterwegs wusch Qiu Luo das Auto und füllte den Tank. Sie dachte nur, dass das Leben, das sie Jing Yu hinterließ, nicht zu leer und langweilig sein dürfe. Als sie nach Hause kam, war die Haushaltshilfe Xiao Ju, die Kleine Ju, bereits gekommen, sie war gerade dabei, den Boden zu wischen.

„Heute ist Großreinemachen." sagte Qiu Luo, sobald sie hereingekommen war.

„Kommen Gäste?" fragte Xiao Ju.

„Und wenn keine Gäste kommen, brauchen wir dann kein Großreinemachen?" fragte Qiu Luo zurück, worauf Xiao Ju nichts mehr erwiderte.

Zum ersten Mal arbeitete sie gemeinsam mit Xiao Ju. Sie nahm die Gardinen zum Waschen ab, wechselte die Bettlaken. Warf die Hälfte der Lebensmittel aus dem Kühlschrank weg, die abgelaufen waren und nicht mehr schmeckten, sortierte vier Kleidungsstücke aus und drei Paar Schuhe, die sie nicht mehr anzog, schnitt der Katze die verknoteten langen Haare ab, räumte die verschiedenen Sachen auf, die auf dem Balkon gestapelt waren. Je mehr sie arbeitete, desto mehr wurde ihr klar, wie dreckig es in der Wohnung war. Xiao Ju kam jeden Tag nachmittags für circa 2 Stunden zum Saubermachen, aber jetzt schien dies nur eine oberflächliche Arbeit gewesen zu sein. Qiu Luo war plötzlich etwas geknickt und dachte, dass die Warnung ihrer Mutter richtig gewesen war, Xiao Ju zu gut zu behandeln, verderbe sie nur und mache sie immer fauler.

Als das Reinemachen zu Ende war, war es gegen 7 Uhr. Xiao Ju war etwas mürrisch, weil einfach so die Arbeitsstunden verlängert worden waren. Qiu Luo dachte, es sei der letzte Tag, da sollte sie keine Rücksicht mehr nehmen. Dann schenkte sie Xiao Ju die alten Kleider und Stiefel. Sie wusste, dass sie sich sehr gerne schön anzog und diese Kleider schon immer gemocht hatte. Xiao Ju war wie erwartet glücklich, und als sie sah, dass Qiu Luo Spaghetti kochte, kam sie von sich aus herbei, um zu helfen. Als sie ihren Körper streifte, nahm Qiu Luo diesen Geruch an ihrem Körper wahr. Als Xiao Ju das erste Mal gekommen war, hatte sie ihn gar nicht aushalten können. Es war ein Geruch von Gras, von hartem trockenem Getreide; weil sie nichts Gutes zu essen gehabt hatte, mangelte es ihr an Fetten und sie hatte den Geruch von Armut verbreitet. Als sie dann später lange in der Stadt gelebt hatte, hatte dieser Geruch allmählich nachgelassen. Jetzt hatte sie den Geruch wohl zum letzten Mal wahrgenommen, und im Nu hatte er sich im Sahne-Aroma der Spaghetti verflüchtigt.

Xiao Ju hatte ihr oft beim Kochen zugesehen, sie hatte bereits gelernt, etwas Erdnussöl in den Topf zu geben, damit die Nudeln nicht zusammenklebten. Xiao Ju hatte bei ihr gelernt, Pizza, Käsekuchen und Kekse zu backen, sie verstand auch, wie man Kaffee kochte und Rotwein öffnete. Qiu Luo wusste nicht, ob diese vielfältigen Fertigkeiten Xiao Ju eines Tages wirklich von Nutzen sein könnten.

Sie wollte eigentlich, dass Xiao Ju da bliebe, um mit ihr zusammen zu essen, aber diese musste rasch zur Arbeit zu einer anderen Familie und sagte, sie sei bereits zu spät dran. Also aß Qiu Luo die Nudeln alleine. Da sie die restliche Dose der noch übrig gebliebenen Fleischsoße ganz aufgebraucht hatte, schmeckten die Nudeln salzig und klebten zusammen, und sie aß nur eine kleinere Hälfte.

Sie saß dort und sann vor sich hin, ihr fiel ein, dass sie am Nachmittag vergessen hatte, Yuan Yuan zu sagen, dass sie vor zwei Tagen den Film „Wer hat Angst vor Virginia Woolf?" gesehen hatte. Vor langer Zeit hatte sie Yuan Yuan einmal darüber reden gehört, sie hatte gesagt, sie sei sich unsicher, ob der im Film wiederholt auftauchende Satz „Wer hat Angst vor Virginia Woolf?" irgendeine tiefere Bedeutung habe. Nachdem Qiu Luo den Film zu Ende gesehen hatte, hatte sie im Internet gesucht und herausgefunden, dass der Satz von dem gleichlautenden Kinderlied „Wer hat Angst vorm bösen Wolf" kommt. Schnell hatte sie eine Sammlung der Schriften Virginia Woolfs herausgesucht und sehr lange das Porträt der Autorin auf dem Titelbild betrachtet. Aus dem langen Gesicht, das man nicht schön nennen konnte, sahen ein Paar richtender Augen sie innerlich zusammenbrechen und das falsche Leben, das sie führte, einzugestehen.

Sie wollte das gerne mit Yuan Yuan diskutieren, wollte sie sogar sofort anrufen und ihr ihre Gedanken mitteilen. Aber Yuan Yuan war zu diesem Zeitpunkt wahrscheinlich dabei, mit ihrer Tochter mit Bausteinen zu spielen oder die vierte Hausangestellte zu tadeln oder mit ihrer Schwiegermutter zu debattieren, ob private Kindergärten besser als öffentliche seien. Selbst eingedenk ihres Treffens heute Nachmittag wäre Woolf nicht ihr Thema. Die jetzige Yuan Yuan fürchtete nur den bösen Wolf, nicht Virginia Woolf.

Die Katze sprang auf den Tisch, roch an den Nudeln, machte einige Schritte zurück, setzte sich hin und sah sie zweifelnd an. Sie schien zu sagen, wenn du gehst, was wird dann aus mir? Eine Katze zu haben, drauf hatte Qiu Luo bestanden, Jing Yu mochte sie überhaupt nicht.

Deswegen musste sie jeden Morgen fünf Minuten lang mit dem Fusselroller Katzenhaare von seinem Anzug entfernen. Jetzt, da Qiu Luo gehen würde, würde sich die Katze natürlich Sorgen um ihr Schicksal machen. Aber wenn man es etwas optimistischer betrachtete: Während Jing Yu überall nach einer Familie suchte, der er die Katze schenken konnte, würde er mit einer neuen Liebe beschäftigt sein, ihre Nachfolgerin würde glücklicherweise Katzen mögen, ihr würde es egal sein, dass an der Katze noch der Geruch der Vergangenheit haftete und so würde sie problemlos Teil ihres neuen Lebens werden.

Sie war versunken in der Vorstellung von Jing Yus neuem Leben. Wie viel Zeit würde er darauf verwenden, sie zu suchen, wie lange würde er traurig sein, weil sie nicht mehr da ist. Wie lange würde es dauern, bis diese Trauer geheilt ist. Wie viel Zeit würde es brauchen, bis er eine Frau fand, die er mochte. Wie oft würde er sich mit ihr zu einem Date treffen, bis sie mit ihm ins Bett ginge? Und wie lange würde es von da an dauern, bis sie dann zusammenwohnten? Natürlich könnten viele Schritte gleichzeitig stattfinden oder ausgelassen werden. Das entsprach seiner auf Effizienz bedachten Arbeitsweise, und sein Charakter hatte in der Tat eine äußerst entschlossene Seite. Sie wurde sehr traurig, als sei sie von ihm verletzt worden und als habe sich ihr Weggehen umgekehrt in einen Selbstschutz verwandelt.

Qiu Luo wurde unruhig, die Uhr zeigte bereits 10 Uhr, sie konnte nicht mehr anders als Jing Yu anzurufen. Dort ging es hoch her, nach dem Abendessen waren sie alle noch zum alten Huo nach Hause gegangen, um etwas zu trinken. Jing Yu klang aufgekratzt, anscheinend hatte er auch getrunken.

Illustration: Wang Yan

„Ich komme dich abholen.“ Da Qiu Luo fürchtete, er lehne ab, legte sie sofort auf.

Lao Huo, der Alte Huo, war Jing Yus Chef, er wohnte in einem Vorort, Qiu Luo war schon oft dort gewesen. Jedes Mal wenn sie in dieses riesige Villen-Viertel kam, verirrte sie sich. Zum Glück war der Torwächter bereits mit dem Fahrrad herbeigekommen, fuhr vor ihr her, um ihr den Weg zu weisen. Als sie das erste Mal hierhergekommen war, hatte sie es gemocht. Jeder hätte es gemocht, das Haus im europäischen Stil, mit einem so großen Privatgarten. Abends wurde es so ruhig, als sei man nicht mehr auf Erden. Ein Haus mit antiken Möbeln, jedes mit einem eigenen Schicksal. Auf den dunklen gemusterten Teppich, der älter als ihre Großmutter war, wagte niemand fest aufzutreten. Das Obst in der Obstschale war so schön, dass es in einem Ölbild von Vermeer gemalt worden sein musste, alles Geschirr glänzte und als sie das Weinglas in der Hand hielt, dachte sie bei sich, dass sie noch nie einen so kristallklaren Wein getrunken hatte. Die Hausherrin war herzlich und bot eingeflogene Hummer und Steaks von Bio-Rindern an, nach dem Essen holte sie Gegenstände aus Jade heraus und reichte sie herum, dass jeder sie bewundern konnte. Die Hausherrin war von so würdevoller Schönheit wie die alten Möbel, die extra für dieses Haus geschaffen schienen. Das Licht der Stehlampe verstand es wie ein Hund, der Hausherrin zu schmeicheln, und ließ sie so liebenswürdig wie die Heilige Mutter aussehen. Erst als Qiu Luo sie später einmal im Café traf, beruhigte sie sich wieder: ihr Make-up war ganz unregelmäßig aufgetragen und konnte keineswegs die von der Zeit eingebrannten braunen Flecken verbergen.

Qiu Luo hatte mit aller Kraft verheimlicht, dass sie selbst nicht an das Leben in der Stadt gewöhnt war, sie achtete sehr darauf, sich richtig zu benehmen. Sie wusste, dass Jing Yu so wie sie war, vielleicht noch etwas mehr, er war auf dem Lande großgeworden, und egal was er später alles gesehen hatte, innerlich war er immer unsicher geblieben. Als sie zum ersten Mal zu Lao Huo nach Hause gekommen waren, hatte sie Jing Yu gefragt, ob er zukünftig dessen Posten einnehmen und dann auch in einem solchen Haus wohnen könnte. Sie hatte nicht gewusst, warum sie ihn so unvermittelt gefragt hatte. Vielleicht nur, um die Distanz zu diesem Haus etwas zu verringern. Aber sobald die Frage ausgesprochen war, hatte sie selbst ein inneres Verlangen verspürt. Jing Yu hatte bejaht. Er hatte gezögert, nicht seine eigene Zukunft, dieses

Haus war unwirklich. Aber als ein Kampfziel war es real.

Später hatte Qiu Luo Angst bekommen, in Lao Huos Haus zu gehen. Als sie einen ganzen Abend damit verbrachten hatten, über die antike Ming-Vase auf dem Tisch zu diskutieren, hatte sie plötzlich den bösen Gedanken gehabt, aufzustehen, sie auf den Boden zu werfen, um damit zu beweisen, dass sie mutig war wie das Kind, das dem Kaiser die neuen Kleider auszog. Aber das war sie nicht. Sie hatte nur den bösen Gedanken gehabt, den sie nicht aus ihrem Gedächtnis löschen konnte. Sie hatte das Gefühl gehabt, wie auf Kohlen zu sitzen, und sich mit aller Kraft in ihren Sitz pressen zu müssen. Jedes Mal, wenn das geschehen war, hatte sie Jing Yu traurig und voller Unbehagen angesehen. Aber kein einziges Mal hatte er ihren Blick erwidert.

Sie hasste sich dafür, dass sie ein solches Leben selbst anstrebte und ihm immer näherkam. Am schlimmsten war, dass nicht Neid der Grund war. Sehr schnell hatte sie die Absicht verworfen, Jing Yu davon zu erzählen. Um seinen anstrengenden Job durchzuhalten, musste er konzentriert und voller Ehrgeiz sein Ziel im Auge behalten; dieses Ziel in Frage zu stellen wäre, als ob man einem Hund den Knochen vor der Nase wegnimmt, und das Ergebnis konnte man sich vorstellen. Deswegen hatte sie den Mund gehalten, aber schon sehr bald begonnen zu verstehen, dass ihre Ideale getrennte Wege gingen. Verglichen damit, dass man sich trennt, auseinanderzieht und das Eigentum aufteilen muss, waren ihre unterschiedlichen Vorstellungen von einem idealen Leben völlig nebensächlich.

Sie kam an Lao Jias Haustür, hörte im Haus Gelächter und zögerte, sie wollte nicht unter den aufmerksamen Blicken aller hineingehen. Sie beschloss, hier eine kleine Weile ruhig stehen zu bleiben. Sie blickte auf die drei schwarzen Limousinen, die an der Seite parkten. Plötzlich konnte sie nicht mehr erkennen, welches Jing Yus Auto war, erst als sie nach hinten um die Wagen herum lief und die Autonummer gesehen hatte, war sie sich sicher. Sie sahen alle dermaßen gleich aus.

Ein Mädchen kam von weit her heran. Es war Lao Huos Tochter, sie war erst 14 Jahre alt, hatte aber schon sehr frauliche Formen. Sie zögerte, ob sie sie begrüßen wollte, senkte aber schließlich rasch den Kopf, holte ihr Handy heraus und tat so, als ob sie vorhabe zu telefonieren. Das Mädchen kam zu ihr, schaute sie an und fragte:

„Warum gehst du nicht hinein?"

Ihr Ton war etwas schroff, schien etwas Provokatives zu haben, Qiu Luo war wütend, beinahe wäre ihr die Gegenfrage herausgeplatzt: Warum soll ich denn hineingehen? Aber sie hatte sie zurückgehalten, hatte nichts gesagt und lediglich mit gesenktem Kopf weiter aufs Handy getippt.

Das Kind ging hinein und schloss die Tür. Qiu Luo wusste, dass sie auch hineingehen musste. Sie wollte gerade auf die Klingel drücken, als die Tür aufging. Die Gäste kamen heraus. Die Frau von Lao Huo klopfte leicht auf ihre Schulter:

„Da bist du ja. Kommst du einen Moment herein?"

Qiu Luo schüttelte lächelnd den Kopf. Alle sahen sie an, begrüßten sie. Nachdem Jing Yu am Eingang die Schuhe gewechselt hatte, kam auch er heraus, gab ihr den Autoschlüssel.

Als sie ins Auto stiegen, befühlte Lao Huos Frau mit den Fingern die dünne Bluse, die sie trug.

„Es ist kalt, oder? Du hast nur das an."

„Wenn ich dich sehe, ist mir kalt." Qiu Luo sagte dies lächelnd, dabei auf die Nerzstola, die sich Lao Huos Frau umgehängt hatte, deutend.

Jing Yu war im Auto eingeschlafen. Qiu Luo stellte Musik an, der Gesang eines traurigen Mannes ertönte. Sie hatte das noch nie gehört, diese Platte hatte nicht sie gekauft. Als das Auto anhielt, wachte Jing Yu von selbst auf, öffnete die Autotür, ging, seine Anzugjacke in der Hand, direkt zum Aufzug der Garage. Sie betrachtete ihn von hinten, hatte das Gefühl, er sei bereits in dem Leben, das er führen würde, nachdem sie ihn verlassen hat.

Da sie beide nicht vorhatten, diesen Abend noch länger werden zu lassen, schliefen sie nicht miteinander. Sie würde erst ein Bedauern spüren, wenn sie am folgenden Tag den Koffer aus der Wohnung schieben würde, so, als ob sie ein Gepäckstück zuhause gelassen hätte.

Qiu Luo hatte immer gedacht, am letzten Abend würde sie bestimmt nicht schlafen können. Aber das war nicht geschehen. Bevor sie einschlief, wandte sie ihr Gesicht um und schaute Jing Yu an. Das letzte Mal, aber sie verspürte keine Traurigkeit. An den Abenden zuvor hatte sie ihn immer so angesehen, sie hatte den Abschied allein geübt. Vielmals hatte sie ihn durchgespielt, die Traurigkeit nahm von Mal zu Mal ab, zu guter Letzt begann sie sogar etwas ungeduldig zu werden. Wer würde es verstehen, warum sie weggehen musste; nur weil sie so viel Zeit darauf verwandt hatte, sich dies vorzustellen, musste es auch wahr werden, andernfalls wäre das Leben falsch.

2. Xiao Ju

Am folgenden Tag hatte Xiao Ju vormittags keine Arbeit, am Nachmittag wollte sie zur Post gehen, so war sie etwas früher gekommen. Als sie das Apartmenthaus betrat, kam ihr Qiu Luo den Koffer nach draußen schiebend entgegen. Qiu Luo sah sie an, etwas erschrocken.

„Eine Dienstreise?“ fragte Xiao Ju.

„Hm.“ Qiu Luo hielt kurz inne und ging dann weiter nach draußen.

Xiao Ju wartete, dass ihr Anweisungen gegeben würden, und schaute ihr unentwegt hinterher. Qiu Luo ging immer schneller, stoppte ein Taxi, das gerade Gäste abgesetzt hatte. Eine merkwürdige Vorahnung sagte Xiao Ju: Qiu Luo wird vielleicht nicht mehr zurückkommen.

Xiao Ju öffnete die Wohnungstür, zog ihre Schuhe aus, begann mit der Arbeit. Sie wusch in der Küche die Kaffeetassen ab, dachte aber ständig über Qiu Luos Weggehen nach. Nachdem sie die Hälfte der Kaffeetassen abgewaschen hatte, säuberte sie ihre Hände, ging durchs Schlafzimmer und Studierzimmer. Sie entdeckte keinen hinterlassenen Brief oder Notizzettel. Sie dachte, das ist auch klar, dass sie sich denken, die Hausangestellte würde ihn bei der Arbeit entdecken und wer würde dann den Brief oder Zettel offen hinlegen. Außerdem hatte der Hausherr vielleicht gewusst, dass sie weggehen würde. Aber Xiao Ju, sie wusste nicht warum, neigte mehr dazu, dass er keine Ahnung davon hatte. Sie ging noch einmal zum Kleiderschrank. Er war randvoll mit Kleidern, auf den ersten Blick fehlte nichts, Kosmetika waren ebenfalls fast keine mitgenommen, die Halsketten, Ohrringe und Ringe in der Schmuckschatulle waren auch alle da. Vom vielen Nachdenken etwas müde meinte sie schließlich, wahrscheinlich ist es wirklich einfach eine Dienstreise.

Xiao Ju verließ Qiu Luos Wohnung und nahm den öffentlichen Bus zur Post. Unterwegs kamen drei Anrufe von De Ming, sie drückte sie jedes Mal weg. Sie mochte wirklich nicht im Bus mit ihm laut streiten. Am Eingang der Post klingelte das Telefon wieder, sie ging ran:

„Dräng mich nicht, ich bin schon am Eingang der Post." Gereizt und aufgebracht legte sie auf. Das Handy rührte sich schließlich nicht mehr.

Auf der Post standen viele Menschen in Schlangen an, die längste war bei Geldüberweisungen. Das Mädchen, das vor ihr stand, hatte sich einen sehr kurzen Pferdeschwanz gebunden, kürzer konnte er nicht sein. In der Hand hielt sie einen langen Stoffbeutel, der überhaupt nicht wie eine Geldtasche aussah. Auf einen Blick wusste sie, dass dies auch eine Hausangestellte war. Sie schaute weiter nach vorne, meinte, dass zumindest zwei weitere ebenfalls welche waren. Sie fand es seltsam, warum es immer die Frauen waren, die Geld überwiesen, als ob die Männer in ihren Familien alle so wie De Ming wären.

De Ming hatte seit Herbst letzten Jahres nicht mehr außer Haus gearbeitet. Erst weil die Familie ein Haus bauen wollte, aber als das Haus fertig war, dachte er auch nicht daran, arbeiten zu gehen. Xiao Ju wollte ihrerseits aber auch nicht, dass er nach Beijing kam. Ihre Tochter würde dieses Jahr in die Grundschule gehen, und jemand aus der Familie in ihrer Nähe konnte sich um sie kümmern. De Ming selbst mochte auch nicht nach Beijing kommen, letztes Jahr war er gekommen und fast ein halbes Jahr geblieben; als der Bautrupp sich aufgelöst hatte, war er wieder gegangen. Xiao Ju hatte nur gehofft, dass er nach Mianyang ging, das war nur eine Stunde Weg, so hätte er jeden Tag nach Hause gehen können. Kaum war das Frühlingsfest vorüber, war er über einen halben Monat weg zum Arbeiten gegangen. Dann hatte es mehrere Tage ununterbrochen geregnet, das Bauprojekt war zeitweilig eingestellt worden, von da an war er nicht wieder gegangen. Den ganzen Tag hatte er mit einigen Männern Karten gespielt, und wenn sie spielten, dann wurden Gewinne und Verluste in Geld gerechnet, andernfalls wäre es uninteressant gewesen. Jedes Mal wenn Xiao Ju angerufen hatte, sagte er:

„Heute früh, als ich aufgestanden bin, war es sehr stark bewölkt, ich fürchte, es wird regnen …"

„Anscheinend hat's alle Wolken zu dir nach Sichuan getrieben?" hatte Xiao Ju ihn zornig angeschrien.

Er hatte auch immer seine Gründe gehabt, sagte, dieses Jahr sei das Klima ungewöhnlich, es sehe aus, als ob etwas Katastrophales geschehen würde, bestimmt werde es besonders heftige Wolkenbrüche oder Erdrutsche geben. Xiao Ju hatte geantwortet, du bist wohl unter die Astronomen gegangen? Sie hatten sich so heftig gestritten, dass sie sich gegenseitig angeschrien hatten, sie wollten sich scheiden lassen. Nach einer Woche war Xiao Jus Ärger verflogen, sie hatte wieder zuhause angerufen, dort war das Wetter wie zuvor schlecht. Sie hatten wieder zu streiten begonnen, so war das immer wieder von neuem abgelaufen. Xiao Ju hatte auch jeden Monat Geld nach Hause überwiesen, aber vor zwei Monaten hatte sie begonnen, von ihrem verdienten Geld etwas mehr für sich selbst zu behalten. Dieses Mal war es noch kein Monat gewesen, da hatte De Ming sie gedrängt, Geld zu überweisen. Erst nachdem sie ihn lange ausgefragt hatte, hatte er damit herausgerückt, dass er das Geld seinem Cousin zum Hausbauen leihen wolle. Sie hatten wieder zu streiten begonnen. Xiao Ju hatte ihn am Telefon schrecklich beschimpft, war dann aber doch wieder zur Post gegangen.

Xiao Ju überlegte und merkte, dass sie sich gekränkt fühlte. Sie arbeitete außerhalb, litt auch nicht darunter, nicht wie einige Menschen, die, wenn sie lange hier waren, Heimweh bekamen und ihre Kinder vermissten und ihnen dann die Tränen kamen. Sie hatte sich schnell eingelebt, hatte gemeint, in Beijing zu sein habe auch sein Gutes, sie hatte einen alten Fernseher gekauft, abends zurück in ihrer Unterkunft konnte sie südkoreanische Fernsehserien sehen, gelegentlich ging sie zum Markt, um Fisch und Garnelen zu kaufen, die sie sich selbst zubereitete. Sie dachte auch nicht allzu sehr an ihr Kind, rief hin und wieder mal an, und es gab nichts, worüber sie sich Sorgen machte. Wahrscheinlich weil sie überall zurechtkommen konnte, wurde ihr immer bewusster, dass ein solcher Nichtsnutz von einem Mann nichts brachte und ihr Leben auch nicht besser machen konnte.

An diesem Nachmittag stand Xiao Ju, die Geldbörse in der Hand, zusammen mit anderen Hausangestellten in der Reihe zum Geldüberweisen, langsam bewegte sie sich nach vorne, plötzlich verspürte sie in sich eine heftige Traurigkeit. Sie wollte von dieser Fußfesseln tragenden Reihe loskommen, wollte etwas Freiheit bekommen. Freiheit, als sie an dieses Wort dachte, sah sie vor ihren Augen von hinten Qiu Luos Gestalt, die den Koffer zog. Sie glaubte, dass diese Gestalt der Freiheit entgegenging.

Als Xiao Ju am nächsten Tag in Qiu Luos Wohnung kam, war niemand da. Aber rätselhaft war, dass die Wohnung aufgeräumt war, ganz genauso, wie sie sie gestern verlassen hatte. Alle Sachen standen genau dort, wo sie immer standen, keinerlei Spur davon, dass etwas benutzt worden war. Der Hausherr war offensichtlich auch nicht zurückgekommen. Der Fressnapf der Katze war leer, Xiao Ju füllte ihn mit Futter, das die Katze gierig verschlang. So wie es aussah, hatte sie gestern Abend niemand gefüttert. Obwohl das Zimmer sauber war, wollte sie doch nicht untätig sein, und so wischte sie den Boden und die Bücherregale. Während sie arbeitete, überlegte sie, was wohl los sei. Es gab zwei logische Möglichkeiten. Die eine war, beide sind auswärts auf einer Dienstreise oder im Urlaub; die andere war, Qiu Luo war wirklich weggegangen, und nachdem der Hausherr das entdeckt hatte, suchte er sie. Sehr schnell verwarf sie die erste Möglichkeit, denn wenn beide weggegangen wären, hätte Qiu Luo, als sie sie sah, ihr Instruktionen erteilt oder ihr einen Notizzettel hinterlassen. Aber die zweite Möglichkeit machte auch nicht viel Sinn. Wenn der Hausherr, nach Hause zurückgekehrt, entdeckt hätte, dass Qiu Luo nicht mehr da war, hätte das etwas Zeit gebraucht. In der Zeit, in der er gewartet hätte, hätte er etwas gegessen und getrunken, aber nicht einmal ein Wasserglas war berührt. Als Xiao Ju ging, heftete sie den Werbeflyer, den sie bei ihrem Kommen von der Tür abgenommen hatte, wieder an die Tür.

Als sie am zweiten Tag kam, entdeckte sie, dass der Werbeflyer noch an der Tür klebte. Die Wohnung war so sauber wie zuvor, sobald die Katze sie sah, flitzte sie schnell herbei, streifte um sie herum und schrie dabei kläglich. Niemand war zurückgekommen. Sie kehrte nur oberflächlich einmal durch, setzte sich dann aufs Sofa und blätterte die Modezeitschriften auf dem Tisch durch. Nachmittags hatte die Wohnung immer Sonnenschein; ihr fielen beim Lesen die Augen zu, sie legte sich aufs Sofa und schlief eine Weile. Als sie aufwachte, hatte die Katze sich um ihre Füße gerollt, ihr war angenehm warm. Sie zog ihren Mantel und ihre Schuhe an, nahm den Schlüssel und ging zur Wohnungstür, und plötzlich merkte sie, dass sie an der Wohnung hing.

Am fünften Tag schließlich hielt sie es nicht mehr aus und rief Qiu Luo an. Abgeschaltet. Vom Nachmittag bis zum Abend hatte sie mehrmals angerufen, immer war das Handy abgeschaltet. Worüber sie sich am meisten Sorgen machte, war, dass dem Hausherrn etwas Unerwartetes zugestoßen sein könnte, aber Qiu Luo, die von zuhause weggegangen war, dies noch nicht wusste. Bevor sie ging, legte sie sich auf das Bett, erinnerte sich daran, dass es zu Beginn der Hausherr gewesen war, der bei der Vermittlungsfirma angerufen hatte, um nach einer Haushaltshilfe zu fragen. Vielleicht hatte die Vermittlungsfirma noch seine Telefonnummer aufbewahrt, sie würde morgen hingehen und fragen.

Aber das war auch schwierig. Sie hatte sich schon längst mit der Vermittlerfirma überworfen, aus einem Grund, der gewöhnlicher nicht sein konnte: Nachdem sie einige feste Arbeitsstellen hatte, hatte sie die Vermittlungsagentur außen vorgelassen und sich direkt an die Arbeitgeber gewandt und mit ihnen den Lohn abgerechnet. So hatten die Arbeitgeber etwas weniger bezahlen müssen und sie jeden Monat mindestens das Doppelte verdient. Viele Stundenarbeitskräfte schienen es so zu machen, aber es gab auch viele Beispiele, wo dies schief gegangen war, etliche waren nach einigen Monaten wieder brav zurückgekommen und hatten die Firma kleinlaut gebeten, sie wieder zu nehmen. Als Xiao Ju dies gesehen hatte, beschloss sie, etwas mehr Rückgrat zu haben; wenn sie einmal gegangen war, dann würde sie nicht mehr zurückkommen.

Sie konnte nur Xia Jie, Schwester Xia, um Hilfe bitten. Als sie damals die Firma verlassen hatte, wollte sie, dass Xia Jie es genauso machte, aber Xia Jie hatte befürchtet, für sie wäre das zu unsicher, und sie hatte Angst, sich die Vermittlerfirma zum Feind zu machen. Aber da jeder Mensch seinen eigenen Willen hat, hatte Xiao Ju sie nicht zwingen wollen. Sie trafen sich noch häufig am Abend und unterhielten sich.

Xiao Ju hatte Xia Jie nicht die Wahrheit gesagt. Nur, dass der Hausherr und die Hausherrin sich gestritten hätten und der Hausherr etliche Tage nicht nach Hause gekommen wäre. Die Hausherrin sei krank zuhause, esse nicht und trinke auch nicht. Deswegen habe sie vor, den Hausherrn heimlich anzurufen. Xia Jie hatte sie ausgelacht, du kümmerst dich wirklich um vieles, jetzt kümmerst du dich für andere um Haushalt und auch noch Familie! Aber sie sagte auch, dass sie ihr nicht helfen könne, direkt zu fragen ginge nicht, und das Telefonbuch hatten sie in eine Schublade geschlossen, auch heimlich konnte man nicht daran kommen. Xiao Ju flehte Xiao Jie verzweifelt an, aber diese weigerte sich. Zu guter Letzt willigte sie ein, je nach den Umständen eine Gelegenheit zu suchen.

Doch mit dem Eilbrief, den sie am folgenden Tag erhielt, gab Xiao Ju die Idee, den Hausherrn anzurufen, völlig auf. Als sie in der leeren Wohnung gerade der Katze die Haare kämmte, klopfte der Eilbote an die Tür. Er war erst zu den Nachbarn gegangen, bevor er heraufgekommen war, um sein Glück zu versuchen:

„Ich hab etliche Male angerufen, es war immer abgeschaltet“, beschwerte er sich. Xiao Ju nahm die Post entgegen und schrieb als Empfänger Qiu Luo hinein.

Ohne nachzudenken öffnete sie den Umschlag. Die großen Umschläge dieser Kurierfirma waren überall zu sehen; sie dachte, ihn wieder wie vorher aussehen zu lassen, würde nicht schwer sein. Er enthielt ein dünnes Papier, ein Brief. Sie schaute sich Empfänger und Absender an, er war von Jing Yu.

Während sie den Brief las, ging sie langsam zum Sofa, setzte sich hin. Dann las sie ihn noch einmal.

Luo Luo;

An jenem Nachmittag, als die Nachricht meiner Beförderung bekanntgegeben wurde, fühlte ich mich völlig leer, saß im Büro und wusste nicht, was ich tun sollte. Ich kam mir vor wie ein Kreisel, den man immer weiter mit der Peitsche antreibt, der sich schnell dreht und dann plötzlich anhält. Und nicht länger stehen kann.

Ich weiß, ich sollte mit meinem jetzigen Leben nicht unzufrieden sein. Es ist stabil und es geht mir gut, und es wird immer besser werden. Aber mir ist nicht ganz klar, wie gut dieses „gut" ist. Sobald ich daran denke, weiß ich, dass dieses „gut" nichts bedeutet.

Als wir uns gerade kennengelernt hatten, waren wir etwas unrealistisch. Damals hast du noch etwas geschrieben. Ich erinnere mich, dass du damals mit mir über den Roman gesprochen hast, den du schreiben wolltest. Wenn ich jetzt daran denke, dann ist das wirklich lange her. Du weißt auch, dass ich dir immer gesagt habe, dass es egal ist, ob du arbeitest oder nicht, du kannst machen, was du willst, Hauptsache du fühlst dich glücklich. Wenn ich sage, dass ich noch etwas Hoffnung hatte, dann die, dass du mir etwas Leidenschaft geben könntest, etwas Idealistisches. Ich habe große Angst davor, so langweilig und vulgär wie die Kollegen zu werden. Ich sage das nicht, um dich zu tadeln.

Wenn ich manchmal früh aufwache, denke ich an den mir verbliebenen größeren Teil meines Lebens, ich habe dann das Gefühl, dass keine Spannung mehr vorhanden ist, und fühle mich ganz schrecklich. Ich weiß, wenn ich weggehe, werde ich viel verlieren. Aber ich kann mich selbst nicht davon überzeugen, hierzubleiben und dieses fade Leben fortzusetzen. Ich habe keinen Plan, wohin ich gehen und was ich machen werde, wirklich.

Ich erinnere mich, dass dieses Jahr am Frühlingsfest deine Eltern mit uns gesprochen haben, in der Hoffnung, dass wir dieses Jahr heiraten würden. Insgesamt sind wir jetzt sechs Jahre zusammen. Jetzt können wir das nicht mehr verwirklichen, dafür fühle ich mich schuldig. Aber ich gehe überhaupt nicht weg, um vor der Ehe wegzulaufen: Vor was ich fliehe, ist etwas wahrscheinlich noch viel Größeres als die Ehe.

Während ich diesen Brief schreibe, bin ich im Büro. Vielleicht ist es wegen der Atmosphäre, dass ich so ernst schreibe und auch nichts in Zusammenhang mit Gefühlen besprechen kann. Wir werden das in der Zukunft besprechen, dann wird es vielleicht etwas klarer.

Wohnung und Auto überlasse ich dir. Wenn ich irgendwann mal zurückkomme, werde ich dir helfen, die Formalitäten für die Eigentumsübertragung zu erledigen.

Jing Yu

Bass erstaunt legte Xiao Ju den Brief hin. Diese beiden sind tatsächlich, ohne es abgesprochen zu haben, an ein- und demselben Tag von zuhause weggegangen. Außerdem waren sie noch nicht verheiratet, obwohl es so aussah, als ob sie schon viele Jahre Mann und Frau gewesen wären. Sie selbst war ein Jahr jünger als Qiu Luo, aber ihr Kind war bereits sechs Jahre alt. Frauen in der Stadt können wirklich so lange unverheiratet sein.

An diesem Abend war im Haus der Strom unterbrochen. Xiao Ju saß alleine im Dunklen und dachte über vieles nach. Sie dachte, die Menschen in der Stadt führen wirklich ein exquisites, schnelles Leben, sobald sie merken, dass sie ein Problem haben, gehen sie es sofort an. Nicht dass es Leuten vom Lande, so wie ihr, an Mut mangelte, ihr Leben zu ändern, aber man verbrachte die Tage wie betäubt, sah auch die Probleme im Leben selbst nicht. Aber dann schien es wieder doch nicht so zu sein, wo im Leben Probleme auftraten, das wusste sie selbst auch. Das war De Ming. Fast aller Ärger kam von ihm. Sie hatte immer gewusst, woher ihre Probleme kamen, sie hatte auch keine Angst, die Verantwortung für die Folgen, die eine Veränderung des Lebens mit sich bringen würde, zu übernehmen, aber sie hatte einfach noch nicht gründlich über die Lösung des Problems nachgedacht.

Xiao Ju stellte sich ernsthaft die Scheidung vor. Falls sie das machte, würde sie bestimmt nicht nach Sichuan zurückkehren, das Kind wollte sie auch nicht. Allein in Beijing zu bleiben, wäre auch nicht so schrecklich. Einen Mann würde sie immer finden. Und falls nicht, dann eben nicht. Qiu Luo hatte ihr mal gesagt, sie sei vom Sternbild Jungfrau. Xiao Ju selbst meinte auch, dass die entsprechenden Eigenschaften auf sie zuträfen. Sie hatte an Männer ihre eigenen Anforderungen, die sie nicht willens war, aufzugeben, sie gehörte zu den Menschen, die lieber keinen als einen schlechten Mann wollten.

Xiao Ju wurde etwas betrübt, sie beschloss, ein wenig draußen herumzulaufen. Sie kam auf die große Straße, auf beiden Seiten waren kleine Restaurants, mit leuchtend roten Schildern, die Menschen saßen um die runden Tische herum, ein Kreis nach dem anderen, aßen scharfe Speisen, tranken schäumendes Bier, unterhielten sich lebhaft und lachten. Überall herrschte jetzt reges Treiben, wohin sie auch schaute, war es lebhaft und geschäftig, voller Lebenskraft. Sie zog ihr Handy heraus und schickte De Ming eine SMS. Sie schrieb:

„Wenn ich zu dir von Scheidung gesprochen habe, dann hab ich das nicht aus Ärger gesagt. Ich habe einfach das Gefühl, dass es absolut uninteressant ist, wenn es so weiter geht." Als sie mit dem Schreiben fertig war, las sie es noch einmal und ersetzte „uninteressant" durch „bedeutungslos".

Nachdem sie die Nachricht gesandt hatte, fühlte sie sich viel besser. Als sie den Kopf hob, entdeckte sie, dass sie, ohne es zu merken, vor das Haus gekommen war, in dem Qiu Luo wohnte. Sie zögerte etwas, beschloss ein wenig zu warten, bevor sie nach oben ging, um dann ein heißes Bad zu nehmen.

Als Xiao Ju die Tür aufschloss, hörte sie drinnen ein dumpfes Schlagen. Sie wurde etwas nervös, sorgte sich, dass sie zurückgekommen seien. Aber sie war auch neugierig, so dass sie sich nicht wieder zurückzog. Sie ging hinein. Drinnen war es pechschwarz, es schien niemand da zu sein, sie machte das Licht an und sah die Katze kämpfen und treten. Sie liebte es, mit Schnürsenkeln zu spielen, drehte die dünnen Senkel auf, schüttelte sie hin und her, wie etwas Lebendiges, mit dem sie spielen konnte. Aber jetzt, wer weiß wie es geschehen war, hatte sie ihre vier Pfoten in den Schnürsenkeln verwickelt, der Schuh war unter dem Schuhschrank eingeklemmt, er konnte sich nicht bewegen, sie wandte all ihre Kraft auf, um sich daraus zu befreien, doch sie war an den Schuh unter dem Schrank gefesselt.

Xiao Ju band den Schnürsenkel auf, die Katze war bereits völlig erschöpft, ging langsam zur Wasserschüssel und trank gierig schlabbernd. Xiao Ju hatte nie etwas für die Katze empfunden, aber jetzt tat ihr das Herz weh. Wäre sie heute Abend nicht hergekommen, sondern erst morgen Vormittag, hätte sich die Katze wahrscheinlich weiter so abgemüht und wäre dann bestimmt schon längst verzweifelt.

Der Vorfall mit der Katze lieferte Xiao Ju einen guten Vorwand, von da an jeden Abend in diese Wohnung zu kommen. Ein Bad nehmen, Fernsehen schauen. Manchmal auch eine DVD einlegen. In Qiu Luos Wohnung gab es etliche Boxen mit DVDs. Allein durch das Baden fühlte sie sich schon glücklicher. Das Wasser floss kräftig aus dem Hahn, das warme Wasser war unerschöpflich, sie konnte in der Badewanne sitzen und die schmerzenden Beine und Füße ins Wasser tauchen. In Qiu Luos Wohnung waren auch viele Bücher. Tatsächlich las Xiao Ju sehr gerne, Qiu Luo hatte ihr, als sie noch da war, oft einige ältere Zeitschriften gegeben. Aber die Bücher bei Qiu Luo waren für sie viel zu schwierig, viele konnte sie nicht verstehen. Einige Bücher, in denen Qiu Luo, bevor sie ging, gelesen hatte, lagen noch auf dem Schreibtisch und waren nicht ins Bücherregal zurückgestellt. Darunter waren einige, die eine ausländische Frau geschrieben hatte. Xiao Ju nahm eines nach dem anderen und blätterte sie durch, aber egal wie sie sich bemühte, große Passagen blieben nebulös, und man wusste nicht, was eigentlich geschehen war. Aber ein Buch war darunter mit dem Titel „Ein Zimmer für sich allein", darin stand, dass Frauen ein eigenes Zimmer haben müssten, es berührte Xiao Ju sehr beim Lesen. Aber weil sie jetzt vorübergehend über eine eigene Wohnung verfügte, hatte sie wirklich das Gefühl, ihr Leben sei ganz anders als früher. Und De Ming, er hatte erst einen Tag später als Antwort eine SMS geschickt: „Mach was du willst." Sie wollte es tatsächlich auch so machen, wie sie wollte. Sie beabsichtigte, Zeit zu finden, um nach Hause zu fahren und mit De Ming gründlich über die Scheidung zu sprechen.

Nach einem halben Monat stand sie vor einem sehr realen Problem. Qiu Luo und der Hausherr waren beide nicht mehr da, niemand bezahlte sie für ihre Arbeit. Das monatliche Gehalt von 600 Yuan stellte einen sehr großen Teil ihres Gesamteinkommens dar. Außer in Qiu Luos Haushalt hatte sie noch einige feste Familien, in einige musste sie nur einmal in der Woche gehen, in andere ging sie nur ab und zu. Wenn sie angerufen wurde, ging sie hin, kam kein Anruf, hatte sie nichts zu tun. Sie hatte jetzt diese 600 Yuan nicht mehr, mehr als die Hälfte ihrer Arbeitszeit war sie unbeschäftigt. Ihr blieb nichts anderes übrig, als sich unverfroren von einigen Kunden helfen zu lassen und herauszufinden, welche Freunde eine Haushaltshilfe brauchten. Eine andere Arbeit zu suchen, bedurfte der Geduld, sie musste sich darauf einstellen, dass in den nächsten Monaten das Einkommen geringer sein würde. Deswegen fühlte sie sich zwiespältig, manchmal sehnte sie sich danach, dass Qiu Luo und der Hausherr zurückkämen und ihr Gehalt bezahlten. Aber falls sie zurückkämen, könnte sie diese Wohnung nicht mehr benutzen. Die Wohnung bedeutete für sie Freiheit. Sie war schon früher der Ansicht gewesen, wenn man Geld hatte, dann war man freier als ohne; aber in ihrer gegenwärtigen Situation würde sie für das Geld die Freiheit verlieren.

Dennoch, die Wahl zwischen Geld und Freiheit lag nicht in ihren Händen. Xiao Ju konnte nur auf den Himmel hören und dem Schicksal folgen.

Jedoch hatten der Himmel und das Schicksal Größeres vor. De Ming, dieser Unglücksbote, hatte Recht gehabt. Die Wolken ganz Chinas waren zwar nicht in den Himmel über Sichuan getrieben worden, aber die Energie der gesamten Erdkruste war in Sichuan explodiert. Am Nachmittag des Erdbebens arbeitete Xiao Ju gerade in einer Familie, und Xia Jie rief sie an, um sie zu informieren. Sie rief De Ming und ihre Familie an, kam aber nicht durch. Erst als sie abends Fernsehen schaute, wurde ihr klar, dass es so ernst war. Sie rief nacheinander all ihre Verwandten an, aber keiner antwortete. Ihr blieb nichts anderes übrig als sich selbst zu beruhigen, die Katastrophengebiete in den Nachrichten seien von ihnen noch etwas entfernt.

Sie saß auf dem Sofa in Qiu Luos Wohnung, vor dem Fernseher, in der Hand hielt sie das Telefon, drückte ständig auf Wahlwiederholung. Xia Jie rief an, um sich nach der Lage zu erkundigen, tröstete sie und sagte bewegt:

„Es ist eine so große Katastrophe passiert, und du bist so gefasst."

„Was könnte ich denn sonst tun?" fragte Xiao Ju.

Natürliche und von Menschen verursachte Katastrophen hatte sie bereits kennengelernt. Ihre Mutter war während des Hochwassers von 1998 von einem umstürzenden Strommast erschlagen worden. Sie erinnerte sich noch daran, dass sie damals im Korridor des Krankenhauses ihren älteren Bruder in den Armen gehalten und sich die Augen ausgeweint hatte. Die Tränen damals im Sommer hatten sie stark gemacht. Xiao Ju blieb die ganze Zeit vor dem Fernseher und wartete auf die neuesten Nachrichten aus Sichuan. Sie war sehr hungrig, fand in Qiu Luos Kühlschrank einen schrumpeligen Apfel. Sie wusste nicht, woher sie den Mut nahm, aber sie öffnete eine Flasche Rotwein und trank sie glucksend. Kurz danach kam die Telefonverbindung endlich zustande. De Ming rief Hallo, hallo, hallo, sie meinte, dass dies noch die Wirkung des Alkohols sei und sie einen Geist hörte, sie war so erschrocken, dass sie nicht zu antworten wagte. De Ming und dem Kind ging es gut, von der Familie waren noch alle da, lediglich das neu gebaute Haus war eingestürzt. Sie waren vorübergehend in einem Erdbebenschutzzelt untergebracht.

In der folgenden Woche drehte sich in den Nachrichten alles um die Rettungsarbeiten. Außer wenn sie arbeitete, saß Xiao Ju vor dem Fernseher. In einem nahegelegenen Dorf waren viele Menschen gestorben, De Ming rief häufig an, um zu berichten, dass alles in Ordnung sei, und er erzählte immer wieder von Leuten, die sie kannten, deren Verwandte gestorben seien.

Manchmal schaltete Xiao Ju das Telefon und den Fernseher aus, sah die Szenen vor ihren Augen, fühlte sich etwas abwesend. Die Katze lag auf dem Lehnstuhl, ohne von alldem etwas zu ahnen, der Wind spielte leicht mit den Gaze-Vorhängen, die Gardenien auf dem Fensterbrett blühten, die Uhr an der Wand hatte keinen Sekundenzeiger und keine Ziffern, alle meinten, sie sei stehengeblieben. Sie konnte nicht sagen, ob das alles auf sie zu ruhig oder zu kalt wirkte.

Xia Jie fragte, warum sie noch immer da sei und nicht zurück in Sichuan. Sie antwortete, das Haus sei ganz eingestürzt, um ein neues zu bauen, brauche man Geld, wenn sie zurückginge, wie könne sie da Geld verdienen? Da meinte Xia Jie auch, dass sie recht habe. Aber nun war Xiao Ju ihrerseits verwirrt. Die letzten Tage hier in Beijing hatte sie auch kein Geld verdient. Hätte Xia Jie nicht so gefragt, hätte sie beinahe vergessen, dass sie nach Beijing zum Geld verdienen gekommen war. Jetzt war es wirklich Zeit, sie brauchte Geld. De Ming hatte seinem Cousin noch Geld geliehen, um ein Haus zu bauen, jetzt war auch das Haus eingestürzt, das Geld, das er ihnen schuldete, würden sie niemals zurückbekommen. Bei diesen Überlegungen wurde Xiao Ju wütend.

Nach ein paar Tagen nahm die ältere Schwester De Mings in Mianyang ihre Eltern bei sich auf. So blieb nur De Ming allein mit dem Kind, das war etwas überraschend. Er rief daraufhin Xiao Ju an, um sie nach ihrer Meinung zu fragen.

„Geht doch auch nach Mianyang zu deiner Schwester“ sagte Xiao Ju kalt.

„So viele Menschen dort in der Familie, das wäre doch nicht gut, wenn wir dorthin gingen. In Mianyang ist jetzt auch ein einziges Durcheinander, da findet man überhaupt keine Arbeit“ sagte De Ming.

„Was willst du damit sagen?“

„Ich werde Lanlan zunächst in die Familie meiner Schwester abgeben, in den Schulen ist jedenfalls kein Unterricht, meine Eltern können sich um sie kümmern."

„Und du?"

„Ich denke, ich werde zu dir nach Beijing kommen," antwortete De Ming kleinlaut und fuhr noch zaghafter fort, „Hier gibt es nichts mehr."

Xiao Ju schwieg lange und sagte: „Lass mich darüber nachdenken." Nachdem sie aufgelegt hatte, meinte sie, dass es nur so sein könne und sie sich nichts dabei denken muss. Aber irgendwie schien sie sich auch zu freuen und unerklärlicherweise zu glauben, De Ming habe sich etwas gebessert.

An dem Tag, an dem De Ming mit dem Zug nach Beijing kam, war ein Brief des Hausherrn in der Post. „Empfängerin: Qiu Luo". Als Xiao Ju den vertrauten Namen sah, war sie etwas besorgt.

Luo Luo:

Während ich diesen Brief schreibe, bin ich in Mianyang. Nachdem ich die Wohnung verlassen hatte, wanderte ich überall umher. Und es schien, als ob ich letzten Endes doch keinen Ort finden werde, wo ich bleiben könnte. Ursprünglich hatte ich geplant, in den Nordwesten zu gehen, um Dorfschullehrer zu werden. Als ich die Nachricht vom Erdbeben hörte, dachte ich, ich könnte vielleicht nach Sichuan gehen. Vor einigen Tagen bin ich, um zu helfen, in eine Großgemeinde gegangen, die am schwersten von der Katastrophe betroffen ist. Das Wort, das ich täglich am häufigsten höre, war: „Lebenszeichen". Dieses Wort kann mich immer begeistern, es scheint die Bedeutung des Lebens erfasst zu haben. Es zu hören, ist wirklich etwas komisch, bin ich doch keine tatsächliche Hilfe, aber ich laufe hier überall geschäftig hin und her, will am liebsten die ganze Zeit helfen und mein ganzer Körper strotzt vor Kraft.

Ich habe gesagt, dass ich Dorfschullehrer werden möchte und hierher als Freiwilliger gekommen bin. Du wirst wahrscheinlich darüber lachen. Wir gehören beide nicht zu den Menschen, die sich voll für eine Sache begeistern, wir haben auch kein übertriebenes Mitgefühl. Anfänglich habe ich es selbst nicht verstanden. Später dachte ich an ein Buch, das ich einmal früher gelesen habe. Es beschreibt die Mentalität gewisser Fanatiker, diese widmen sich uneigennützig philanthropischen und wohltätigen Projekten, weil sie in ihrem eigenen Leben völlige Versager sind. Sie tun dies nur, um den Frustrationen, die sie ständig erleiden, zu entkommen. Anderen Menschen zu helfen verschafft ihnen ein Gefühl der Zufriedenheit, und dies ist die einzige Arbeit, die weder Tadel noch Ablehnung mit sich bringt. Gutherzig sein, das ist ihr letzter Schutzschirm.

In ein paar Minuten werde ich in eine andere Kreisstadt gehen. Deswegen kann ich jetzt nicht weiterschreiben. Ja, plötzlich fällt mir ein, Xiao Ju, die in unserem Haushalt arbeitet, ist doch aus Sichuan. Ich habe keine Ahnung, ob mit ihren Familienangehörigen alles in Ordnung ist. Bestelle ihr schöne Grüße von mir.

Jing Yu

Als Xiao Ju den letzten Satz las, kamen ihr die Tränen, obwohl sie noch immer nicht verstand, warum Jing Yu nach Sichuan gehen wollte. Sie schaltete den Fernseher an, schaute sich die Nachrichten über die Katastrophenhilfe vor Ort an, hoffte, dass sie in der großen Menschenmenge Jing Yu finden würde.

Sie schaute lange, hatte Jing Yu nicht erblickt, plötzlich aber sah sie im medizinischen Rettungsteam der freiwilligen Helfer eine Person, die stark Qiu Luo ähnelte. Xiao Ju dachte, dieses Bild sei bestimmt ihrer Phantasie entsprungen. Weil sie vergessen hatte, wie Jing Yu aussah, hatte die Person, während Xiao Ju sie suchte, sich in Qiu Luo verwandelt. Aber als die Frau das Bild verließ, sah sie deutlich von hinten jene Gestalt, die sich entfernte, den Koffer hinter sich her ziehend. Später erinnerte sich Xiao Ju oft an dieses merkwürdige Bild, das an diesem Nachmittag im Fernsehen aufgetaucht war, und sie glaubte immer mehr, dass diese Person Qiu Luo gewesen sei. Sie sagte zu sich selbst, da es möglich war, dass sie beide am selben Tag die Wohnung verließen, warum sollte es da nicht möglich sein, dass sie beide als Freiwillige nach Sichuan gehen?

Im gleichen Moment hatte De Ming auf ihre Anweisung hin Wertsachen ihrer Familie in eine Plastiktüte gesteckt und war zum Bahnhof geeilt. Im Fernsehen waren niemals Bilder von ihrem Dorf aufgetaucht, aber Xiao Ju schien auch gesehen zu haben, wie er aus einem Schutthaufen eingestürzter Mauern herauskam, ging und ging, sich umdrehte und etwas wehmütig zurückblickte.

Einige Tage, bevor De Ming nach Beijing gekommen war, war Xiao Ju immer noch unentschlossen, ob sie ihm erzählen sollte, dass die Wohnung leer stand. Aber als er kam, hatte sie ohne nachzudenken die Bettwäsche in der Wohnung gewechselt. Die Bettwäsche duftete vom Waschmittel leicht nach Zitrone. Xiao Ju breitete das Betttuch aus und glättete es, so ehrfürchtig, als stehe sie einem neuen Leben gegenüber. Sie spürte, dass sie sich danach sehnte, dass De Ming schneller käme. Aber dieses Sehnen war voll von Scham und Besorgnis, es schien, als ob sie etwas Riskantes machte. Sie war in Freude versunken, meinte, dass es so schien, als ob sie selbst in einer fremden Wohnung nicht ihren eigenen Mann, sondern in ihrem eigenen Zuhause einen fremden Mann erwartete, der an der Tür klingelte.

Übersetzung: Helmut Forster

李青松

Li Qingsong

Li Qingsong, geb. 1963 im Kreis Zhangwu, Provinz Liaoning. Reportage-Schriftsteller für Natur - und Umweltthemen. Veröffentlichte über 10 Bücher. Erhielt zahlreiche Auszeichnungen für Reportage-Literatur. Jury-Mitglied beim Lu Xun Literaturpreis, Mitglied im Ausschuss für Reportage des Chinesischen Schriftstellerverbandes.

哈拉哈河

Chalcha

Li Qingsong

Westwärts, westwärts, immer westwärts. Geneigt nach Norden, nach Norden, weiter nach Norden.

Dann ein Bogen, noch einer und wieder einer. Und nordwärts, nordwärts, immer nordwärts. Nun nach Westen geneigt, nach Westen, weiter nach Westen.

Der Chalcha.

Vorne zur Rechten sich türmende Steinklippen, zornig die kantige Felswand, endlos die zerklüfteten Steilhänge. Das Flussbett eben und weit, mal tobt das Wasser, reißend die Kraft, mal plätschert es gemächlich dahin. Farbenfroh spiegelt sich die Himmelsröte an seiner Oberfläche. Die tosende Strömung dort in den Stromschnellen, unbändig wie stürmischer Schnee. Xu Xiake hätte gesagt: „Ein Genuss für Ohren und Augen." Bedauerlich, dass Xu Xiake niemals hierhergekommen ist. Er sprach von einem anderen Fluss.

Der Chalcha ist anders als andere Flüsse. Er entspringt den dichten Wäldern der Kröten-Schlucht, am Fuß des Motian-Berges im Großen

Hinggan-Gebirge, dort, wo der Suhe, der Gu'erban und andere Flüsse zusammenfließen, von wo er sich 399 Kilometer in die Ferne schlängelt. Nicht besonders lang, aber auch nicht kurz.

Der Chalcha. Auf Chinesisch sagen wir Halaha. Nicht Hahaha. Halaha – Chalcha, das ist Mongolisch. Und heißt Schutzwall. Das Wasser des Chalcha treibt beharrlich, schweigsam, furchtlos dahin, bewältigt jedes Hindernis, hier ein Fels, dort ein umgestürzter Baum, und wieder woanders Schlamm und Schlick. In den Wäldern des A'er-Berges spaltet sich der Chalcha, ein Teil fließt an der Oberfläche, ein anderer verläuft fortan unterirdisch. Der Arm an der Oberfläche bleibt sichtbar, kristallklar und sanft. Fische, die am Grund des flachen Wassers gleiten. Den unteren Arm spüren wir nur, auch wenn wir ihn nicht sehen, er fließt rätselhaft und lautlos dahin. Eine Ordnung voller Raffinesse, die Gradierungen klar und deutlich. An manchen Orten wird der Chalcha zu stehenden Gewässern und Seen, vom Da'erbin-See über den Kuckucks-, Kranich- und Rehgesang-See bis hin zum Himmelsteich und dem See des verlorenen Sohns von Wusu. Nach langer Dürre verschwindet er nicht, so wie er in den Regenmonaten nicht übers Ufer steigt. Mal steigt das Wasser des Oberarms abrupt an, mal sinkt es schroff herab: Kontrasterscheinungen der dunklen Kräfte des Unterarms.

Der Leib der Erde, weitläufig, prall, hält Feuer und Wasser im Gleichgewicht und lässt alles Lebende entstehen und gedeihen. Vom Inneren her betrachtet ist die Erde ein gewaltiger Feuerball, von außen aber ist sie nichts als Wasser. Ohne das Feuer gäbe es kein Wasser. Will man das eine verstehen, muss man auch das andere kennen.

Mit ihren Vulkanausbrüchen kann die Erde einen Teil ihrer gewaltigen Energie befreien, so verhindert sie, zu ersticken, oder in Krämpfe auszubrechen. Unaufhörlich arbeitet es im Inneren der Erde, Altes wird ausgeschieden, Neues aufgenommen, Zerstörung und Erneuerung, niemals Ruhe. Die alten Griechen glaubten, Vulkane seien Öffnungen im Unterleib der Erde, natürlich und notwendig. Wie die winzige Öffnung am Hinterleibsende der Insekten oder zwischen den Schalenklappen der Muscheln. Zum Atmen, zum Ausscheiden. Würde man sie verschließen, würden sie ersticken. Und würde die Erde verkrampfen, so würde sie erbeben. Schlecht wäre es, würden die im Erdinneren verschlossenen Gase und Dämpfe zu einer „Kugel" zusammengepresst werden. Denn dann würden sich die Gase einen Weg nach draußen, ein Ventil suchen, würden unter der Erdoberfläche rumoren, ein ohrenbetäubendes Getöse erzeugen, schließlich ein Erdbeben auslösen, oder einen Tsunami, einen Vulkanausbruch.

Der Raum selbst: Zu überfüllt, oder völlig leer – beides ein Problem. Zwischen Leere und Fülle verläuft nur eine dünne Linie. Die Erde selbst weiß das, und deswegen wahrt sie ihr Gleichgewicht. Die unbändige Kraft, wenn der Vulkan seine Lava ausspuckt, lässt unterirdische Flüsse entstehen, über deren Läufe sich Vulkangestein und Kiesbetten legen. Und auf diesen gedeihen die japanische Weiß-Birke, die Rotbirke und die China-Birke, Balsampappeln und Rotweiden, Haselnuss-Bäume und Heidelbeersträucher und all die anderen Sträucher und Bäume des Waldes des steinernen Damms. All ihre Wurzeln greifen tief in das vulkanische Gestein und sondern starke Säuren ab, die das Gestein zersetzen und in Erde verwandeln. Gleichgültig beobachtet das Kiesbett all das vom Rande aus, zurückgelassen ohne Fluchtort. Längst hat das

Moos sein Tauwerk aus tausenden und abertausenden Strängen ausgeworfen, mit denen es das Kiesbett umschlingt, das sich nicht bewegen, nichts herausschreien, sich nur wehrlos ergeben kann. Pflanzen, die aus der Einöde des Vulkangesteins hervorgegangen sind. Pflanzen, die das Brachland verschlangen, auch das Fleisch und die Knochen am Grund des Brachlandes, die alles verschlangen, was ihnen Energie gab, und die wuchsen, blühten, gediehen, und die standhaft und massiv wurden. Und die langsam, im Lauf der Zeit, die Hauptrollen auf diesem Planeten einzunehmen begannen.

Rundherum das Gezwitscher der Vögel!

Im Wald des steinernen Damms fliegen die Vögel geschäftig umher, jagen nach Insekten.

Vielleicht dauerte es länger als nur ein Wimpernschlag, als die Erde erschaffen wurde, vielleicht geschah es ja ganz langsam, inmitten unbeständiger Bewegungen.

Manchmal sieht man zwei Kragenhühner vorüberfliegen, die sich am gegenüberliegenden Ufer des Chalcha-Flusses niederlassen.

Eigentlich *Bonasa umbellus*, aber die Leute nennen sie einfach Lindwürmer. Selbst unter dem Namen Kragenhühner kennt sie hier in der Gegend fast keiner, sobald man aber von Lindwürmern spricht, wissen alle Bescheid. Der Bonasa umbellus ähnelt dem Glanzfasan, ist aber kleiner. Augen wie schwarze Perlen, darüber rote Brauen. Schwarze Krallen an den kurzen Beinen, der Körper etwa einen Fuß lang. Er hat blaugraue Flügel, die manchmal durch einen schwarzen horizontalen Streifen geteilt sind. Weil seine Farbe jener der Birkenrinde gleicht, ist er von weitem kaum zu erkennen. Zum Fliegen benötigt er Anlauf, 20, 30 Meter bleibt er dann in der Luft. Hoch hinaus in die Lüfte schafft er es nicht.

Weil ihr Fleisch eine Delikatesse ist, wurden die Kragenhühner früher, als die alten Qing-Kaiser herrschten, *Suigong*-Vögel, „Jahrestribut-Vögel", genannt. Die Kaiser Kangxi und Qianlong hatten eine Vorliebe für Lindwurmsuppe, sie liebten das Fleisch der Lindwürmer. Es heißt, dass die Suppe während des kaiserlichen Mandschu-Han-Festes niemals fehlen durfte. Wurde die Lindwurmsuppe serviert, stieg auch die Stimmlage des Palast-Eunuchen, der die Gänge ankündigte. Aber vorbei sind diese Jahre, auf heutigen Esstischen wird man die Suppe nicht mehr finden, nachdem die Kragenhühner in den 1990er Jahre auf die Liste der zu schützenden Wildtiere aufgenommen wurden. Heute stehen sie unter dem Schutz des Gesetzes.

Kragenhühner haben ein ruhiges Temperament, bleiben gern im Verborgenen und leben geräuschlos vor sich hin. Die meiste Zeit sitzen sie hoch oben in den Bäumen. Vielleicht empfinden sie das als den einzigen sicheren Ort.

Selbst während der Nahrungssuche ist kein Laut von ihnen zu hören. Beginnt aber die Paarungszeit, hört ihr Gesang nicht auf: ein ununterbrochenes Ke-ke-ke-ke! Ke-ke-ke-ke! Ke-ke-ke-ke! Ein einfacher, klarer Rhythmus, der Klang einer Blechtrommel. Während der Ruf ausgestoßen wird, recken die Kragenhühner mit angewinkeltem Kopf ihren Hals empor, schlagen wild mit den Flügeln und heben ihren Schwanz, um so ihre Liebesavancen zu machen.

Bevorzugt gehen die Kragenhühner in Kieferwäldern auf Nahrungssuche. Auch in Lerchen- und Birkenwäldern trifft man sie an. Auf ihrem Speiseplan stehen Insekten, Pinienkerne, Haselnüsse, Heckenkirschen, Heidelbeeren und die Sprossen und Blüten von Birken, aber auch, wenn Nahrung knapp ist, die Samen des Wula-Grases. Das Nest der Kragenhühner wirkt eher grob und ungeschliffen und ist kaum mehr als eine kleine Grube, die am Fuß eines Baumes, wo sich herabgefallene Blätter gesammelt haben, gegraben wird, dazu kommen ein paar Kiefernadeln, etwas Wula-Gras und Borkenspäne und einige Federn für den Boden, und das ist alles. Kaum ist die Paarungszeit beendet, wird das Nest zurückgelassen.

Der Winter in den Wäldern des A'er-Berges bringt Frost und Eisschnee.

Die Kragenhühner wählen häufig offene, schneebedeckte Stellen im Wald, um die Nacht zu verbringen. Der dicke Schnee dient ihnen als Decke. Sie stechen mit ihrem Schnabel durch die tiefe Schneedecke, um einen kleinen Spalt zu schaffen, durch den sie atmen können. Der winzige Atem des Vogels, der durch diesen Spalt nach draußen dringt, bildet einen dünnen Raureif. Reif und Schnee sind an dieser Stelle kaum zu unterscheiden. Der Raureif hat sich über den Schnee gelegt, nur, um bald wieder selbst zum Schnee zu werden. Nachdem die Bürzelfedern des Kragenhuhns die Öffnung im Schnee geschlossen haben, vollkommen dicht, ist auch das dort liegende Geheimnis von der Außenwelt versiegelt. Völlig lautlos, in vollkommener Verborgenheit.

Und trotzdem lauern überall Gefahren. Immer wieder fallen Kragenhühner dem Angriff eines nächtlichen Räubers auf Nahrungssuche zum Opfer. Eulen, Zobel, Wiesel, Luchs und Fuchs zählen zu ihren natürlichen Feinden, ohne dass sie je etwas daran ändern könnten.

Scheinbar grenzenlos erstreckt sich der Wald am gegenüberliegenden Ufer. Er ist es, der die Form des Berges entlang der beiden Chalcha-Ufer festhält. Er verhindert beliebige Richtungsänderungen der launischen Bergschlucht, verhindert, dass sich die Pflanzendecke, die nur von dünnen Wurzeln gehalten wird, vom Berg abschält. Es ist der Wald, der die spröde Erdoberfläche unaufhörlich repariert, der die geschundene Ökologie pflegt, ihre Muskeln und Knochen wieder zusammensetzt.

Der Wald ist wie gewaltiges Atmungsorgan, das sämtliche Materie der Erdoberfläche absorbiert, Sauerstoff freigibt und die Atmosphäre reinigt. Das Herz bereinigt, die Lunge befeuchtet. Hier, genau hier kann es atmen, das Leben.

Tief, tief atmen.

Der Wald ist vom Puls des Lebens durchdrungen.

Tiger und Leoparden gibt es keine, auch keine Pythons, dafür aber Schwarzbären. Sie tauchen oft an den Ufern des Chalcha auf, um Nahrung zu suchen. Schwarzbären sind Allesfresser. Sie essen Nüsse, Wurzeln, Graswurzeln, Champignons, den Mu-Err, Vogeleier und Honig, genauso wie Mäuse, Ameisen, Regenwürmer, Bienen, Echsen oder kleine Schlangen. Sie durchwühlen Unterholz und Gestein, um an die oft darunterliegenden Delikatessen zu gelangen.

Ein plötzliches Schnauben, der Stein wird umgeworfen, und das kleine Getier darunter stiebt chaotisch auseinander, in Panik und ohne Plan, wohin. Er schlägt mit der Tatze auf die Erde – pa! pa! pa! – und einige werden zerquetscht, andere bleiben bewusstlos liegen. Laut quietschend wird die unglückliche Maus im Maul zerkaut.

Sein Hunger scheint nie zu enden. John Muir hat den Appetit des Schwarzbären so beschrieben: „Sie zerfetzen ihre Nahrung und verschlingen sie ohne etwas zurückzulassen. Die Nahrung verschwindet von der Erde, als wäre ein Feuerball in sie eingeschlagen." Welche Verdauungskraft!

Die Vordertatze ist ihre gefährlichste Waffe. Ein Schlag, dann noch einer, und der Getroffene ist dem Tode nah. Früher ist es häufiger vorgekommen, dass an den Ufern des Chalcha Mitglieder von Expeditionskorps, Waldarbeiter, Jäger oder Goldgräber von dem Schlag eines Schwarzbären verletzt oder getötet wurden. Einmal wurde jemand aus einem Expeditionsteam, das in der Wildnis arbeitete, von einem Schwarzbären attackiert. Damals sollte eine befestigte Straße durch die Wälder entlang des Chalcha geschlagen werden, und der Mann und seine Kameraden sollten die Topographie vermessen, als plötzlich ein Schwarzbär aus dem Unterholz auf ihn zu stürmte. Nur ein Schlag, der Mann schwankte und stürzte hinterrücks zu Boden. Seinen Kollegen blieb für einen kurzen Moment die Luft weg, dann aber griffen sie blindlings nach ihren Messgeräten und stürmten auf den Bären los. Glücklicherweise kamen rasch weitere Mitglieder des Teams herbeigeeilt, so dass sie den Bären in die Flucht schlagen konnten. Der vom Bär attackierte hatte aber ein Auge verloren und blieb mit eingedrücktem Nasenbein, sieben gebrochenen Rippen und einem fortan seitlich geneigten Kopf zurück.

Auch suchen Schwarzbären immer wieder in der Dunkelheit der Nacht die Hütten der Waldarbeiter auf, um die Küchen auszuplündern und den übriggebliebenen Hirsereis und den Mais-Mantou vom Vortag als nächtlichen Imbiss einzunehmen. Als stilvoller Edelmann, natürlich, gibt er sich hier nicht. Er zerreißt die Reis- und Nudelsäcke, die in den Ecken der Hütten lagern und fällt über sie her, bis sein ganzes Gesicht hinter einer Mehldecke verschwunden ist. Kurz darauf liegen auch Geschirrschränke auf dem Boden, die Schüsseln und Essstäbchen sind kreuz und quer über den Hüttenboden verteilt.

Manchmal wandert ein Schwarzbär auch an den Sandbänken des Chalcha umher, die Augen immer wieder auf das Wasser schielend. Er zieht nicht ziellos dort umher, sondern wittert mit seiner Nase Fische, die sich in den flachen Gewässern in Ufernähe aufhalten, um im richtigen Moment mit seiner Tatze zuzuschlagen. Nur selten geht er dabei leer aus.

Wenn ein Schwarzbär in einem Baumloch oder in einem Gebüsch schläft, und wenn seine schönen Träumereien gestört werden, geht er meist ohne Umschweife brüllend zum Angriff über. Er richtet sich auf, schlägt mit seinen scharfen Krallen um sich, und packt und beißt wahllos zu. Es ist weniger so, dass er sich verteidigt, weil er sich erschreckt hat, sondern eher so, dass er in Zorn ausbricht, weil er sich gestört fühlt. Das Ergebnis ist zu schrecklich, um es sich auszumalen.

Natürlich sieht sich selbst der Schwarzbär gelegentlich Gegenangriffen ausgesetzt. Meist werden Sibirische Rehe, tauchen sie einmal aus dem Unterholz auf, von Schwarzbären nicht beachtet. Eines Tages aber ließ ein Bär doch einmal von den Delikatessen, die er gerade unter einem Stein aufgewühlt hatte, ab, stürmte auf das Reh zu und trieb das aufgeschreckte Tier in ein Wasserloch. Der Schwarzbär ist zwar von gewaltiger Statur, besonders klug ist er aber nicht. Das durch das Wasser flüchtende Reh drehte sich ruckartig herum und schlug mit den Vorderhufen nach den Augen des völlig überraschten Bären. Der brüllte vor Schmerz auf, schlug blindlings um sich und wirbelte im Wasser umher, das in alle Richtung spritzte.

Vom Reh fehlte da längst schon jede Spur.

Der Bär schüttelte mit aller Kraft die Wassertropfen von seinem Kopf, taumelte aus dem Wasserloch und verschwand wütend im Unterholz.

Das Eichhörnchen ist der Geist des Waldes.

Leicht schwingt sein schöner Schwanz, behänd und flink, hell leuchtend, ergreifend in seiner Anmut. Plötzlich schwebt er hinter seinem Körper, so als ziehe es eine Wolke nach sich, und das Eichhörnchen springt mit scheinbar grenzloser Energie durch den Wald; dann ist er straff am Rücken entlang aufgerichtet, das Eichhörnchen sitzt kerzengerade, die Vorderpfoten als Hände nutzend, um Nahrung zu sich zu nehmen; dann wieder ist der Schwanz vertikal aufgerichtet, und das Eichhörnchen sitzt auf einem Ast, um aufmerksam seine Umgebung zu beobachten, nur, um dann im nächsten Augenblick den Schwanz grazil über den kleinen Kopf hinaus zu winden und, den Kopf vom Schwanz vollständig verdeckt, mit geschlossenen Augen einen Moment zu ruhen. Mit den an den Füßen spitz zulaufenden Krallen wirkt jede Bewegung flink, innerhalb eines Sekundenbruchteils nur noch Leere, wo gerade noch eine Silhouette wahrzunehmen war. So geht es von einem Baum zum nächsten, von einem umgestürzten Stamm zum danebenliegenden, von einem Baumloch ins nächste. Scheue Tiere, stets wachsam und agil,

Illustration: Wang Yan

ernst und vorsichtig.

Sie sind Meister darin, auf Bäumen zu klettern. Die Krallen bewegen sich abrupt auf und nieder, als seien sie elektrisch aufgeladen, mal machen sie einen Sprung, mal greifen sie nach etwas, mal kratzen sie: nie ruhen Eichhörnchen, sie graben, knabbern, beißen, kauen unaufhörlich, ohne Pause. Eichhörnchen sind fröhliche Tiere. Im Herbst sammeln sie Eicheln, Kiefernzapfen und Haselnüsse und verstecken sie in Höhlen, unter umgestürzten Bäumen, in den Zwischenräumen von Felswänden, verstecken sie hier, verstecken sie dort, bis sie selbst nicht mehr wissen, wo alles wiederzufinden ist. So bleibt im Winter, wenn der kleine Magen knurrt, nichts anderes übrig, als mit den Vorderpfoten die dicke

Schneedecke aufzuwühlen und nach Essbarem zu suchen. Die Nüsse, die sie dort tief unterm Schnee entdecken, bringen sie zum nächsten Baumstumpf, beißen sie auf und pulen die Nuss langsam heraus. Nach kurzer Zeit sammeln sich am Fuß des Baumstumpfs die fallengelassenen Schalenreste zu einem kleinen Haufen. In heller Aufregung kommen einige Elstern herbeigeflogen. Chachacha! Chachacha! Die Elstern sehen, wie sich im Inneren der Nussschalen etwas krümmt und windet.

Forstwissenschaftler sagen: „Eichhörnchen sind Experten darin, Saat zu verteilen. Gäbe es keine Eichhörnchen, wäre die natürliche Regeneration des Waldes massiv beeinträchtigt."

Eichhörnchen fürchten sich eigentlich vor Wasser. Aber die Eichhörnchen entlang der Ufer des Chalcha sind hervorragende Schwimmer. Egal ob von diesem Ufer zum gegenüberliegenden, oder vom gegenüberliegenden zu diesem, die Eichhörnchen springen mit einem Stück Birkenrinde in den Händen ins Wasser, nutzen ihren Schwanz als Paddel – links, rechts! Links, rechts! Links, rechts! – und sind, mir nichts dir nichts, am anderen Ufer angelangt. An stürmischen Tagen nutzen sie die Kraft des Windes für die Überquerung. Der Schwanz steht dann aufrecht aus dem Wasser heraus, so wie bei einem Segelboot, mal bleibt er fest gespannt, mal schwankt er leicht zur Seite, ein faszinierendes Schauspiel.

Die Eichhörnchen kennen den Fluss genau, wissen, wo er breit, wo er schmal ist, wo es Strömungen und ruhige Stellen gibt. Dort, wo die Ufer eng beisammen liegen, ist die Überquerung noch einfacher. Sie müssen sich hier nur an einem Ast einer am Ufer liegenden hohen Lärche klammern und, während der Ast leicht hin und her wankt, sich mit aller Kraft nach vorne werfen. Nur ein leichtes Rascheln ist zu hören, wenn sie in einem hohen Bogen auf einen Baum am anderen Ufer landen.

Obwohl Eichhörnchen wenig zutraulich sind, haben sie einen ausgeprägten Sinn für ihr Territorium. Gegenüber eindringenden Artgenossen werden sie rasch hitzköpfig und versuchen sie aus ihrem Territorium zurückzudrängen. Bleibt der Eindringling aber störrisch, weigert er sich wieder zu verschwinden, kommt es zum Kampf auf Leben und Tod. Altes Laub wirbelt durch die Luft, zerbrochene Äste fliegen umher, furchteinflößende Schreie zerreißen die Luft des Waldes.

Bricht die Nacht herein, legt sich ein Schleier der Ruhe über den Berg. Der Wald aber beginnt in der Dunkelheit aufzublühen.

Es ist nach Mitternacht, als der Mond das Gestein zerkaut – ein lautes Rasseln und Grollen –, dessen Geröll zur Erde hinabstürzt und die Zeit aus dem Schlaf weckt.

Die Zeit kann voranschreiten, sie kann aber auch zurücklaufen. Kaum vorstellbar, dass alles entlang des Chalcha einst im flüssigen Zustand war, überall brennende Objekte, ein Meer aus Flammen. Auf der Oberfläche des vulkanischen Gesteins und auf den Kiesbetten bildeten sich Mörtel und Waben. In klaren Konturen glimmt aus diesen Waben Mächtiges heraus – ein Brausen, eine Gärung, Osmose, Erosion, Dehnung, eine Eruption –, alles von höchster Kraft durchdrungene Begrifflichkeiten, die hinausgehen über das bloß mineralienhafte der Steine, die grenzenlos sind, die auch dann noch nachwirken, wenn sie nicht mehr wirken sollten. Wie majestätisch die Eruption gewesen sein muss! Beugt man sich hinunter und hebt einige der von Waben übersäten Kieselsteine auf, könnten sie zuhause wunderbar als Hautfeile verwendet werden. Das Vulkangestein scheint noch immer den Geruch von Schwefel auszustoßen, die Luft betörend wie guter Wein.

Von oben herab betrachtet ändert sich mit einem Mal alles.

Zwischen den sperrigen mongolischen Eichen und den aufrecht stehenden Lärchen ducken sich weiße japanische Birken, entlang der Schräge des Berghangs, bis hinunter ans Ufer des Chalcha.

Dort, wo die Strömung etwas ruhiger ist, sieht man einige Fischer, die ihre Netze auswerfen. Meist gehen ihnen Karpfen, Katzen- und Schwarzfische, manchmal aber auch Hechte, Doppelmaulfische, Lippfische, Koppen, Dorsche, Entenschnabelfische oder Weißfische ins Netz. Dort, wo die Ufer weit und offen sind, stehen, Reihe auf Reihe, aus Holzmasten errichtete Ablagen, auf denen die unterschiedlichsten Fische, große wie kleine, zum Trocknen ausliegen. Hat man Glück, und es gehen Karpfen ins Netz, wäre es natürlich Verschwendung, sie dort austrocknen zu lassen.

Auf einigen herbei geschafften vulkanischen Steinen steht ein Eisentopf. Ein paar zusammengesuchte ausgedorrte Äste werden mit Schilfrohr entzündet und beginnen laut knisternd zu brennen. Grünbläulicher Rauch steigt auf. Langsam weht der Rauch zum Wald herüber und spannt ein Netz über die Baumspitzen, so, als lege sich ein Schatten über sie. Fast beiläufig wird das Netz bald von den Ästen zerschnitten und nimmt ein wattehaftes Aussehen an, das weder Nebel noch Wolken gleicht.

Und sieh, es sind nicht einfach bloße Leere und Täuschung in dem Eisenkessel, nicht bloße Form, sondern echter Fisch, wild und prachtvoll, herb und majestätisch. Tobend, ungestüm kocht ein dunkler, roter Sud, heißer Dampf quillt aus dem Topf – fast so, als sei all das ein Spiegel des Wesens der Menschen hier im A'er-Gebirge. Das ist eine der bekanntesten Delikatessen an den Ufern des Chalcha: in Sojapaste geschmorter Karpfen.

Oh---

Die Luft ist erfüllt vom Duft des Fischfleischs, das einem das Wasser im Munde zusammenlaufen lässt.

Dabei gilt gar nicht der Karpfen, sondern vielmehr der Taimen als typischer Chalcha-Fisch. Die Fische schlüpfen in den stromaufwärts gelegenen Flussverästelungen und wachsen in den weiter stromabwärts gelegenen Gewässern – wie dem Buirsee und Hulunsee – auf. Der Taimen gehört zu den fleischfressenden Fischen. Seine bevorzugte Nahrung sind die kleinen Falter und Insekten, die sich auf der Wasseroberfläche tummeln. Abends, wenn sich diese Insekten in Scharen über dem Chalcha sammeln, sieht man unaufhörlich Fische aus dem Wasser springen und nach den Insekten schnappen. Überall kräuseln sich dann kleine Wellen auf dem Wasser, überall spritzen kleine Wasserfontänen.

Die längsten Exemplare des Taimen überragen selbst die Holzboote der Fischer. Es sind kräftige Tiere, mit einem einzigen Schlag ihrer Flosse können sie Fischerboote zum Kentern bringen. Früher arbeiteten die Fischer, wollten sie eines der großen Exemplare fangen, mit dem „faulen Haken“: Erst muss man die Schlupfwinkel der Fische ausfindig machen. Dann wirft man in der Nacht an der entsprechenden Stelle einen Haken aus, zieht ihn aber erst am Morgen des darauffolgenden Tages wieder auf. Ist der Taimen am „faulen Haken“, darf man ihn nicht gleich an Land ziehen, sondern muss ihn zermürben, seine gewaltige Kraft erschöpfen. Wenn der Fisch dann abgekämpft und seine Kraft zerschlissen ist, zieht man ihn ans Ufer. Andernfalls würde sich der hitzige Fisch mit einer Kraft wehren, der ein Fischer womöglich nicht gewachsen wäre, würde wohl einfach den Haken durchbeißen.

Ende Mai, Anfang April beginnt das Eis in den Wäldern des A'er-Berges zu schmelzen und der Wasserpegel des Chalcha anzusteigen. In Schwärmen machen sich die Taimen nun, gegen die Strömung, über jedes Hindernis, über jede Stromschnelle hinweg, rastlos, von Prellungen und Wunden übersät, manchmal gar ihr Leben opfernd, gemeinsam auf an jenen Ort, an dem sie einst geboren wurden – den flussaufwärts gelegenen Verästelungen des Chalcha. Dort legen sie ihren Laich in die kleinen Spalten zwischen Steine und Kiesel am Grund des Chalcha, den sie dann, erschöpft von ihrer Reise, bewachen, bis die kleinen Fische schlüpfen und sie wieder die Rückreise zum Buirsee und Hulunsee antreten können, wo sie den Winter verbringen werden.

Vor langer Zeit lebte ein Mann am Chalcha, der sein Geld mit Fischfang verdiente, und, ab und an, damit, die Leute über den Fluss zu setzen. Gab es Leute, die über den Fluss mussten, machte er das, gab es keine, fing er Fische. Er nutzte nie Netze zum Fangen, sondern stets den „faulen Haken". Seine Haken waren groß wie Armbänder, an jeder Angelschnur drei bis fünf davon. Damit gingen ihm vor allem große Fische an die Leine, absichtlich verschonte er die Kleinen. Das ganze Jahr über trug der Mann eine ärmellose Weste aus Schafsfell und streifte im Chalcha-Gebiet umher. Er war ein hervorragender Schwimmer, so gut, dass er beim Fischen manchmal ohne seinen „faulen Haken" auskam. Er kannte das Temperament des Taimen und wusste, wo er sich bevorzugt versteckt hielt. Er streifte sich dann seine Schafsweste ab, warf sie aufs Boot, glitt beinahe lautlos ins Wasser und begann, die Taimen zu kitzeln und kraulen, während seine Hand in die Lamellen hineingriff und den Fisch Stück für Stück an die Wasseroberfläche führte. Er war vertraut mit den Winden, die über den Chalcha streiften, mit den Geräuschen des Flusses und seinen Gerüchen, er war vertraut selbst mit den Sternen und Mond, weit über dem Fluss.

Er hatte ein dunkles Gesicht, eine gebogene Nase, ein brutales Antlitz, deswegen nannten ihn die Leute den „Schwarzen Vater". Wie er tatsächlich hieß? Niemand weiß das. Er hauste in einem tipiartigen Zelt am Fuß des Felshangs nahe dem Flussufer. Er hatte weder Frau noch Kind, lebte dort nur für sich, musste sich um nichts kümmern. Manche meinen, er sei ein alter Verbrecher, der auf der Flucht aus der Präfektur Mudanjiang dort gelandet sei; andere behaupten, er sei dort als früheres Mitglied der Dritten Einheit unter Wang Ming während der Guerillakämpfe gestrandet.

Wieder andere sind der Meinung, er sei ein Straftäter aus der Mongolei, der es irgendwann über die Grenze geschafft habe. Es wurde allerlei über ihn behauptet. Im Laufe der Jahre aber hatte das ganze Gerede immer weiter nachgelassen, bis nur noch ein einziger Punkt über blieb: Dass er der „Schwarze Vater" sei. Es heißt ja: Es ist egal, wo du herkommst, wichtig ist, wohin du in der Zukunft gehst.

Das Boot des „Schwarzen Vaters" war aus Birkenholz. Es hatte keine Paddel, sondern wurde mithilfe eines Birkenstocks wie ein Stechkahn bewegt. Damals gab es entlang des Chalcha nur eine Stelle zum Übersetzen. Von einem Ufer zum anderen, oder vom anderen zum einen, die Leute saßen stets auf dem Boot des „Schwarzen Vaters". Der „Schwarze Vater" war kräftig. Schnell und ohne Anstrengung, ein Stoß mit der Holzstange und schon hatte er sein Boot zum anderen Ufer manövriert. Dann ein lauter Knall, das Tau flog über das Wasser und wickelte sich um den Holzpfahl an der Anlegestelle, noch ein paar kräftige Züge und schon war das Boot festgemacht. Die nasse Birkenstange wurde in den Bug gesteckt, wo sie, direkt unter der Sonne, rasch trocknete.

Die Ersten hatten noch, beim Aussteigen, nach dem Preis gefragt. Aber eine Antwort erhielt niemand, nur eine abwehrende Handbewegung. Bald schon fragte niemand mehr, die Leute verließen einfach das Boot und machten sich auf den Weg. Nie hatte der „Schwarze Vater" etwas für die Überfahrten verlangt.

Ein paar Mal kam es vor, dass Passagiere ins Wasser gefallen waren, und jedes Mal stürzte der „Schwarze Vater" hinterher und zog sie wieder heraus. Sein Gesicht mag brutal ausgesehen haben, aber in seinem Inneren, merkten die Menschen, war er ein gutherziger Mann.

In seinem Boot saßen Holzarbeiter, Goldgräber, Jäger, Pelzhändler und Frauen, die Verwandte besuchen wollten. Der „Schwarze Vater" sprach kaum mit den Leuten, ein Satz vielleicht alle drei bis fünf Tage, zwei Sätze alle sieben, acht Tage. Sein Blick war immer auf das Wasser gerichtet, konzentriert auf sein Boot. Die einzige Leidenschaft des „Schwarzen Vaters" war Trinken. Trank er Alkohol, waren seine Augen von Glanz erfüllt. Diejenigen, die häufig mit ihm fuhren, ließen ihm immer wieder eine Flasche Schnaps auf dem Boot zurück.

An einem Tag im Sommer war es zu heftigen Regenfällen gekommen, so dass das Wasser des Chalcha stark anstieg und hohe Wellen schlug. Eine Überfahrt war an diesem Tag nicht möglich. Der „Schwarze Vater" saß in seinem Zelt und lauschte den Trommelschlägen des Regens, als ihn ein merkwürdiges Gefühl beschlich. Er trat aus seinem Zelt heraus, blickte zum Fluss hinüber, sah auf der Wasseroberfläche aber nur eine einzelne Muschel schwimmen, die aussah wie ein Bambuskorb. Der „Schwarze Vater" griff rasch nach der Birkenstange auf seinem Boot und schlug nach der Muschel, die sich aber nicht bewegte, sondern sich fest in die Stange verbiss. Mit Gewalt schleuderte der „Schwarze Vater" die Stange mitsamt der Muschel zum Strand hinüber. Dort zerschlug er die Muschel mit einem Stein, öffnete die Muschelschale und löste sie von seiner Stange. Und da kam aus der Muschel eine Perle zum Vorschein, glänzend und prall, einen Daumen im Durchmesser, groß wie ein Ei.

Aber der „Schwarze Vater" zeigte keine Reaktion. Die Tage vergingen so wie auch die vorherigen vergangen waren, er fischte im Chalcha, und er fuhr die Leute über den Fluss.

Aber eines Tages war sein Holzboot plötzlich verschwunden, und auch vom „Schwarzen Vater" fehlte jede Spur. Im Zelt nur die Reste eines Lagerfeuers. Auch der Chalcha lag ruhig und verlassen da, nur zwei klagende Wasservögel flogen umher.

„Schwarzer Vater"! „Schwarzer Vater"! „Schwarzer Vater"!

Ein Ruf, unbeantwortet.

Während der bitteren Kälte der „Dritten neun Tage" – das heißt der

Tage 19 bis 27 nach Einbruch des Winters – wird das Wasser zu Eis und die Flüsse im Norden frieren zu.

In der Gegend des A'er-Berges aber bleibt der Chalcha frei, obwohl die Temperaturen bei minus 36 Grad liegen. Und nicht nur das, über dem Wasser liegt der Dampf heißer Luft, so wie wenn gerade in irgendeiner Familie ein fettes Neujahrsschwein geschlachtet wurde, das von den Erwachsenen in einem Kessel mit brodelndem Wasser enthaart wird, während drum herum eine Gruppe lärmender Kinder tobt. Das schwer flackernde Brennholz im Ofen erfüllt den ganzen Raum, der von fröhlicher Heiterkeit erfüllt ist.

Bleibt der Chalcha vom Winter unberührt? Trotzt er ihm? Selbst die Wildschweine und Rehe kommen her, um sich aufzuwärmen. Still fließt der Chalcha vor sich hin, über eine Strecke von etwa 20 Kilometern. Der Fluss gibt dem Winter im A'er-Berg ein völlig anderes Antlitz.

Auch hier liegt eine dicke Schneedecke über der Landschaft, die Stille einer Schneelandschaft aber fehlt wundersamer Weise, stattdessen rauschen warme Luftströmungen tief unterhalb des Schnees. Schlangenartig breitet sich die Warmluft auf der Wasseroberfläche weiter aus, steigt schließlich gen Himmel. Geheimnisvolles umwittert die Wärmeströmung, wie ein Schleier, eine Illusion.

Im Winter 1949 wurde die Amtsstelle für die Angelegenheiten den A‘er-Berg betreffend errichtet.

Sie befindet sich in Yi‘ershi, einem Ort am Ufer des Chalcha. Der Weißwolf, die Schlucht der fünf Biegungen, Xikou, der Suhu-Fluss, all das fällt unter ihre Verwaltung. Der erste Direktor des Amts trug den Namen Yiregeqi und war Mongole.

Damals war China gerade befreit worden. Überall wurde Holz für den wirtschaftlichen Aufbau benötigt. Für den Bau der Fabriken, genauso wie für Eisenbahnstrecken, Minen, einfache Gebäude und Brücken. Überall fehlte es an Holz.

Also wurde die Losung ausgegeben: Waldabbau.

Bis dahin war der Wald entlang des Suhu-Flusses, einem Nebenfluss des Chalcha, völlig unberührt, ein Urwald. Eine vollendete Erscheinung, nur Lärchen, Birken, mongolische Eichen.

Nun aber drangen die Geschwader der Holzfäller in die Gegend des Suhe vor und errichteten ihre Lager entlang der Schluchten des Flusses. Laut der Erinnerungen des Holzfällers Deng Linsheng hatte jedes Lager einen Lagerführer, einen Buchhalter, einen Vermesser, dazu ein paar Dutzend Arbeiter. Sie lebten in Holzhütten, die sie sich aus dem Material vor Ort zusammenbauten, das Dach aus Birkenrinde, die im Sommer den Regen und im Winter den Schnee abhielt. Die Hütten wurden mit Metallöfen beheizt, die aus den Gastanks gebaut worden waren, die die Japaner zurückgelassen hatten und an deren Oberseite eine Art Kamin angebracht worden war. Geheizt wurde mit Holzscheiten. Wenn das Feuer brannte, mussten von Zeit zu Zeit neue Holzscheite in die Ofenöffnung geworfen werden, so dass die Flammen weiter lodern konnten. Wenn das Feuer an Kraft verlor und nur noch Glut übrigblieb, stocherte jemand mit dem Schürhaken in die Feuerreste und hauchte ihnen so neues Leben ein, so dass die Flammen erneut zu tanzen begannen. Tagsüber hingen die vom Schweiß harter Arbeit durchtränkten Kleider, Hosen, Bandagen und Handschuhe der Arbeiter über dem Ofen, von dem aus sich die Wärme wild tanzend im Raum verbreitete und einen unangenehmen Geruch ausströmte. Wenn es in den zwölften Monat des chinesischen Kalenders ging, durfte das Feuer im Ofen nicht für eine Sekunde erlöschen, andernfalls verwandelte sich die Hütte in eine Eiskammer.

Im Winter wurden die Lebensmittel per Pferdeschlitten gebracht. Es gab Gemüse, vor allem Kartoffeln, gesalzene Bohnen, eingelegte Rüben, Sauerkraut und Chinakohl. Als Getreide diente rote Hirse. Reis und Weizen gab es selten, dafür aber Tang-Wein, ein starker, traditionell destillierter, reiner Hirse-Schnaps, über 60 Prozent. Der Motor der Waldarbeiter, unersetzlich. Das Holz wurde damals auf dem Wasserweg transportiert und die Arbeiter verbrachten die meiste Zeit im Fluss. Der Schnaps half, die innere Hitze und Feuchtigkeit loszuwerden und den Kreislauf in Schwung zu halten.

Der Suhu-Fluss windet und schlängelt sich über eine Strecke von 18 Kilometern, bevor er im Süden in den Chalcha fließt. Immer wenn im Frühling das Eis zu schmelzen begann und das Hochwasser der Pfirsichblüten-Zeit einsetzte, begann der Holztransport über den Fluss. Das Holz wurde an den jeweiligen Lagern der Arbeiter auf den Fluss verladen. Man musste mit der Menge vorsichtig sein, damit sich das Wasser nicht plötzlich staute. Die Arbeiter in den Lagern entlang des Flusses richteten das Holz mit kleinen Haken aus, um zu verhindern, dass es sich querlegte und verkantete. Und trotzdem war es schwierig, die Holzmenge zwischen den einzelnen Lagern ständig zu koordinieren, und so kam es immer wieder zu Unfällen, bei denen sich das Holz ineinander verschachtelt hatte, was zur Verschlammung führte und das Flussbett staute. Es gab für diesen Fall immer einen Notfallplan: Am

Oberlauf des Flusses war im Vorfeld ein Holzdamm errichtet worden, in dem sich eine große Menge Wasser gestaut hatte, das dort vor sich hin wartete. Der Damm wurde nun geöffnet, das dort zurückgehaltene Wasser schoss tosend heraus und entwickelte schnell eine derartige Wucht, dass es das in der verschlammten Stauung verschachtelte Holz mit sich riss und den Flusslauf wieder freiräumte.

Entlang der drei größten Schluchten des Suhu-Flusses wurden jeweils Lager für die Waldarbeiter errichtet. Und die brauchten Namen, man konnte sie ja nicht einfach Schlucht eins, zwei und drei nennen. Also erhielten sie die Namen der jeweiligen Lagerleiter. Deng Linsheng erinnert sich noch, dass die Lager an der ersten Schlucht Sun-Zhangming-Lager, Li-Muchun-Lager und Sun-Shitou-Lager hießen; an der zweiten Schlucht trugen sie die Namen Song-Mulin-Lager, Yang-Yunqiao-Lager und Dong-Yonggang-Lager; und entlang der dritten Schlucht lagen das Wan-Xueshan-Lager, das Liu-Changjiang-Lager und schließlich das Bao-Jinrong-Lager. Innerhalb der Lager gab es Untereinheiten, organisiert nach den einzelnen Arbeitsabläufen im Wald, da gab es Einheiten fürs Holzfällen, Zersägen, Zurücksägen, Aufschichten und Abtransportieren. Die Holzfäller arbeiteten mit einer Trummsäge, im Chinesischen auch Blähbauchsäge oder Zweimann-Wettbewerb-Säge. Während der Arbeit saßen sich zwei Männer gegenüber und zogen abwechselnd kräftig an der Säge, die unaufhörlich Sägespäne ausspuckte – Cha! Cha! Cha! Cha! – und die Luft mit Harzgeruch erfüllte. Plötzlich ertönte ein lautes „Baum fällt!“, und der Stamm stürzte mit einem bebenden Knall zu Boden. In der Luft wirbelten zerschlagene Äste, Blätter und Gräser wild umher.

Anschließend wurden die Äste zurückgeschnitten und der Baumstamm zerteilt. Baumkrone, Äste und Baumkrebs wurden abgesägt und so entstand nutzbares Holz. Am Ufer wurde eine ebene Stelle gesucht, auf der die zurechtgeschnittenen Stämme aufgeschichtet und für den Abtransport vorbereitet wurden. Für den Transport der Stämme von dort, wo sie gefällt wurden, bis ans Ufer wurden meist Schlitten verwendet. Die Leute nannten diese Arbeit „das Futteral wenden".

Schlitten werden im Chinesischen als flache Objekte, nicht als Fahrzeuge kategorisiert.

Die Schlitten wurden von zwei Pferden gezogen. Im Winter fielen die Temperaturen in den Wäldern auf minus 40 Grad. Die Schlittenlenker waren warm eingepackt, trugen Jacken aus Schafsfell, Mützen aus Hundeleder und Wattestulpen an den Beinen – die „gefühlten Beulen". Der Knall der Peitschen zerschnitt die Luft.

Mit einem lauten „Los!" setzte sich der Pferdeschlitten mit dem Holz in Bewegung und glitt durch den Schnee und über das Eis.

Ein Schlitten konnte drei bis fünf Holzstämme tragen. Die Pferde strömten warmen Schweiß aus, während sie die Schlitten im Laufschritt hin und her zogen. Frost lag auf ihren Mähnen, heißer Dampf stieß aus den Nüstern. Die Schlitten waren aus Eichenholz, robust, hart und stabil, kaum zu brechen. An der Unterseite waren Eisenkufen angebracht, sie ermöglichten das schnelle, behände Vorankommen auf Eis und Schnee.

Die Holzarbeiter hatten damals ihren eigenen Jargon. Trugen sie die Stämme auf den Schultern zum Verladewagen, sprachen sie vom „Knochen streicheln", zum Sammeln und Stapeln der Stämme sagten sie „kleine Wohnung", und die „große Wohnung" meinte den Transport des Holzes. Das „vordere Baumfällen" bezeichnete den Ablauf vom Fällen über das Entästen und Zurechtschneiden bis hin zum Aufschichten, während mit dem „hinteren Baumfällen" der Transport über Wasser gemeint war.

Die Stapelplätze waren unterteilt in den Bergplatz, den mittleren und den großen Platz.

Das auf dem Berg gefällte und dort provisorisch zusammengelegte Holz galt als Bergplatz; der mittlere Platz lag am Straßenrand, wo das Holz zum Abtransport zwischengelagert wurde; der große Platz war der Ort nahe dem Suhu-Ufer, wo das mit dem Schlitten herbeigeschaffte Holz gestapelt wurde und auf den Wassertransport wartete. Es heißt, dass dort im Laufe eines Winters 30.000 Kubikmeter Holz zusammenkamen.

Im gesamten A'er-Gebirge gab es mehrere solcher großen Plätze wie jenen am Suhu-Fluss. Überall dort war Holz zu Bergen getürmt, Stapel neben Stapel, soweit das Auge reichte. Zum Schluss gelangte das Holz über den Suhe-Fluss in den Chalcha, von wo aus es zum Holzlager des Amts für Forstwirtschaft in Yi'ershi gebracht wurde. Dort wurde es vermessen, nummeriert und registriert und damit endlich Teil des Inventars des nationalen Versorgungsplans. Das Holz wurde dann von Yi'ershi aus auf Wagen und Züge verladen und, einheitlich verteilt, in alle Winkel des Landes abtransportiert.

In diesen Jahren galt das Holzlager als „Schatzkammer" der Waldregion.

Alles, was die Menschen der Region aßen, tranken und auf sonst irgendeine Weise nutzten, hatte seinen Ursprung in den Bäumen des Holzlagers. Aus dem Grund sprachen die Leute dort damals von der „großen Holzblock"-Wirtschaft.

Am Oberlauf des Chalcha gibt es neben dem Suhu-Fluss noch die Nebenflüsse der „Großen Schwarzen Schlucht", der „Kleinen Südlichen Schlucht" und der „Goldener Fluss Schlucht", die in Yi'ershi zusammenlaufen. Der Fluss ist hier breit, seine Strömung stark. Das transportierte Holz reihte sich hier Kopf an Fuß und schlängelte sich, schier unüberblickbar, dahin. Ein majestätischer Anblick, wie die gewaltigen Holzmassen die gesamte Wasseroberfläche verdeckten.

Bis heute erkennt man in Yi'ershi an den Nord- und Südufern des Chalcha noch die Überreste der aus Zement errichteten Pfeiler der Anlegestellen, wo damals die aus den Wäldern transportierten Stämme ankamen. Oben und unten verliefen jeweils zwei Stahltrossen oberhalb des Wassers, die an den Zementpfeilern zu beiden Seiten des Flusses mit Schlössern befestigt waren. In der Flussmitte waren die Stahltrossen mit hölzernen Derrick-Kränen gesichert. Entlang der Stahlseile hatte man eine Reihe von Holzbohlen angebracht, die, um zu verhindern, dass der Strom sie fortriss, mit Nieten befestigt waren. Das Ganze bildete eine Art Absperrung, mit der das von der Strömung hergetriebene Holz abgefangen wurde.

Von dort wurden die Stämme mithilfe elektronischer Ankerwinden in Bündeln von drei bis fünf Stämmen aus dem Fluss gehoben. Anschließend begannen die Holzarbeiter, die Stämme kunstfertig aufzuschichten. Jeweils eine Person an jedem Stammende, oder zwei, drei, vier oder sechs, je nach Länge und Dicke des Holzes. Zu den Werkzeugen der Arbeiter gehörten Tragepfosten, Haken, Zwei-Mann-Schulterstangen, Doppeltragebalken, kleine Hobelhaken, Pressen und Stahlseile.

Eine Zweiergruppe – also mit einem Mann an jedem Stammende – nutzte Kneifhaken und Schulterstangen; die Vierergruppe mit je zwei Mann pro Baumende arbeitete mit zwei Kneifhaken und zwei Schulterstangen; bei der Sechsergruppe kamen zwei Kneifhaken, eine Zwei-Mann-Schulterstange und drei normale Schulterstangen zum Einsatz; die Vier-vier-Mann-Einheit, also eine Achtergruppe, kümmerte sich um die langen, dicken und schweren Stämme, an den beiden Enden arbeiteten sie jeweils mit einer Zwei-Mann-Schulterstange, während in der Stammmitte zwei Kneifhaken und 4 Einzel-Schulterstangen eingesetzt wurden. Und die Sechs-Sechs-Kombination – ach, lassen wir das, da waren die Stämme jedenfalls noch größer, dicker und länger, und es waren zwölf Männer vonnöten.

Wurden die Stämme direkt auf die Züge verladen, musste zwischen Boden und Wagon eine Hebevorrichtung, eine Art Sprungbrett errichtet werden. Es gab zwei- und dreistufige Anlagen. Das Holz musste einheitlich und koordiniert angehoben werden, andernfalls konnte es zu Schwierigkeiten, selbst zu Gefahr kommen. Daher entstand während der Arbeiten auf dem Holzlager und beim Verladen des Holzes bald eine besondere Art von Arbeitsgesang, vergleichbar mit den Marschliedern amerikanischer Militärs. Dabei gab es eine Art „Vorsänger“ (der Vorderste an der Tragestange), der in großer Lautstärke etwas ausrief, während die übrigen Arbeiter darauf im Chor eine Antwort herausbrüllten. Der Ausruf des „Vorsängers“ fungierte zugleich als eine Art Anweisung, die die Arbeiter beim Tragen der schweren Holzstämme in einen Gleichschritt versetzte und dem Holz einen leichten Schwung verlieh, so dass der Druck gleichmäßig verteilt war und das Holz überhaupt transportiert werden konnte. Rhythmisch erfolgte jeder Arbeitsschritt, immer synchron: Bücken, Einhaken, Aufrichten, Transportieren, auf den Wagen heben, einstapeln.

Der Intonation dieser Ausrufe kam eine besondere Bedeutung zu. Länge, Höhe, Rauheit und Stärke, all das konnte Einfluss auf Kraft und Tempo der Arbeiter nehmen, selbst Tragedistanz und -dauer hingen davon ab. Das Anheben des Holzes war Teamarbeit, und der Takt der Rufe erfüllte den Zweck, die Schritte der Arbeiter zu koordinieren und sie in den gleichen Rhythmus zu bringen.

Diese rhythmischen Rufe waren eine eigene Kunstform, melodisch und inhaltsschwanger zugleich. Der Rhythmus war ein ewig gleicher, die Inhalte aber variierten, je nachdem, wie der „Vorsänger" die Szenerie vor seinen Augen wahrnahm, was sie in ihm hervorrief und je nachdem, wie stark seine Fähigkeiten waren, das Gesehene in die richtigen Worte umzusetzen.

Vorsänger: In die Beuge!

Arbeiterchor: Hey-ho! Hey-ho!

Vorsänger: Abstützen und aufrichten!

Arbeiterchor: Hey-ho! Hey-ho!

Vorsänger: Im Gleichschritt los!

Arbeiterchor: Hey-ho! Hey-ho!

Vorsänger: Auf die Füße achten!

Arbeiterchor: Hey-ho! Hey-ho!

Vorsänger: Auf den Gebirgsrücken!

Arbeiterchor: Hey-ho! Hey-ho!

Vorsänger: Und weiter!

Arbeiterchor: Hey-ho! Hey-ho!

Derartige Töne unter mächtiger körperlicher Last auszustoßen, ist nicht nur physiologisch wichtig, sondern auch psychologisch, es hilft, bei Stimmung zu bleiben. Geht man nach den offiziellen Zahlen, belief sich die Gesamtmenge an Holz aus dem Amt für Forstwirtschaft in Yi'ershi in den Jahren nach der Gründung der Volksrepublik auf 28.130 Kubikmeter im Jahre 1950, 2.910 Kubikmeter im Folgejahr, 30.810 in 1952 und schließlich 3.100 Kubikmeter in 1953.

Im Jahre 1954 wurde dann die erste Eisenbahnstrecke im Waldgebiet verlegt, und die ersten kleinen Züge begannen, den Wassertransport zu ersetzen. Und so verschwand auch das Bild der früheren Wassertransporte allmählich aus den Köpfen der Menschen in der Region. Nur die Älteren unter ihnen sieht man gelegentlich abends, wenn die Dämmerung bereits eingesetzt hat, am Fluss entlang schlendern, die Augen, von denen eine schwer fassbare Traurigkeit ausgeht, auf den verlassen Chalcha gerichtet.

Lärm und Tumult sind längst verschwunden, ruhig und gelassen zieht der Chalcha heute dahin, ganz so, als sei es nie anders gewesen. Nur in der Abendröte schimmern manchmal noch, als seien es Schemen, die Überreste der alten Betonpfeiler und einige, längst von Rost befallene Stahlseile durch das Wasser hindurch.

Ein Spiegelbild ist das Echo einer Ansicht, und das Echo ist die Ansicht eines Geräuschs.

„Im Wald sind Axt und Säge das zuverlässigste“, hörte man die Menschen in den Wäldern des Ye’ershan-Gebirges früher häufig sagen. Heute gilt das nicht mehr, nachdem ein halbes Jahrhundert der Holzfällerei vorüber ist. Verschwunden all der Glanz, schweigsam nur noch der Chalcha. Manche glauben, dahinter verberge sich Schmerz und Trauer.

Vor einigen Jahren endete das Zeitalter der Holzfällerei in den Wäldern des Yi’er-Gebirges, heute ist die Rodung verboten. Die Äxte und Sägen, die Wahrzeichen der alten Zeit, verstauben in den Lagern. Und aus den alten Holzfällern wurden Aufforster und Umweltschützer.

Manchmal scheint es, als wolle der Chalcha etwas sagen, nur, um am Ende doch weiter zu schweigen.

Die Morgenröte legt sich über die Landschaft. Resigniert, aber auch verwundert, blicken die Menschen, noch immer beseelt von Ernst und Vernunft, über die ihnen vertrauten und doch ewig fremden Wälder.

Was genau eigentlich ist der Wald? Einer sagt: „Der Wald ist mehr als nur eine Ansammlung von Bäumen, die wir sehen, er ist ein gewaltiges Ökosystem“. Und richtig, die Biozönose eines Waldes umfasst eine schier ungreifbare Flora und Fauna, bei der jedes einzelne Lebewesen einen festen Platz im Raum- und Zeitgefüge einnimmt. Im ständigen Überlebenswettkampf stehen sie zueinander. Sie absorbieren Sonne und Wasser, stärken und beschränken sich, jagen und werden gejagt, werden zu Parasit und Wirt, hängen voneinander ab und schränken doch einander ein, und so formen sie gemeinsam ein stabiles, harmonisches Ökosystem.

Der erste, der den Wald als Ökosystem begriff, war der deutsche Forstwissenschaftler Müller. Er sagte: „Der Wald ist ein Organismus,

Stabilität und strenge Kontinuität sind sein natürliches Wesen.“ Der Wald ist keine Holzmanufaktur, sondern eine Lebensgemeinschaft, die Erde, Tiere und Pflanzen integriert. Er ist der Ursprung der Flüsse und Quell des Lebens.

Im Nachdenken der Menschheit über ihr Verhältnis zum Wald wird unaufhörlich das Wissen über den Wald verändert und das eigene Handeln dem Wald gegenüber angepasst.

Müller sagte: „Wenn wir trockenes Holz auch nicht länger benötigen, um zu heizen, so brauchen wir doch das überströmende Grün der Wälder, um unsere Herzen zu wärmen.“

Der Wald setzt sich aus drei Grundordnungen zusammen: Der genetischen Vielfalt, der Artenvielfalt und der ökologischen Vielfalt. Er beinhaltet so vieles, bringt so vieles mit: Die Integration einer Vielfalt von Lebeweisen innerhalb eines Raumes, die steten Wechselwirkungen zwischen all diesen Lebewesen und ihrer Umwelt, genauso wie die vollständigsten aller Aufzeichnungen der durch diverse Eingriffe erfolgten Evolutionsabläufe. So, wie auch das beste Klima für eine vollkommene Evolution der hiesigen Vegetation sorgen konnte. Derartige ökologische Abläufe findet man nicht in einer Vegetation, die künstlich und innerhalb kurzer Zeit von Menschenhand geschaffen wurde. Der natürliche Wald und der Nutzwald sind zwei völlig verschiedene Dinge.

Der Wald ist Wald. Nichts hier ist überflüssig, nichts ist Abfall. Nicht einmal ausgedörrte, morsche Bäume. So wie eine Gesellschaft nur aus Eltern und Kindern, aber ohne Großeltern unvollständig ist, so ist auch der Wald ein Ganzes, das sich aus Alt, Jung und dem dazwischen zusammensetzt. Gerade weil es all die verdorrten und morschen Bäume gibt, konnte der Wald in seiner Geschichte so außergewöhnlich wachsen, konnte sich ein so vollkommenes Ökosystem herausbilden.

Und nicht nur das, die ungezählten morschen, längst ausgehöhlten Bäume in den Wäldern entlang des Chalcha sind zugleich Schlupfwinkel für die Zobel, Wiesel, Iltisse, Streifen-, Grau- und Gleithörnchen, aber auch für die Urbiene und viele andere Tiere. Sie sind der ideale Rückzugsort für die Schwarzbären während ihres Winterschlafs. Und auch die Luchse ziehen sich in die Aushöhlungen alter Bäume zurück.

Vielleicht verbirgt sich genau hier das Geheimnis des Waldes, hier in den Hohlräumen der alten, morschen Bäume. Der Wald hat seine eigene Ordnung, folgt seiner eigenen Logik. Kommt etwas Neues, das sich bisher gültigen Grenzen widersetzt, so passt der Wald seine innere Struktur diesem Neuen an und legt so eine neue Ordnung fest. Das ist das Gesetz des Waldes.

Zhang Xiaochao, ein Freund der Wälder des A'er-Gebirges, sagt: „Die Regenerationskraft eines natürlichen Waldes geht weit über unsere Vorstellung hinaus." Er sagt: „Der beste Weg, diesen Wald zu schützen wäre es, die Berge von der Außenwelt abzuschotten und sich selbst zu überlassen. Ist im Boden des Waldes, der noch immer die Spuren der früheren Holzfällerei trägt, das alte Wurzelsystem nicht vollends zerstört, und werden die Aufforstungsmaßnahmen korrekt und angemessen durchgeführt, und lässt man dem Wald genug Zeit zum Atmen, dann wird er seine Wunden selbst heilen, wird, auf sich selbst gestellt, wachsen, bis er seinen ursprünglichen, reinen Zustand wiederhergestellt hat."

Der Frühling geht, und er wird wiederkommen.

Gerade durch die Kraft der Schönheit ist der Geist zu Leben imstande, Generation nach Generation.

Mit dem Verbot der Rodung der Wälder verschwand der Lärm, und Stille nahm ihren Platz ein. Jene Wurzeln, deren Kraft so lange geschlummert hatte, öffneten unter der Feuchtigkeit des Chalcha erneut ihre grünen Augen, durchgruben wieder enthusiastisch die Erde und nahmen sich den Raum zurück, der nur ihnen gehörte.

Nebelschwaden ziehen über den Chalcha. Langsam, ganz langsam verhüllen sie die Wälder.

Am Ende ist es jedoch der Wald, der den Nebel verschlingt.

Der Chalcha strömt nach Westen. Westwärts, westwärts, immer westwärts.

Es heißt, dass im Jahre 1219, kurz bevor Dschingis Khan eine Armee von 40.000 Reitern durch die eurasische Steppe führte, seine Krieger am Unterlauf des Chalcha ihre Waffen schärften und Pferde stärkten, um Kraft für den anstehenden Feldzug zu sammeln. Bis heute noch kann man den steinernen Pfeiler finden, wo einst Dschingis Khans Pferd angebunden stand. Über drei Meter hoch, so dick, dass ihn ein Mann gerade noch umfassen kann, bis heute ehrfurchterregend. Sein stolzer, unnahbarer Schatten blickt Tag für Tag hinauf in den unendlich weiten Himmel, und der Himmel blickt zurück. Auch wenn der Zeitenlauf ihm zugesetzt hat, er im Verfall begriffen ist, so ragt er doch bis heute, fast gottgleich, hoch empor. Und sollte er eines Tages doch zusammenfallen, sollte der Wind ihn zu Staub verwandeln, so wäre das doch bedeutungslos, da er längst schon, aufrecht und hoch, in den Herzen der Menschen verankert ist.

„Wehende Banner soweit das Auge reicht, aufgewirbelter Staub, der gen Himmel zieht. Krieger, deren Kraft Himmel und Erde erschüttert". Über alles fegten Dschingis Khans Reiter hinweg, durchbrachen Festungen, ergriffen Anführer, zerteilten Körper. Westwärts, westwärts, immer westwärts, bis an die Ufer der Donau, errichteten sie ein riesenhaftes Reich, verbanden West und Ost, schmolzen die Distanzen, hinterließen ihre Spuren, überall. Vielleicht war es ja die Geschmeidigkeit und Kraft des Chalcha, seine Beharrlichkeit, Schweigsamkeit und Furchtlosigkeit, die Dschingis Khans Eifer und Mut geweckt hatten. Auch wenn die ursprüngliche Antriebskraft für den Westfeldzug Dschingis Khans nicht Eroberung und Unterjochung war – sondern Rache.

Jahre zuvor nämlich war eine Karawane aus 450 Mann, die Dschingis Khan entsandt hatte, von den Menschen der westlichen Regionen ermordet und ausgeplündert worden. „Als der Khan Nachricht hiervon erhielt, weinte er vor Zorn. Er erklomm den Gipfel eines Berges, hob seine Kopfbedeckung und ließ sie hinterrücks auf den Rücken sinken. Er kniete nieder und rief den Himmel an, betete für Rache. Drei Tage betete und fastete er, bevor er wieder den Berg hinabstieg".

Klagend erhob sich der mongolische Kehlkopfgesang. Das Schlagen der Hufe und der Kriegstrommeln erfüllte die Grassteppe, ein Ort, von einem Sturm erfasst, überall lackrote Lilien, die wild und rau zu blühen begannen. Doch all das hat sich in uralten Staub verwandelt, den längst der Wind davongetragen hat.

Der Chalcha fließt weiter vor sich hin, bleibt, was er immer war. Er ist nicht besonders lang, genauso wenig wie er kurz ist. Alle Leiden und Nöte der Menschen, ihre Verdienste und Verwerflichkeiten, ihre Konflikte sind nichts gegenüber der Natur, sind nicht mehr als das Kräuseln im Chalcha. Vielleicht kann eine Zivilisation durch eine andere ersetzt werden, die Natur aber lässt sich nicht untertan machen. Chalcha, westwärts, westwärts, immer westwärts, im Norden des Dreibogenbergs, bei den Wäldern des Yi'er-Gebirges, verlässt er China und fließt in die Mongolei, dann ein Bogen, noch einer und wieder einer, nordwärts, nordwärts, weiter nordwärts, leicht nach Westen geneigt, nach Westen, weiter nach Westen, wo er in den Buirsee fließt, sich ausruht, seinen Geist kräftigt, bevor er weiterfließt, weiter nordwärts, um schließlich, durch den Orshuun-Fluss hindurch, im Hulunsee zu münden. Erst hier endet sein Weg. Der Chalcha weiß um seine Zugehörigkeit, sein Zuhause, er fließt hinaus, nur um schließlich wieder heimzukehren. Immer wieder hierher zurück, pflichtbewusst. Und wie viele Flüsse gibt es doch, deren reißende Ströme, einmal losgelassen, nie wieder zurückfinden!

Der Chalcha, Mutter Erde entspringend, fließt vielleicht schon Millionen Jahre dahin. Er ist anders als die anderen Flüsse. Alle anderen, egal wie sie sich schlängeln und winden, münden schließlich im Meer. Der Endpunkt des Chalcha aber ist der Hulunsee. Das Meer sieht er nie. Das ist nicht nur an ein oder zwei Tagen so, auch nicht nur einige Monate oder Jahre, nicht mehrere Jahrhunderte und auch nicht viele Jahrtausende. Der Chalcha geht immer dorthin, wo er herkam, und kommt immer von dort, von wo er hinging. Nie ändert er seine Richtung, nie sein Ziel. Er ist besonnen und doch tiefgründig, stetig und doch selbstreflexiv, er ist nie ungestüm, nie protzend, nie gesprächig und geschwätzig. Lange Zeit haben wir seine Bedeutung, seine Funktion, seine Rolle im Ökosystem ignoriert, so weit, dass kaum einer seinen

Namen kannte. Mit seiner Bewegung, seinem Strom garantiert er das ökologische Gleichgewicht entlang des Flussbeckens, und mit diesem Gleichgewicht kontrolliert er die Beziehung zwischen den Lebewesen. Er ist unersetzbar. Ist der Chalcha, aus Sicht unseres Planeten betrachtet, ein für sich allein stehendes Ökosystem? Nein, die Erde, als Kugel, bildet für sich eine Gesamtheit. So wie ein einzelner Regentropfen auf dem Himalaya in direkter Beziehung zu einem Wirbelsturm über dem Indischen Ozean steht, so steht auch der Chalcha in einer subtilen Beziehung zum gesamten Ökosystem der Erde. Das Erreichen seines Zielpunkts bedeutet weder Stagnation noch Vervollständigung, sondern das Gebären eines Neuanfangs. Vielleicht kann der Raum alles Leben aufheben, und während die Zeit alles Leben verstößt, schafft sie zugleich doch neues. Im Chalcha stehen Raum und Zeit nebeneinander, finden zusammen. Alles verläuft im Zyklus, kehrt regelmäßig wieder, kreist vor und zurück, ewig und für immer.

Alles Leben, die Natur.

Die Selbstreinigungskräfte des Chalcha, seine Fähigkeit zur ewigen Erneuerung sind ein Wunder. Seine schöpferische Kraft benötigt keine Beweise mehr. Er ist es, der die Wälder, die Steppen und Feuchtgebiete, das Watt und die Wildnis entlang des Flusslaufs erhält. Er spendet Feuchtigkeit für das Leben, die Jahreszeiten, die Emotionen, die Seelen und die Geister in seinem Stromgebiet.

Chalcha, trage die Last der Zeit, die Last einer Legende, fließe auf ewig hinfort.

Übersetzung: Carsten Schäfer

马原

Ma Yuan

Ma Yuan wurde 1953 in Jinzhou, Provinz Liaoning, geboren. Heute ist er Professor an der Chinesischabteilung der Tongji-Universität in Shanghai. Er hat als Bauer und Schlosser gearbeitet. 1982 ging er nach dem Abschluss eines Chinesischstudiums an der Universität Liaoning nach Tibet. Dort arbeitete er als Journalist und Redakteur. 1982 begann er auch mit seiner schriftstellerischen Laufbahn. Heute gilt er als Pionier der Avantgarde-Welle. Mit seinen formalen Neuerungen und seiner charakteristischen Erzähltechnik hat er viele jüngere Schriftsteller beeinflusst.

喜马拉雅古歌

Alte Weise vom Himalaya

Ma Yuan

Linda ist ein Dorf der Lhoba mit nur ungefähr ein Dutzend Haushalten. Es liegt am nördlichen Fuß des Himalaya-Gebirges, mit üppiger Vegetation und einzigartiger Landschaft. Die exakte Lage ist am Schnittpunkt des 94. östlichen Längengrads mit dem 29. nördlichen Breitengrad.

Erstes Kapitel

Von Mainling nach Linda brauchen wir über einen halben Tag. Als die Sonne aufgeht, treten aus meinem Rappen am ganzen Körper funkelnde Schweißperlen aus. Wir folgen zuerst dem niedrigen Damm am südlichen Ufer des Yarlung Tsangpo (Oberlauf des Brahmaputra). Später ist auch dieser niedrige Damm nicht mehr zu sehen. Nur noch grüne Weizenfelder. Die Junisonne hat alle Hänge und Täler begrünt. In der Früh ist die Luft noch kühl und angenehm. Ein frischer Wind, ganz leicht. Mein Pferd ist vorne. Ich greife leicht in die Zügel, mein Pferd fällt vom

Trab in den Schritt. Ich drehe mich um. Mein Führer folgt mir auf seinem Schimmel.

"Ich habe Sie noch nicht gefragt, wie ist Ihr Name?"

"Nobu", sagt er.

"Nobu", wiederhole ich.

"Ich bin 54 Jahre alt."

Ich habe ihn nicht nach seinem Alter gefragt. Der Weg ist schmal, zwei Pferde nebeneinander haben gerade noch Platz. Links sind die Hänge, die Windungen des Gebirges, mit ein paar Bäumen, und Adlern, die ganz oben kreisen.

"Nicht mehr weit", sagt Nobu.

"Wir sind gleich da?"

"Vorne ist ein Fluss."

Als wir am Fluss sind, schlage ich eine Rast vor. Der Fluss kommt aus dem südlichen Tal, er fließt in den Yarlung. Die Vegetation ist üppig, die Hänge sind mit Nadelwald bewachsen. Weiter oben funkeln weiße Gipfel in der Sonne. Über den Fluss führt eine Holzbrücke. Starke Baumstämme aneinander befestigt, sieht recht stabil aus. Am Fluss zweigt ein Weg ab, der tief in das Tal hinein führt. Ich mache zwei Dosen mit Pfirsichen auf. Die Pferde grasen in der Nähe, die Zügel schleifen am Boden.

"Die sind brav, werden nicht wegrennen."

"Nobu, wann warst du das letzte Mal in Linda?"

"Vor über vierzig Jahren. Damals war ich noch ein Kind. Ich war mit meinem Vater in diesem Tal auf der Jagd."

"Was gibt es hier zu jagen?"

"Alles. Auch Tiger und Leoparden."

"Schneeleoparden?"

"Leoparden, Schneeleoparden und Bären."

"Aber jetzt gibt es keine mehr?"

"Die gibt es alle noch. Vier Tage durch dieses Tal, über das Schneegebirge, dann ist man in Indien."

"Aber Indien ist doch noch weit weg."

Ich nehme meine Karte heraus und zeige es ihm: "Schau, dort ist erst Indien. Das sind hunderte Kilometer."

"Es sind vier Tage. Ich war mit meinem Vater in Indien."

Nach einer Weile sagt er noch: "Die Inder haben Pfauen daheim, ganz viele Pfauen, so wie Chinesen Hühner züchten."

"Wir züchten Hühner wegen der Eier", sage ich.

Die Pferde grasen in Frieden. Wir plaudern über Gott und die Welt. Da knallt ein Schuss, ganz in der Nähe. Die Pferde zucken zusammen, ein Zittern geht durch ihr Fell. Nobu steht auf und greift neben sich nach seiner einläufigen Flinte. Auf dem Seitenpad erscheint ein kleinwüchsiger Jäger. Er ist mit seinem Gewehr beschäftigt und bläst auf die Mündung, hinten steigt ein kleines Rauchwölkchen auf. Er würdigt uns keines Blickes, als ob er gar keinen Menschen bemerkt hätte.

Wir sind nur ungefähr 30 Meter entfernt von ihm.

Nobu steht regungslos. Der kleinwüchsige Jäger bewegt sich an uns vorbei, als ob wir nicht existierten. Nobu setzt sich wieder nieder. Der Jäger biegt in den Weg ein, auf dem wir gekommen sind. Bald ist er nicht mehr zu sehen. Seine Kleidung ist merkwürdig. Eine große Mütze mit Fell; ein schwarzer Wollstoff mit einem Loch darin um den Kopf.

An der Taille ein breiter, mit weißen Muscheln besetzter Gürtel. Schräg an der Seite zwei Jagdmesser, ein langes und ein kurzes. Die Messer sind in hölzernen Scheiden, mit blankgeputzten Bronzebändern.

“So sind sie. Hast du sein Gesicht gesehen, die sehen alle so aus.”

“Ich habe auf seine Messer geachtet.”

“Die sind alle so. Sagen gar nichts, wenn man sie sieht, als ob sie dich nicht sähen. Auch wenn sie jemanden kennen, grüßen sie nicht.”

“Ich habe gehört, bei den Lhoba sind alle Männer gute Jäger.”

Nobu sagt auf einmal nichts mehr. Wir machen uns wieder auf den Weg.

Wir biegen in den Weg durch die Schlucht ein. Nach kurzer Zeit geht es den Hang hinauf. Der reißende Fluss ist links von uns. Das Wasser ist seicht und klar. Am Grund funkeln farbige Steine.

Es ist steil, die Pferde gehen langsam. Nobu ist vorne. Er lässt den Kopf hängen und gibt keinen Laut. Ich fange an zu pfeifen, die alte Melodie “Über den Westpass”. Wir kommen in einen Wald, Rotkiefern, alles grün. Der Weg wird breiter. Ich treibe mein Pferd an, bis es neben Nobus Schimmel geht. Nobu spricht wieder.

“Mein Vater war ein harter Kerl, südlich der Shergyla-Berge kannten ihn alle Jäger. Er war siebzehn Jahre älter als ich.”

Ich fange an zu rechnen. Als sie das letzte Mal hier waren, war Nobus Vater gerade erst dreißig. Vielleicht einige Jahre jünger als ich.

“Und deine Mutter?”

“Gestorben, als sie mich geboren hat. Papa war oft allein in den Bergen, hat mich daheim gelassen, mit ein bisschen Quark und Trockenfleisch.”

Nach einer Weile fährt er fort: "Papa sagte, Mama war eine schöne Frau. Er hat sie aus den Weidegebieten geraubt. Sie hat geweint und geschrien, und dann hat sie ihm den Zeigefinger an der rechten Hand abgebissen. Nachher musste Papa mit dem Mittelfinger schießen."

Nobu zeigt auf den Weg vor uns: "Papa kam oft durch diese Schlucht. Letztes Mal zusammen haben wir auch diesen Weg genommen."

"Konnte er die Sprache der Lhoba?"

"Wer? Mein Papa?"

Ich nicke.

"Sie können auch Tibetisch. Ihre Sprache ... wahrscheinlich hat er ein bisschen gekonnt."

Nobus Stimme klingt zweifelnd, unsicher. Erst später werde ich verstehen, warum. Er sagt auch nie "Lhoba". Immer nur "sie".

Zu Mittag kommen wir nach Linda. Ein kleines Dorf, die Leute wohnen verstreut. Das Dorf ist eine Lichtung. Neben den Häusern sind große Baumstümpfe, die Straße durchs Dorf macht deshalb lauter Kurven, um den Baumstämmen auszuweichen.

Ich weiß nicht, ob ich in die Häuser der Lhoba hineingehen soll. Im Dorf ist niemand zu sehen.

"Die Männer sind alle auf dem Berg, jagen und in den Feldern."

"Sie haben auch Ackerbau?"

"Hochland-Gerste und Paprika. Sie brauchen immer Paprika."

Wir durchqueren das Dorf. Ihre Häuser sind niedrig. Alle vier Wände bestehen aus aneinandergefügten ganzen Baumstämmen. Ich muss an Behausungen im Krieg denken, in Schützengräben. Aber die Baumstämme hier sind noch dicker, noch weniger behauen. Wir sind schon am Ende des Dorfes.

Da ist eine große Lichtung. Vielleicht so groß wie fünf, sechs Fußballfelder. Das Dorf ist unten am Fluss. Die leere Fläche ist dunkel, obwohl die Sonne direkt auf uns scheint. Aus den Baumstümpfen kann man sehen, dass hier ein großes Feuer war. Manche Baumreste sind vier, fünf Meter hoch. Manche Stümpfe sind nahe am Boden und völlig schwarz. Zwischen den Sümpfen sind Wege. Man sieht, dass die Dorfbewohner hier vorbei müssen, wenn sie auf den Berg gehen. Wir suchen uns einen Platz zum Sitzen.

“Nobu, war das ein natürlicher Waldbrand?”

“Ein Waldbrand, das wäre viel größer, da wäre der Hang völlig kahl.”

“Sie haben das selbst weggebrannt?”

“Genau. Sie brauchen eine Lichtung am Dorfrand, so kommen die Bären nicht ins Dorf hinein. Die großen Tiere gehen nicht durch, wo die Bäume verbrannt sind. Nur Rehe und Füchse und kleinere Tiere wagen sich dort dazwischen.”

“Jemand kommt vom Berg herunter.”

Wir sehen, wie der Mann näher kommt. Er sieht genauso aus wie der Jäger vorhin, nur trägt er kein Gewehr. Von seinen Schultern hängen ein Bogen und ein halbleerer Köcher. Die Pfeile haben alle Habichtfedern am Ende. Er ist wahrscheinlich schon alt, kleinwüchsig, aber mit festem Tritt. Wir sitzen am Weg, er scheint uns nicht zu sehen. Als er vorbei ist, sehe ich drei fette Schneehühner von seinem Rücken hängen.

Zweites Kapitel

Der kleine Nobu ist unzufrieden mit seinem Vater.

Papa hat ihm gesagt, er bekommt ein Gewehr, wenn sie diesmal aus den Bergen zurückkommen. Das ist natürlich toll, aber warum schenkt ihm Papa die Flinte nicht gleich? Gehen sie denn nicht auf die Jagd? Aber er wagt es nicht, sich zu beschweren.

Papa ist hurtig unterwegs und treibt sein Pferd voran. Der kleine Nobu trottet lustlos hinter seinem Vater nach Linda. Im Dorf steigt Papa vom Pferd, gibt Nobu die Zügel und sagt ihm, er soll draußen warten. Dann kriecht er bei einer niedrigen Holztür hinein. Papa ist sehr groß.

Im Haus ertönt ein Freudenschrei, es muss eine Frau sein. Nobu versteht nicht, was sie sagt, aber sie freut sich sehr. Zuerst redet sie wie ein Wasserfall, dann lacht sie gackernd. Irgendwie wird es Nobu bei ihrem Lachen unheimlich. Noch später fängt sie an zu stöhnen, ganz eigenartige Töne, stoßweise, und man hört keinen Schmerz heraus. Nobus Herz klopft, er will nicht wissen, warum sie stöhnt. Er dreht sich um und führt das Pferd weg von dem Haus. Da hört er die Frau laut "Ah!" schreien, mit einer grenzenlosen Lust in der Stimme. Nobu geht schnell weiter weg, in seinem Gefühl ist ein Durcheinander.

Nach einer halben Stunde kommt Papa wieder aus der niedrigen Tür heraus, mit der Frau auf den Fersen. Sie ist sehr schön und auch sehr groß. Papa dreht sich um. Auf einmal hängt sie sich ihm um den Hals, stellt sich auf die Zehen und beißt sich an Papas Mund fest. Papa packt sie mit beiden Armen am Hintern und rückt sie fest an sich. Da hört Nobu jemanden näher kommen. Es ist ein kleinwüchsiger Mann in Jägertracht. Nobu sieht, wie die Frau an Papas Hals bleich wird, ihre Hände lassen Papa auf einmal los. Papa dreht sich um, aber seine Hände sind immer noch auf ihrem Hintern. Er löst seine Hände und geht gleichgültig dicht an dem Jäger vorbei, mit stolzem Blick, sogar ein bisschen herausfordernd. Mit erhobenem Kopf steigt Papa den Berg hinauf. Nobu folgt mit den Pferden und schaut sich dabei um. Der Jäger schaut nicht mehr zu ihnen, kümmert sich auch nicht um die Frau, die verdattert vor der Tür steht, und verschwindet im Haus. Die Frau ist ganz außer sich, schaut immer weiter Nobu und seinem Papa nach.

Nobu schaut nicht weiter zurück, rennt seinem Vater nach, durch die Lichtung und in den Wald.

In den nächsten zwei Tagen schießt Papa einen großen Rothirsch mit verzweigtem Geweih. Bevor er stirbt, spritzt das schäumende Blut aus seiner Brust. In Raserei stößt und bricht er sein großes Geweih an den Ästen der nächsten Bäume. Aber dann legt er sich gelassen nieder und schließt ganz erhaben seine schönen Augen, jeder Zoll ein Prinz. Nobu zittert vor Aufregung. Sein Papa und er haben den Hirsch den ganzen Tag verfolgt, am Ende ist er Papas Flinte nicht entkommen. Aber es ist merkwürdig, er kommt darauf, dass er Papa nicht mag. Er muss immer an die Hirschaugen denken, so sanft und zufrieden war dieser letzte Augenblick!

Sein rechtes Augenlid zuckt immer wieder, das macht ihn nervös. Und er wird misstrauisch, als ob in der Nähe eine Gefahr lauere. Da sind keine Geräusche, da ist er sich sicher. Aber warum ist er so angespannt?

Illustration: Yu Tiannuo

Flink häutet Papa den Hirsch und spannt die Haut auf Zweigen an einer Föhre zum Trocknen auf. Nobu steht unter dem Baum, nimmt Papas Jagdmesser und wischt das Blut ab, dann schnitzt er einen Frauenkopf in die Rinde. Papa schaut von dem Baum herunter, sieht die abgeschälte Rinde und die Frau in der Rinde, und dann grinst er Nobu sogar zu.

Vater und Sohn sammeln einige trockene Zweige. Als sie beim Feuer sitzen und das Fleisch grillen, sagt Nobu zögernd seinem Vater, er habe das Gefühl, als werde etwas passieren.

"Was soll denn passieren? Ich bin bei dir, wovor hast du Angst?"

Nobu weiß nicht, wovor er Angst hat. Papas Worte haben alles blockiert, was er sagen wollte. Auch am nächsten Tag bleiben sie im Wald. In der Nacht ist Schnee gefallen. Eine dicke Schicht.

Er braucht sich nicht zu fürchten, Papa ist ja bei ihm.

In der Früh ist es klar, der Himmel ist blau wie nie. Als er die Augen aufschlägt, schnarcht Papa noch. Er will Papa nicht aufwecken und setzt sich vorsichtig auf. Da weiß er, dass seine Vorahnung richtig war, denn jetzt sieht er ihn.

Der Schnee ist so sauber, deshalb sieht sein weißes Fell schmutzig aus, eher grau. Die schwarzen Zeichnungen in seinem Fell stechen ins Auge, genau wegen dieser Flecken hat Nobu ihn auf einmal bemerkt. Er sieht wie eine große Katze aus, ruhig und gelassen, aber auch schlau. Er ist nur ungefähr dreißig Schritte von ihnen entfernt. Ohne böse Absicht sieht er Nobu und seinen Vater an.

Nobu hat überhaupt keine Angst, vielleicht weil ihn die Haltung des Tieres so fasziniert. Mit seinen Zehen stupst er vorsichtig seinen Vater an. Das Schnarchen hört auf, Papa murmelt noch etwas im Traum. Nobu stupst ihn weiter an, bis er endlich aufwacht.

Nobu wagt nicht zu sprechen, er deutet nur mit seinen Augen. Papa versteht. Er dreht sich langsam um, dann sieht er den Schneeleoparden.

Erst dann kann Nobu noch auf etwas Anderes achten. Papa hat ihn jetzt gesehen, es ist nicht mehr Nobus Sache, was zu tun ist. Rundherum sind lauter Leopardenspuren, manche nur ungefähr 30 cm neben ihrem Schlafplatz. Er war also schon ganz nahe bei ihnen gewesen. Aber das Hirschfleisch, das sie gestern in Stücke geschnitten haben, ist unversehrt. Wirklich seltsam.

Papa bewegt sich nicht, sieht immer nur hin zu ihm. Nobu sieht das Gewehr an einem Baum hängen, drei Schritte weg. Das Jagdmesser steckt tief im Baum, im selben Ast, an dem das Gewehr hängt. Wie soll Papa das Gewehr erreichen? Nobu hat keine Ahnung. Er kann nicht sprechen, auch nicht aufstehen. Jedes Geräusch, jede Bewegung könnte den Schneeleoparden zum Angriff reizen.

Seine Augen wandern weiter. Als er den kleinwüchsigen Jäger mit gespanntem Bogen hinter einem Baum sieht, ist er nicht überrascht. Ihre Stellungen sind fast genau gleich weit entfernt voneinander. Sie, er und der Leopard. Aber der Leopard sieht nur sie. Papa sieht nur das Tier, ebenso wie er. Und der junge Nobu sieht nur ihn. Der Leopard hat ihn nicht bemerkt, noch weniger seinen Pfeil an der Sehne, der ihn sofort durchbohren kann.

Eine eigenartige Lage. Papa hat ihn nicht gesehen, er muss ihnen gefolgt sein. Jetzt ist Nobu erst wirklich bewusst, wovor er die ganze Zeit Angst gehabt hatte. Verdammte Vorahnung.

Nobu sieht genau, wie sich Zeigefinger und Mittelfinger an seiner linken Hand ganz leicht bewegen, der Pfeil saust mit einem leisen Pfeifen vom Bogen. Fast gleichzeitig kommt ein Gebrüll, das Himmel und Erde erschüttert. Der Schneeleopard ist in die Stirn getroffen, er schnellt in die Luft, auch wie ein Pfeil schießt er auf den Jäger zu.

Papa stürzt hinzu. Genau als der Schneeleopard mit seinen Vorderkrallen schon die Schulter des Jägers erreicht, schlägt Papa mit seiner Faust dem Tier ins linke Auge. Das Auge spritzt sofort heraus, mit Blut und Saft auf einmal. Der Leopard fällt nach rechts, zuckt gar nicht mehr. Er ist tot.

Drittes Kapitel

"Diese Sache habe ich nie irgend jemandem erzählt."

Nobu erinnert sich wirklich sehr genau an diese Geschichte, die über vierzig Jahre her ist. Ich glaube, auch wenn er sie niemand anderem erzählt hat, sich selbst wird er sie viele dutzend Mal oder hundert Mal wiederholt haben. Ich bin ganz sicher.

Auf meinen Vorschlag hin kehren wir mit den Pferden am Zügel ins Dorf zurück. Lauter Blockhäuser, jede Wand besteht aus waagrechten, aufeinander gebundenen Baumstämmen. Die niedrigen Türen sind nur quadratische Löcher in diesen Wänden. Vor jedem Holzhaus ist ein Hof, von Zweigen umgeben, wie mit einem symbolischen Zaun.

Wir sind bei einem solchen Vorhof angelangt und bleiben stehen. Drei Yakrinder sind im Hof angebunden, eines davon ist ein wolliges Kalb. Der Hof ist von ihnen zu Schlamm zerstampft worden. Neben der Tür ist ein großer schwarzer Hund, der sofort aufsteht, als er uns sieht. Er bellt nicht und springt nicht, aber sein Blick ist finster und wild. Ich bin überrascht. Er ist sehr groß und stark, mit einer Statur wie ein Esel. Sein Fell glänzt schwarz, er wirkt sehr flink und agil. Er ist mit einem mehrfach geflochtenen Kälberstrick angebunden, sonst hätte er uns wahrscheinlich schon angesprungen.

Ein Hund, der einen schaudern macht, nur vom Anschauen.

Wir haben gerade jeder zwei gepresste Stücke Trockengetreide gekaut. Unsere Zungen sind staubtrocken, deshalb möchten wir drinnen um etwas Buttertee bitten, oder auch anderen Tee. Ich sehe schon, der Strick des Hundes ist kurz, er kann nicht vor die Tür springen. Nobu und ich binden die Pferde außerhalb des Hofes an und treten in den Hof. Der schlaue Hund macht keine Anstalten, uns zu bedrohen. Er steht am selben Fleck, rührt sich nicht und schaut uns zu, wie wir ins Haus gehen.

Aus der blendenden Sonne gelangen wir plötzlich ins finstere Haus, ich sehe zuerst überhaupt nichts. Es ist wirklich sehr dunkel, man steigt mit einem Schritt in absolute Dunkelheit. Dieser Zustand dauert ungefähr eine halbe Minute. Dann erst erkenne ich durch das Licht hinter mir die Umrisse des Raumes. Ich bemerke auch noch eine andere Lichtquelle, ein Luftloch an der Decke. Direkt unter diesem Fenster ist eine Feuerstelle aus vier Steinen. Das Luftloch ist offenbar der Rauchabzug. Zwischen den Steinen glühen gerade ein paar Stücke Holzkohle in einem matten Rot. Blauer Rauch steigt hinauf zu dem Luftloch. Im Rauch sieht man das reflektierte Licht aus der Tür, der ganze Raum bekommt dadurch eine geheimnisvolle Atmosphäre.

Ich gehe hin und hocke mich neben den alten Mann, der gerade mit erlegten Schneehühnern zurückgekehrt ist. Er sitzt auf der Erde und ist damit beschäftigt, die schönen Schneehühner in Lehm einzupacken. Er ist offenbar so konzentriert dabei, dass er die ganze Zeit nicht einmal aufsieht und uns komplett ignoriert. Er hat eine schiefe Nase und ein eingefallenes Gesicht, die fünf Sinnesorgane sind eingeschrumpft und sein Haar ist fast völlig weiß. Ich entdecke, dass sein rechter Zeigefinger ein Stumpf ist, aber die anderen vier Finger sind erstaunlich flink.

Nobu ist irgendwann hinausgegangen, ich hocke wahrscheinlich schon mindestens eine halbe Stunde neben dem alten Mann. Endlich hat er die drei Schneehühner fertig verklebt. Er steht auf und bringt sie in eine dunkle Ecke. Da bemerke ich, dass in der Ecke noch jemand sitzt. Es ist eine alte Frau, mager und vertrocknet. Ihre Kleider sind sehr alt, ihr faltiges Gesicht ist ganz dunkel. Als der alte Mann die Schneehühner vor sie hinlegt, blitzen ihre Augen weiß auf, und mein Herz klopft fest. Der Alte sagt kein Wort, dreht sich nur um und geht ins Freie.

Ich zögere und gehe nicht mit ihm hinaus.

Die alte Frau steht zitternd auf und bewegt sich weiter zitternd zum Feuer. Groß, mager und zitternd, man hat Angst, dass sie umfällt. Sie nimmt ein paar Holzscheiter auf, legt sie auf die Holzkohlenasche, beugt sich hinunter und bläst, um das Feuer anzufachen. Ich stehe ihr gegenüber. Jedesmal, wenn sie bläst, leuchtet das rote Licht auf und erlischt wieder. Jedesmal sehe ich ihr schreckliches Gesicht. Das Schreckliche sind die Narben an ihren beiden Mundwinkeln, jede Narbe geht bis an den Ohransatz. Ich weiß nicht, ob sie weint oder lächelt, in ihren Augen ist überhaupt kein Leben. Ich gehe noch nicht. Ich nehme mein Feuerzeug heraus, zünde trockene Föhrenzweige an und schiebe sie unter die Scheiter. Prasselnd steigen die Flammen.

Ich wende meinen Blick von ihrem Gesicht ab. Ich will dieses Gesicht nicht mehr sehen. Sie kümmert sich nicht um mich, also kann ich mich weiter umschauen. An der Wand, wo sie gehockt ist, steht ein Steinmörser. Der Stößel in dem Mörser ist so breit wie ein Handgelenk.

Sie war also beim Chilistampfen, und sie hat schon sehr viel zerstampft, ich glaube auf jeden Fall über zehn Pfund! Eines kann ich sagen, sie hat nicht gestampft, seit ich herinnen bin, sonst hätte ich sie schon viel früher bemerkt.

Ich sehe auch den Chili in der Holzschale, aus der sie isst. Die Schale ist halbvoll mit Chili, rotviolett, darauf liegt ein Holzlöffel. Offenbar essen sie das Zeug einfach trocken. Natürlich sind da noch Gerste und Trockenfleisch. In einer anderen Ecke sehe ich einen alten Behälter mit Buttertee.

Ich habe wirklich meinen Durst vergessen, und nicht daran gedacht, um Tee zu bitten. Und jetzt bin ich sonderbarerweise nicht mehr durstig, will gar nichts trinken.

Sie grillt die Schneehühner. Der Lehm zischt, weißer Dampf steigt auf, mischt sich mit blauem Rauch und wirbelt in die Luft. Mir läuft das Wasser im Mund zusammen. Auf einmal fällt mir etwas ein, ich muss schnell ins Freie. Nobu und der alte Mann sind verschwunden.

Die starke Sonne lässt mich blinzeln.

Wenn ich mich nicht irre, sind die beiden zusammen an einem Ort. Ich gehe den Weg zurück, den wir gekommen sind. Wieder durch das Dorf, nach Süden, bis an einen sorgfältig umzäunten Hang. Hier ist der Wald schon fast ganz abgeholzt, nur ein paar hohe Baumstümpfe ragen noch aus der Erde. Diese Baumstümpfe sind mindestens vier oder fünf Meter hoch, oben glatt abgesägt. Zuerst kann ich mir nicht erklären, wieso sie so hohe Stämme stehen lassen. Alles ist hier von Zäunen aus Ästen und Zweigen abgetrennt, die Zäune zerteilen die Lichtung in viele Stücke. Als ich näher komme, sehe ich Ackerflächen, Gerste und Chili.

Außerdem sehe ich Nobu.

Er steht verträumt vor einem Zaun. Das muss der Hof des alten Mannes sein, der die Schneehühner gejagt hat. Genau. Der alte Mann setzt gerade Paprika aus, offenbar ganz konzentriert bei der Sache. Nobu sieht mich und kommt auf mich zu. Ich weiß nicht, ob ich ihn gestört habe.

Wir sagen beide nichts und gehen zwischen den Zäunen nach Osten den Berg hinauf. Von weit oben sehen wir den alten Mann in seinem Feld arbeiten. Nobu setzt sich hin und erzählt die Geschichte von seinem Vater weiter.

Viertes Kapitel

Der Leopard ist tot.

Papa und der Jäger sagen kein Wort, sehen einander nicht einmal an. Es ist eine heikle Situation, der Jäger ist ihnen den Berg hinauf gefolgt, man kann sich denken, was er tun wollte. Der Leopard war auf Nobu und seinen Vater fixiert, der Jäger hat sie gerettet und sich dafür in Lebensgefahr gebracht. Und dann hat Nobus Papa ihn gerettet, ganz unerwartet.

Sie ignorieren einander.

Nobus Papa packt das Hirschfleisch auf den Pferderücken, schlingt sich das Gewehr um die Schulter, zieht das Messer aus dem Baum und steckt es in seine Scheide. Er kümmert sich nicht um den toten Leoparden, ruft auch nicht nach Nobu, geht einfach mit seinem Pferd am Zügel von diesem Ort der Entscheidung fort. Den Schneeleoparden sieht er offenbar als Jagdwild an, das dem Jäger gehört.

Nobu weiß, dass er mitgehen muss. Aber er weiß auch, dass diese Sache noch nicht zu Ende ist. Als Papa ihre Sachen aufgeräumt hat, ist der Lhoba daneben gestanden, mit hängenden Armen. Jetzt nimmt er gelassen einen Pfeil aus dem Köcher und legt ihn an den Bogen. Nobu fängt plötzlich an zu schreien.

"Papa!!"

Papa dreht sich nicht um. Als hätte er den schrillen Schrei seines Sohnes überhaupt nicht gehört. Der Bogen ist voll und rund, und sofort wieder leer. Nobu sieht Papa nicht mehr, wie ein toller Hund springt er den Jäger an und beißt ihm in die Hand. Der Jäger schüttelt den jungen Nobu ab, dreht sich um und geht den Berg hinunter.

Der junge Nobu weiß, dass es aus ist mit seinem Vater, noch bevor er ihn erreicht hat. Papa ist nach vorn in den Schnee gefallen, das Gesicht schief auf einer Seite. Noch im Tod sieht er stolz aus. In den weißen Schnee unter seinem Mund mischt sich rotes Blut, es sieht wie eine Blume aus.

Nobu sagt, damals war sein Kopf ganz leer, er konnte gar nichts denken. Er war zu jung, allein konnte er seinen Papa unmöglich nach Hause schaffen. Also packte er ihn an einem Bein und zerrte ihn so den Berg hinauf. Sie waren nicht weit entfernt von der Baumgrenze. Weiter oben gab es noch ein paar Sträucher, dann kam schon der Schnee. Er wollte Papa über die Schneegrenze bringen. Papas anderes Bein verfing sich am Boden, blieb oft in Sträuchern hängen, mit den Armen war es das Gleiche. Der zwölfjährige Nobu brauchte sehr viel Kraft. Hätte er Papas Kopf gepackt und hinauf gezerrt, wäre es besser gegangen, die

Arme und Beine wären einfach nachgefolgt. Aber er traute sich nicht. Er konnte die kleine rote Blume nicht vergessen, die neben Papas Mund entstanden war.

Papa war sehr groß und kräftig gebaut. Nobu musste viele Pausen machen auf dem Weg Richtung Gipfel. Wenn er die Gliedmaßen aus den Sträuchern befreite, vermied er es die ganze Zeit, Papa ins Gesicht zu sehen.

Es waren mehrere hundert Höhenmeter. Nobu war den ganzen Tag mit seinem Papa, mit der Leiche seines Vaters unterwegs. Kurz vor der Dämmerung, sagt Nobu, blieb er stehen. Es war noch weit bis zum höchsten Punkt des Berges, aber hier war schon das ganze Jahr Schnee. Alle Gipfel, die man von hier aus sah, waren schon Gletscher. Sie waren schon im Gletschergebiet.

Wo das Gewehr verlorenging, weiß Nobu überhaupt nicht mehr. Das Jagdmesser war noch da, das war genug. Er kniete auf dem Eis, umklammerte das Messer mit beiden Händen und hackte ins Eis, als wäre es Erde. Nobu kann sich noch erinnern, dass der Lhoba die ganze Zeit weiter unten stand, nicht sehr weit von ihnen. Nobu beachtete diesen Menschen nicht, der seinen Vater getötet hatte. Er bearbeitete nur mit aller Kraft das Eis, seine Arme bewegten sich wie eine Maschine, die ganze Nacht. Vielleicht stand der Mann auch die ganze Nacht dort, meint Nobu.

Als die Morgendämmerung anfing, hörte Nobu auf. Er konnte schon nicht mehr stehen. Das ewige Eis unter seinen Knien war durch seine Körperwärme schon ungefähr fünfzehn Zentimeter tief eingesunken. Er hatte ein Grab ins Eis gehauen, gerade tief genug, dass sein großer und starker Papa darin schlafen konnte. Er kniete immer noch, mit beiden Händen schaufelte er loses Eis auf Papas Gesicht, auf seinen Körper, bis Papas ganze Figur bedeckt war.

Auf dem Gletscher erhob sich ein winziger weißer Grabhügel.

Fünftes Kapitel

Nobu hört einfach auf mit seiner Geschichte. Ich sage auch nichts. Ich weiß nicht, worauf ich warte. Aber ich merke, dass sein Blick die ganze Zeit auf den alten Mann in seinem umzäunten Feld gerichtet war.

“Sie bauen diese festen Zäune gegen Bären und Wildschweine. Hier gibt es oft Wildschweine, auch Kragenbären.”

Nach einer Weile sage ich: “Er ist der Jäger.”

Nobu sagt nichts. Er gibt es schweigend zu.

Ich denke nach. Dann bin ich mir sicher.

“Du hast nicht die Wahrheit gesagt.”

Nobu dreht sich zu mir und schaut mich verblüfft an.

“Dein Papa ist gar nicht gestorben.”

Nobu ist völlig überrascht.

Ich glaube, er stellt sich dumm.

“Er, er ist dein Papa.”

Seine Reaktion kommt für mich ganz unerwartet. Er lächelt.

“Ich habe seine Finger bemerkt, an der rechten Hand fehlt ihm der Zeigefinger. Du hast gesagt, deine Mama hat deinem Papa den Finger abgebissen. Dann hat dein Papa am Gewehr mit dem Mittelfinger den Abzug betätigt.”

Er lächelt noch immer.

“Ich weiß nicht, warum dein Vater dich verlassen hat, um bei den Lhoba zu bleiben. Aber eines weiß ich, du liebst deinen Papa nicht mehr. Du hasst ihn. Deshalb sagst du, dass er tot ist. Wenn er tot ist, geht es dir innerlich besser. Ich glaube, die Frau in seinem Haus ist eigentlich deine Mama. Sie ist auch nicht gestorben. Vielleicht ist sie der Grund, dass du deinen Vater hasst. Hat deine Mama etwas getan, das dein Papa nicht so leicht verzeihen konnte? Jemand hat deiner Mama den Mund aufgeschlitzt, war das dein Papa oder ein anderer Mann? Ich weiß es nicht. Ich weiß nur, du hast nicht die Wahrheit gesagt.”

Nobu sperrt den Mund auf, macht ihn wieder zu. Er ist getroffen, er findet keine Worte, um sich zu verteidigen.

Der alte Mann ist noch beim Ackerbau. Diese Szene ist fast schon erstarrt. Ich muss mir etwas ausdenken. Genau, das ist es.

“Nobu, machen wir es so. Gehen wir gemeinsam hinunter. Und diesmal hörst du auf mich, machst, was ich sage.”

Nobu lächelt bitter. Schüttelt den Kopf.

“Soll ich dir die Geschichte zu Ende erzählen?”

Sechstes Kapitel

Du sagst, du hast ihm den Finger abgebissen. Als er dich abgeschüttelt hat, war sein rechter Zeigefinger noch in deinen Zähnen.

Sieben Tage später hast du einen Onkel von dir mit einem Gewehr nach Linda gebracht. Als ihr sein Blockhaus erreicht habt, war er nicht da. Die hochgewachsene Frau konnte schon nicht mehr sprechen. Ihr

Mund war aufgerissen, die Wunde war noch nicht geheilt. Sie hielt sich den Mund und zeigte euch die Richtung. Sie zeigt den Berg hinauf, dorthin, wo du deinen Papa begraben hast. Du hast nicht herausgefunden, wer ihr den Mund aufgeschlitzt hat, und warum.

Du warst nicht in erster Linie dort, um dich zu rächen. Du wolltest Papa zurückbringen, um ihn im Wasser zu bestatten, damit die heiligen Fische seine Seele bis zum Ozean tragen. Dein Papa ist mit dem Wasser des Yarlung aufgewachsen, du wolltest ihn dem Yarlung zurückgeben. Der Yarlung Tsangpo ist euer aller Mutter.

Die Pferde habt ihr im Wald angebunden. Dann bist du mit deinem Onkel den Berg hinauf gegangen. Ohne zu rasten seid ihr zu dem Ort gelangt, wo du deinen Papa begraben hast. Aber dort warst du sehr überrascht.

Das Grab aus Eis war leer. Nur eine saubere Kuhle. Dein Onkel hat zuerst die Greifvögel am Gipfel bemerkt. Deine Augen waren schärfer, du hast gesehen, wie der Lhoba- Jäger am Gipfel kniete und mit gesenktem Kopf beschäftigt war.

Ihr seid wie verrückt den steilen Schneehang hinaufgestürmt. Als ihr dort wart, ist deine Brust wie ein Blasebalg auf-und abgegangen. Dann seid ihr stehen geblieben. Die Geier waren sehr aufgeregt, sie sind ganz wild herangeschwärmt.

Dein Papa hatte keine Kleider mehr. Sein starker Körper war auf dem Rücken, splitternackt auf dem weißen Eis. Ganz ohne Scham hast du bemerkt, dass sein Glied, obwohl er tot war, immer noch steif in die Höhe stand. Der Lhoba hat mit seinem Messer eine schwarze Strähne vom Haar deines Vaters abgeschnitten und mit einem Stück Eis beschwert. Dann hat er sein Glied mit einem Schnitt abgetrennt und mit der linken Hand hochgehalten. Sofort haben sich drei große Geier darum gestritten und sind mit dem Fleisch in den Himmel gestiegen. Deine Augen waren voller Tränen, aber du hast nicht geweint. An dem Tag und in der Nacht, als dein Vater gestorben ist, hast du keine Träne vergossen.

Scharf und flink war das Messer, und die Geier haben deinen Papa sehr schnell bis auf die Knochen abgenagt. Der Lhoba hat das Skelett nicht zerschlagen. Vielleicht, weil er kein schweres Instrument mitgebracht hatte, vielleicht aber wollte er es so.

In all den Jahren seither hast du immer daran gedacht, du wolltest noch einmal zu diesem Berg kommen, hast nicht nur einmal davon geträumt. Weiße Knochen, dieselbe Farbe wie Eis und Schnee. Ein Skelett und das ewige Eis verschmelzen und bilden zusammen den Gipfel.

Damals hast du vergessen, dass dein Onkel neben dir stand, dass ihr gekommen wart, um Rache zu nehmen. Als du den Lhoba gefunden hast, als du vor ihm warst, hast du dich hingekniet.

Er lässt den Kopf hängen, so tief wie es nur geht.

Du wartest auf den Knien, dass er seinen Kopf hebt.

In dem Moment, in dem er den Kopf hebt, wirst du sagen - “Papa”.

Er hebt nicht den Kopf, kniet nur die ganze Zeit.

In über vierzig Jahren bist du nicht einmal zurückgekommen. Denn in dem Moment, als er den Kopf gehoben hat, hast du nicht “Papa” gesagt.

Nicht, dass du dich anders entschieden hast. Nicht, dass du an deinen Onkel gedacht hast, der neben dir stand. Dein Onkel war nicht mehr da, er war schon weggegangen, ohne dass du es gemerkt hast.

Nicht aus irgendeinem anderen Grund. In dem Moment, als er den Kopf gehoben hat, hast du dich erschreckt, du hast Blutstropfen in seinen Augen gesehen.

Übersetzung: Martin Winter

石舒清

Shi Shuqing

Shi Shuqing, geboren 1969 in Haiyuan, Provinz Ningxia. Angehöriger der Volksgruppe der muslimischen Hui. 1989 Englisch-Abschluss an der Pädagogischen Fachhochschule Guyuan in Ningxia. Später Tätigkeiten als Mittelschullehrer und als Autor des Propagandabüros des Kreisparteikomitees. Shi ist heute Mitglied des Chinesischen Schriftstellerverbands Ningxia und schreibt vor allem Erzählungen. Seine Erzählung *Messer in klarem Wasser* wurde mit dem zweiten Lu Xun Literaturpreis ausgezeichnet. Die beiden Erzählungen *Saubere Tage* und *Dämmerung* gewannen beide den Oktober-Literaturpreis. Viele seiner Werke liegen auch in Übersetzung vor.

清水里的刀子

Messer in klarem Wasser

Shi Shuqing

Noch vor dem islamischen Freitagsgebet Jumu'ah hatte man die Frau, die mit Ma Zishan über Jahrzehnte das Bett geteilt hatte, zu Grabe getragen. Auf dem Friedhof war einfach noch ein Grabhügel dazugekommen. Was für ein lakonisches Ende. Und doch eines, das unter die Haut ging.

1

Ma Zishan verließ als letzter den Friedhof. Als er durch das Tor ging, traten ihm die Tränen in die Augen. Gleichzeitig kam es ihm so vor, als würde ihm eine alte, ruhige Stimme zuflüstern: „Glück gehabt, alter Mann. Du bist dem Tod noch einmal von der Schippe gesprungen. Vertreib dir ruhig noch ein wenig die Zeit, aber dann komm zurück. Dein wahres Zuhause ist hier. Denn eigentlich treibst du dich da draußen doch schon viel zu lange herum."

Ma Zhishan nickte bedächtig. Es stimmte ja, er war schon zu lange auf dieser Welt. Es beschämte und verbitterte ihn, wenn er daran dachte, was für eine traurige Gestalt aus dem vitalen Säugling und starken jungen Mann von früher geworden war. Er erinnerte sich noch, dass das Dorf in seiner Kindheit gerade so groß wie eine Schafhürde gewesen war. Und obwohl auch der Friedhof damals längst nicht die heutige Ausdehnung gehabt hatte, so hatte er vor allem aus leeren Grabplätzen bestanden.

Heute war das Dorf riesig. Der Friedhof hatte seinen Durchmesser vervielfacht und war fast auf die Größe der Ortschaft angewachsen. Unzählige Gräber reihten sich aneinander. Als lägen die Bevölkerungen mehrerer Dörfer hier begraben. Allerdings waren mit den Toten auch die Lebenden immer zahlreicher geworden. Und während immer mehr geboren und gestorben wurde, hatte Ma Zishan über siebzig Jahre gelebt und war zu einem alten Mann geworden. Manchmal sah er, wie sich sein Schatten im Wasser spiegelte, und konnte es selbst kaum fassen. Wie hatte er nur so alt werden können.

Durch die Unzahl der Gräber war heutzutage sogar auf dem Friedhof einiges los. Ma Zishan verspürte eine leichte Enttäuschung. Er bevorzugte die weiten, stillen Friedhöfe, auf denen es nur wenige Ruhestätten gab und man die Zeit in ihrer ewigen Ausdehnung genießen konnte. Bei der Unzahl der Gräber musste man hingegen befürchten, dass hier ähnlich intrigiert und gestritten wurde wie draußen. Immerhin ging es auf einem Friedhof trotzdem noch wesentlich leiser zu als in der irdischen Welt. Die Menschen lagen tief unter der Erde und selbst der nächste Nachbar würde einen in Frieden lassen.

Nach der Beerdigung hatte sich die Trauergemeinde zerstreut und dabei im Staub vor dem Friedhofstor etliche Fußspuren hinterlassen. Die Abdrücke der Kommenden und Gehenden hatten sich so dicht übereinandergelegt, dass oft nicht mehr zu sagen war, ob sie zum Friedhof hin oder von ihm weg wiesen. Auf jeden Fall hatten es die Leute eilig gehabt und hatten für heute nur ihre flüchtigen Fußspuren zurückgelassen. Eines Tages aber würden sie für immer hier bleiben. Das war noch keinem erspart geblieben. Der schräge Lichteinfall ließ die Gräber jetzt wie ein großes Trümmerfeld erscheinen. Ma Zishan blinzelte in die Sonne. Der Himmel war wie ein riesiges Zifferblatt, auf dem sich die Sonnenstrahlen wie Zeiger unablässig vor und zurück bewegten. Natürlich behielt der Himmel dabei auch ihn im Blick.

Ma Zishan war plötzlich dankbar für die Rührung, die ihn überkommen hatte. Normalerweise hätte auch er dem Friedhof schnell den Rücken gekehrt. So aber hatte er an dieser entscheidenden Stelle innegehalten. Das Friedhofstor bildete die Schwelle zwischen Leben und Tod. Als Mensch tat man gut daran, hier etwas länger zu verweilen. Er spürte, dass diese Stelle eine magische Anziehung auf ihn hatte. Es wäre ihm falsch vorgekommen, sich in den Tiefen des Friedhofs zu verbergen, immerhin lebte er noch. Aber sich blindlings wieder ins weltliche Treiben zu stürzen, schien noch unangebrachter. Wohin sollte er auch? Ihm blieb nicht mehr viel zu tun. Am besten, er bliebe hier noch etwas stehen, dachte er noch ein wenig nach. Ihm ging so vieles durch den Kopf. Und schließlich war es das Denken, das dem Menschen das Glück der Erkenntnis brachte.

Wie einsam die Sonne ihren weiten Weg über den Himmel zurücklegte. Ma Zishan blickte zu ihr hinauf. Auch das Alleinsein hatte etwas für sich. Manchmal kam ihm der seltsame Gedanke, dass man das Glück auch in der Einsamkeit finden konnte. Er warf einen Blick auf den Friedhof zurück. Die Erde auf dem Grab seiner Frau wirkte schon nicht mehr ganz so frisch. Er erinnerte sich daran, wie er seine Braut damals auf einem Esel über die Hügel zu sich nach Hause geführt hatte. Ein roter Schleier hatte ihr Gesicht verdeckt und ihre mit Blumen bestickten Schuhe schaukelten im Takt der Steigbügel. Ein sanftes, rhythmisches Schwingen, das an das Fallen von Schneeflocken erinnerte. Nicht einen Augenblick war ihm damals der Gedanke gekommen, dass ein so junges und hübsches Mädchen eines Tages unter solch einem Grabhügel zuhause sein würde.

Ma Zishan seufzte. Er sollte öfter hierher kommen und sich mit diesem Ort vertraut machen. Schließlich lag hier seine wahre Heimat. Er gehörte nicht mehr in das Haus, das mehrere Generationen mit Leben füllten. Es war das Zuhause seines Sohnes und seiner Enkel. Konnte man denn überhaupt von einem Zuhause sprechen, da ja auch sie über kurz oder lang hier landen würden? Ma Zishan entschied, dass er mit dem Dorfältesten über eine Parzelle auf dem Friedhof sprechen würde. Er musste sich einen Ort für die ewige Ruhe aussuchen. Denn sollte er plötzlich versterben, würde man ihn womöglich an einem beengten Platz beerdigen und das wäre ein schlimmes Ende.

Wenn er doch nur wüsste, wann er sterben würde. Ma Zishan stand am Friedhofstor und murmelte: „Allah, wann ist es soweit? Willst du mir nicht ein Zeichen geben?“ Doch um ihn herum blieb es vollkommen still. Nur vom Friedhof her strich ein kühler Wind über sein Gesicht und drang ihm kalt bis in die Ohren. Wüsste er seine Todesstunde, so stellte er sich vor, würde er am Vortag seinen Körper sorgfältig reinigen und ein sauberes Gewand anziehen. Dann müsste er sich notwendigerweise von einigen Menschen verabschieden. Anschließend würde er selbst zum Friedhof gehen, um den Ort seiner ewigen Ruhe aufzusuchen. Mit Tränen in den Augen würde er aus dem Koran rezitieren und lauschen, wie sich sein Leben einem sanften Windzug gleich langsam aushauchte.

Ma Zishan erschrak bei dem Gedanken, dass er zwar zum Tode verdammt war, seine Todesstunde jedoch niemals vorhersehen würde und er jederzeit ganz unvorbereitet sterben konnte. Eine Vorstellung, die ihn unendlich deprimierte. Ein Spruch fiel ihm ein, oft zitiert von denen, die gewohnt waren das große Wort zu führen. Ihren Ausführungen über Gott und die Welt fügten sie gerne, wie überrascht, hinzu: „Was - abgesehen von der Stunde meines Todes - weiß ich eigentlich nicht?“ Immerhin, auch denen, die sonst alles wussten, blieb verborgen, wann ihr letztes Stündlein schlagen würde.

2

Als Ma Zishan nach Hause kam, fand er seinen Sohn weinend über das Foto seiner Mutter gebeugt. Er hätte Yelgube gerne getröstet, ließ es aber dann. Er hätte doch nichts bewirkt. Wäre sein Sohn erst so alt wie er, würde er nicht mehr um die Toten weinen. Und wäre er selbst noch im Alter seines Sohnes, würden auch bei ihm noch die Tränen fließen. So war der Mensch.

Yelgube sah seinen Vater mit geröteten Augen an. „Was können wir für Mutter tun?“ Hier in dieser Gegend glaubt man, dass die Verstorbenen nach ihrer Beerdigung in der Unterwelt für ihre Sünden büßen müssen. Schließlich hat jeder Tote mehr oder weniger Schuld auf sich geladen. Die Angehörigen führen deswegen zur Rettung der Verstorbenen Opferrituale durch. Die lässt man sich etwas kosten, wenn man das nötige Geld hat. Aber wer hat das schon. Deshalb gilt das Schlachten eines Huhns oder die Gabe von zwei frittierten Fladenbroten ebenso viel. Die Imame sagen, wenn die Darbringung einer Dattel von Herzen käme, sei das wertvoller, als wenn man ein Kamel opfert.

Trotz allem bevorzugten die Leute das Kamel. Es war einfach ein edles Tier. Der Mensch ist eben sehr oberflächlich und wird immer denken, dass man mit einem Kamelopfer wesentlich mehr für die Verstorbenen erreicht, als wenn man einem Huhn den Hals umdreht. Doch als Yelgube seinen Vater unter Tränen fragte, wie das Opferritual aussehen sollte, antwortete Ma Zishan: „Unseren Verhältnissen entsprechend. Am 49. Tag, sieben Wochen nach der Beerdigung, werden wir Räucherstäbchen verbrennen und zwei Fladenbrote backen. Das muss ausreichen.“ Für diesen Tag sei das schön und gut, entgegnete Yelgube, aber für den 40. Gedenktag müsse man sich doch etwas Besonderes ausdenken. Dann nämlich würden viele Gäste kommen. Und selbst mit einem Huhn oder einem Lamm würde man sich zum Gespött der Leute machen.

„Und was sollen wir schlachten, wenn selbst ein Lamm nicht gut genug ist?“ Ma Zishan hatte die Worte kaum ausgesprochen, als ihm der alte Ochse einfiel. Sein Herz zog sich jäh zusammen und ihm kam kein Ton mehr über die Lippen. Yelgube fing wieder an zu schluchzen: „Mutter hat ihr Leben lang hart gearbeitet, sie hat es schwer gehabt auf dieser

Illustration: Wang Yan

Welt. Jetzt ist sie tot. Vater, sollten wir den Verstorbenen nicht Respekt zollen?“

Ma Zishan schwieg und schloss die Augen, als hätte er vor etwas Angst. Vor seinem inneren Auge tauchte der alte Ochse auf, wie er langsam seinen ausgedorrten Schwanz hin und her schwang. „Vater,“ platzte Yelgube in die Stille, „was ist mit dem Ochsen? Er ist auch alt und einen jungen können wir uns nicht leisten.“ Ma Zishan war, als würde eine eiserne Hand nach seinem Herz greifen. Er warf seinem Sohn einen kühlen Blick zu, „Und wer zieht den Pflug, wenn er geschlachtet wird?" „Wie viele Jahre kann er das denn noch tun?", gab Yelgube mit gedämpfter Stimme zurück.

Es stimmte, der Ochse war wirklich alt geworden. Wie viele Pflüge waren schon unter ihm morsch geworden. Wie viele Äcker könnte er noch umbrechen? Sein ganzes Leben hatte im Umpflügen des Bodens bestanden. Würde er nicht eines Tages sowieso geschlachtet werden? Dann soll er eben unters Messer, schien ihm eine innere Stimme kalt zuzuflüstern. Er sah seinen Sohn nicken, als hätte der verstanden. Etwas in Ma Zishans Brust zog sich eng zusammen und zugleich verspürte er eine große Leere.

3

Am nächsten Tag führte Yelgube den Ochsen zur westlichen Mauerecke des Hofes. Der Ochse war so gefügig, dass er sich von Yelgube an einem fingerdicken Strick führen ließ. Das Tier folgte ihm gemächlich, als würde es eine schwere Last tragen. Zugleich wirkte es so nachsichtig und gleichmütig, als wüsste es, worum es ging. Der Strick hing zwischen den beiden locker herab. Genauer gesagt wurde der Ochse gar nicht von Yelgube geführt, sondern ging ihm hinterher. Er folgte ihm bis zur Mauer. Dort blieb er so unbewegt stehen wie ein Berg. Die Morgensonne fiel auf die Mauer und tauchte das Rind in zwei Farben. Die von der Sonne beschienene Seite wirkte gelblich und welk, während der Teil im Schatten violett erschien, als würde das Tier noch voll im Saft stehen.

Die Sonnenstrahlen fielen auf sein riesiges Gesicht. Der Ochse hielt die Lider sanft geschlossen und bewegte mit langsamen wiederkäuenden Bewegungen seinen Kiefer, selbstvergessen und entspannt.

Yelgube brachte eine große Schüssel mit klarem Wasser. Er wollte den Ochsen nun jeden Tag waschen. So bekäme das alte Tier ein neues Gewand und würde ein bisschen jünger und frischer aussehen. Yelgube tauchte eine große Bürste in das Wasser und begann den Ochsen sorgfältig am ganzen Körper abzuschrubben. Er bestäubte ihn sogar mit Waschpulver und spreizte mit den Fingern seine Nackenfalten auseinander, um auch die Zwischenräume zu reinigen. Er legte sich den Schwanz des Tiers über die Schulter und säuberte ihm den Hintern. Er reinigte auch die Hufe. Er holte den alten Kamm seiner Tochter, aus dem schon ein paar Zähne gebrochen waren, und weichte die Schwanzquaste ein. Dann begann er den Ochsenschwanz zu kämmen, so wie ein hübsches Mädchen ihre langen Haare. Der Ochse hielt während des ausgiebigen Bads die Augen geschlossen und wirkte so stoisch, als würde der ganze Aufwand gar nicht ihm gelten. Nachdem Yelgube mit der Reinigung fertig war, rieb er den Ochsen noch mit einem sauberen Handtuch trocken. Dann trat er ein Stück zurück, um das Tier zu bewundern. Er nickte zufrieden.

Nach dem Bad brachte Yelgube dem Ochsen frisch geschnittene Wiesenkräuter. Es bereitete ihm eine unsagbare Freude, zu sehen, wie das Tier die bitteren, zarten Blätter genüsslich zermalmte und sich sein eingefallener Bauch immer mehr nach außen wölbte. Yelgube legte die Liebe zu seiner Mutter und seine ganze Trauer in die Fürsorge für dieses Tier. Es kam ihm keineswegs so vor, dass er einen Ochsen bediente, sondern, als würde er einem geliebten alten Menschen eine letzte Ehre erweisen. Seitdem der Entschluss gefallen war, ihn zum 40. Gedenktag der Mutter zu opfern, hatte er das Gefühl, dass sein Ochse unter allen Artgenossen hervorstach. Es umgab ihn eine Weihe, die ihn besonders und wertvoll machte. Er würde die Mission haben, eine Seele im Höllenfeuer von ihrem Leid zu erlösen.

Ab und zu, wenn er den Ochsen liebevoll wusch, war er ganz ergriffen. Einige Male wurde er so sentimental, dass er das Tier schon mit „Mama" ansprechen wollte. Ein heftiger Impuls, den er nur mit Mühe unterdrücken konnte. Er bedauerte es, dass er den Ochsen jahrelang unterschätzt hatte. Mit seinem guten und großmütigen Wesen hielt er ihn nun für eine bemerkenswerte Kreatur.

Wie konnte man die Schlachtung eines Huhns mit der eines Rindes auf eine Stufe stellen? Yelgube war fest davon überzeugt, dass sich mit dem Opfer eines so wunderbaren Ochsens Katastrophen verhindern ließen, und er hatte nicht den geringsten Zweifel daran, dass dieser Ochse für seine Mutter Großes bewirken würde. Nachdem das Tier zum Tode geweiht war, gehörte es schon nicht mehr zu dieser Welt. Es war dazu bestimmt an einen paradiesischen Ort heimzukehren. Konnte ein Huhn ins Paradies gelangen, das hinter den Sternen lag? Unmöglich, aber einem Rind war das zuzutrauen. Dieser Ochse konnte dank seiner bedingungslosen Loyalität und Gutmütigkeit in jeden noch so großen himmlischen Palast einziehen.

Yelgube verwöhnte das Rind, als vollzöge er eine heilige Handlung. Der Ochse sah mit jedem Tag stärker und jünger aus und Yelgube empfand darüber eine stille Freude. Manchmal kam auch Ma Zishan vorbei, hockte sich neben den Ochsen und sah ihm zu, wie er mit großem Appetit futterte. Doch im Gegensatz zu seinem Sohn brachte das seine Augen nicht zum Leuchten. „Wenn man ihm so beim Fressen zusieht“, bemerkte er, „könnte man denken, dass er noch tausend Jahre lebt.“ Ohne die Reaktion seines Sohnes abzuwarten, nahm er einen dicken Bund saftiger Kräuter und zerdrückte die Blätter, so dass dicke, weißliche Flüssigkeit hervorquoll. Ma Zishan hob erstaunt die Augenbrauen, „Oh, so viel Milch“.

So verging ein Tag nach dem anderen und der 40. Gedenktag rückte, gleich einer am Horizont aufziehenden dunklen Wolke, unaufhaltsam näher. Drei Tage vor dem Opferritual tauchte die Morgensonne die Baumwipfel in zartgoldenes Licht. Unzählige Spatzen schwirrten aufgeregt zwitschernd in den Baumkronen umher. Ein Naturereignis, bei dem einem das Herz aufgehen konnte. Ma Zishan saß im oberen Stock des Hauses, das nah an eine Baumkrone heranreichte, und rezitierte andächtig aus dem Koran, der vor ihm auf dem Tisch lag. Es war ein altes Buch, dessen Seiten vergilbt waren und durchscheinend wie Schwanenfedern, wodurch sich die schwarzen Schriftzeichen umso deutlicher abhoben.

Yelgube störte die Ruhe, als er ins Zimmer stürmte und aufgelöst erzählte, dass der alte Ochse weder gefressen noch getrunken habe. Wasser und Gras, welches er ihm gestern Abend ins Stroh gestellt hatte, seien unberührt. Ma Zishan fuhr erschrocken hoch. Er ließ den Koran offen auf dem Tisch in der Sonne liegen und eilte mit seinem Sohn zum Stall. Der Verschlag befand sich außerhalb des Haupttors. Zum ersten Mal fiel Ma Zishan auf, wie die Sonnenstrahlen durch die Ritzen zwischen den Holzbrettern fielen und in den Innenraum des Stalls goldene Blätter zeichneten, die im nächsten Augenblick schon wieder verschwunden waren.

Der Stall war blitzsauber, lediglich ein anheimelnder Geruch von Dung lag in der Luft. Der Ochse stand ruhig und aufgeräumt da, wie ein alter Mensch, der über Raum und Zeit erhaben ist und die Welt längst durchschaut hat. Wie immer käute er genüsslich. Seine ruhigen, müden Augen blickten gleichzeitig wissend und gleichgültig. Sein Bauch war deutlich eingefallen. Die Wasserschüssel stand neben ihm im Stroh. Das Wasser so klar, dass man Lotus darin hätte züchten können. Man sah gleich, dass er es nicht angerührt hatte, und auch nicht die danebenliegenden Wiesenkräuter. Über Nacht waren sie schon leicht welk geworden. „Sieh, Vater, er hat keinen Schluck Wasser getrunken und nichts gefressen.“, bemerkte der Sohn beunruhigt. Der Ochse bewegte konzentriert und selbstvergessen seinen Kiefer, als würde er Vater und Sohn gar nicht bemerken. „Vater,“ fragte Yelgube unvermittelt, „meinst du ...?“ Ma Zishan wusste, was er sagen wollte. Es schnürte ihm die Kehle zusammen und schon fühlte er, wie ihm die Tränen über das Gesicht rannen. Er wendete sein Gesicht ab und verließ hastig den Stall.

Die Sonne war den Himmel schon etwas höher hinauf gestiegen. Ihre Funken tanzten wie Schneeflocken in der Luft. Ma Zishan hielt den Kopf gesenkt, als würde er gegen einen Sturm angehen. Im oberen Stockwerk angekommen, vernahm er das noch erregtere Schimpfen der Spatzen. Er setzte sich an das Ende des gemauerten Ofenbetts, verbarg sein Gesicht in den Händen und fühlte die Tränen zwischen seinen Fingern hindurchsickern. Er hätte nicht sagen können, warum er weinte, und woher die vielen Tränen kamen. Auch wenn er am liebsten laut geschluchzt hätte, brach schließlich nur ein wimmernder Klagelaut aus ihm hervor. Innerlich jedoch war er aufgewühlt wie ein Ozean. Yelgube tauchte in der Tür auf. Das von hinten einfallende Licht verdunkelte seine Gestalt. Er sah seinen Vater überrascht und hilflos an. Kurz darauf hörte man ihn schon wieder polternd die Treppe hinuntersteigen. Mit einem aufgeregten Zwitschern flogen die Spatzen in einem Pulk auf, unsicher, woher plötzliche Gefahr drohte. Nur ein paar von ihnen blieben ängstlich piepsend in den Zweigen sitzen.

Nachdem Ma Zishan von einem heftigen Weinkrampf geschüttelt worden war, beruhigte er sich allmählich. Auch wenn er immer noch aufgewühlt war, war ihm nun viel leichter zumute. Er fühlte sich auch befreit, als hätte er gerade eine schwere Krankheit überwunden. Ma Zishan machte sich Vorwürfe, weil er nicht erkannt hatte, was für ein wunderbares Wesen der Ochse war und weil er ihn jahrelang schuften ließ wie ein gewöhnliches Vieh. Bedrückt erinnerte er sich, wie er den Rücken des Tiers mit der Peitsche bearbeitet hatte. Hätte ihm jemand dieselbe Anzahl Peitschenhiebe angedroht, er hätte die Buße bereitwillig und dankbar angenommen. Und noch ein Bild stieg in ihm auf. Wie der Ochse vor den Pflug gespannt den Schwanz anhob, um seinen Dung fallen zu lassen. Damals hatte er sich nichts dabei gedacht, aber jetzt wurde ihm die Grausamkeit dieser Szene bewusst. Der Mensch ließ das Tier nicht einmal in Ruhe seine Notdurft verrichten. Selbst in diesem Moment gängelte und drangsalierte er es noch. Er hatte doch nicht geahnt, was für ein edles Lebewesen er da vor sich hatte!

Ma Zishan kam wieder die unberührte Wasserschale in den Sinn.

Das Wasser verschwamm vor seinen Augen, als wollte es seine Augen und Seele reinwaschen. Was war da in dem klaren Wasser? Lag da nicht ein silbrig schimmerndes Messer auf dem Grund? Er dachte daran, was die alten Leute früher über das Opfer großer Tiere gesagt hatten. Wenn das Ritual von Herzen käme und für eine gute Sache war, würde das Vieh in seiner Tränke das für ihn bestimmte Messer sehen. Von diesem Augenblick an würde es weder fressen noch trinken. Offensichtlich hatte der alte Ochse sein Messer am Grund des klaren Wassers erblickt. Ma Zishan war so erschüttert, dass er wieder in Tränen ausbrach.

Auch am nächsten und übernächsten Tag rührte der Ochse sein Futter nicht an. Das Wasser in der Schüssel wurde trüb und das Gras vertrocknete so schnell, als wäre es dem Wind ausgesetzt gewesen. Der Magen des Tiers zog sich beunruhigend nach innen und an seinen Hüftknochen bildeten sich so tiefe Mulden, dass zwei Hennen darin hätten brüten können. Trotzdem stand der Ochse immer noch ruhig und mit geschlossenen Lidern an seinem Platz und bewegte sanft seinen Kiefer. Nichts konnte ihn aus der Ruhe bringen. Eine edle Kreatur, die nach einem harten Leben unter der Knechtschaft des Menschen demütig auf ihr Ende wartet. Ma Zishan hatte tiefen Respekt. Sobald er die Augen schloss, sah er die Wasserschüssel vor sich. Ihr Anblick ließ ihn innerlich erschauern wie Wasser, das man leicht in Bewegung gebracht hatte. Allmählich glättete sich der Wasserspiegel und gab den Blick auf ein silbernes Messer frei. Ein Messer, wie er selten zuvor eines gesehen hatte und dessen silberne Klinge durch das klare Wasser geheimnisvoll schimmerte. Ma Zishan nickte bewegt. Tränen liefen über sein Gesicht, „du bist mir überlegen“, flüsterte er, „im Gegensatz zu mir weißt du, wie du sterben wirst". Er erinnerte sich daran, was sich die alten Leute noch über das Großvieh erzählt hatten. Es hörte, nachdem es das Messer in seiner Tränke gesehen hatte, aus dem Grund auf zu fressen und zu trinken, weil es mit einem reinen Körper in den Tod gehen wollte. Was für erstaunliche Lebewesen!

Die letzten zwei Tage waren die Spatzen wieder zurückgekehrt, um sich in der Baumkrone zu versammeln. Ma Zishan klebte sorgfältig die Seiten des zerlesenen heiligen Buches. Durch das große Fenster fielen die Sonnenstrahlen herein und tauchten den alten Koran, der offen auf dem Tisch lag, in ein goldenes Licht.

Später setzte sich Ma Zishan vor das Haus in die Sonne. Das Schimpfen der Spatzen schwoll an und ab wie ein leichter Regenschauer bei Sonnenschein. Ma Zishan dachte an seine Jugend zurück. Auch der Ochse war einmal jung gewesen und hatte ein ähnlich ungestümes Temperament wie er selbst gehabt. Oft hatte sich sein muskulöser und schwerer Körper kraftvoll aufgebäumt und er hatte zornig gegen den Himmel ausgeschlagen. Weil er dabei noch den Pflug hinter sich herzog, hatte er den Acker wild zugerichtet. Ma Zishan lächelte, „Vergib mir. Wir waren alle mal jung." Was ihm jedoch keine Ruhe ließ, war, dass der Ochse sein Schicksal kannte. Ihm selbst aber, der doch immerhin ein Mensch war, sollte es verborgen bleiben.

4

Am Vortag des 40. Gedenktags gab Yelgube seinem Vater ein Messer zu schleifen. Das Messer war lange nicht benutzt worden und hatte schon Rost angesetzt. Dennoch ließ sich die Klinge wieder scharf machen. Ma Zishan lieh sich den besten Wetzstein im Dorf und befüllte einen Kumpf mit heißem Wasser. Als er den Schleifstein mit Wasser benetzte, ergab sich ein Muster, das an die Inschrift auf einem Grabstein erinnerte. Er hatte vor, das Messer besonders gründlich zu schleifen. Der Rost durchzog das klare Wasser mit blutig wabernden Fäden. Ma Zishan wollte das Messer so lange wetzen, bis es wieder silbern glänzte. Er dachte an das Messer, das der Ochse im klaren Wasser gesehen hatte. War es dasselbe Messer, das jetzt auf seinem Wetzstein lag? Da gab es für ihn keinen Zweifel. Er musste das Messer also solange schleifen, bis es dem in der Wasserschüssel aufs Haar glich, wollte er nicht einem edlen Charakter Unrecht tun. Während er seine ganze Kraft in das Schleifen des Messers legte, bemerkte er wie aus seinen Augen klare Tropfen auf den dunklen Stein und die blitzende Klinge fielen. Und als sein Sohn vorbeikam und ihn ansprach, hob er nicht einmal den Kopf.

Als es Nacht wurde, schienen unzählige Sterne den Himmel zu beschweren. Auch wenn kein Wind ging, ließ ab und zu ein leichter Luftstoß die Menschen aus dem Schlaf hochschrecken. Mitten in der Nacht schlüpfte Ma Zishan unter dem hellen Sternenhimmel unbemerkt in den Stall. Und erst als der Muezzin vom Minarett zum Morgengebet rief, kam er, ein wenig fahl im Gesicht, wieder heraus. Inzwischen waren die meisten Sterne vom Firmament verschwunden. Der Himmel wirkte viel leichter als in der Nacht. Als hätte man von Ästen das Obst gepflückt.

Yelgube war bereits aufgestanden und hatte den Hof gefegt. „Heute kümmerst du dich um alles," meine Ma Zishan zu ihm, „ich gehe in die Stadt, Gewürze einkaufen." „Aber Vater", meinte Yelgube bestürzt,

„du weißt doch, dass du heute hierbleiben musst“. Doch der alte Mann antwortete nicht. Er gab seinem Sohn ein großes, dicht gewebtes weißes Tuch und wies ihn an, dem Ochsen die Augen damit zu verbinden, bevor er ihn schlachtete. „Vater, bleib heute hier“, flehte Yelgube. Aber er konnte ihn nicht aufhalten. Erst als schon die Sonne unterging, kam Ma Zishan, immer noch bleich im Gesicht, zurück. Er sah sich zuerst im Stall um. Dann trat er, als hätte er einen Entschluss gefasst, durch das Tor in den Hof und blieb noch an der Schwelle stehen. Im Hof war der riesige Kopf des Ochsen aufgestellt und hatte ihm sein Gesicht zugewandt. Ma Zishan fragte sich, wo der Rumpf des Tieres abgeblieben war. Es hatte fast den Anschein, als hielte sich sein Körper irgendwo verborgen, während es nur seinen Kopf herausstreckte. Das Gesicht des Ochsen wirkte friedlich und gutmütig und die Augen so ruhig wie der unbewegte Wasserspiegel eines Sees. Und wäre sein Maul nicht auf dem Boden aufgesessen, hätte er bestimmt seine ruhigen Kaubewegungen gemacht. Ma Zishan staunte. Nie zuvor hatte er ein totes Gesicht gesehen, in dem soviel Leben war.

Erstmals veröffentlicht
in People's Literature, 6. Ausgabe 1998

Übersetzung: Julia Buddeberg

孙惠芬

Sun Huifen

Sun Huifen, member of the whole committee of China Writers Association, vice chairman of Liaoning Writers Association and national first-class writer. She has published a collection of novels, including Sun Huifen's world, the painful City, two women in xiemashan villa, between urban and rural areas, dragonflies on the bank, migrant workers, xiemari, to endless relations, three living things, swallows flying southeast, prose, religion of streets and roads, novels xiemashan villa, Shangtang book, Jikuan's carriage, and Bingde women "Ten days of life and death", "Hou Shangtang book" and so on have won various literary awards. The novel "xiemashanzhuang" has won the fourth "Cao Xueqin Novel Award" and the second Chinese women's Literature Award "in Liaoning Province. It has won the" literary Newcomer Award "in the third Feng Mu literature award of the Chinese literature foundation, and the novella" two women in xiemashanzhuang "has won the third Chinese Writers Association "Lu Xun Literature Award".

狗皮袖筒

Der Hundefellmuff

Sun Huifen

Als Ji Kuan an diesem Wintertag das kleine Gasthaus *Zweite Schwester* sehen konnte, dämmerte es bereits. Aber es war beileibe keine Dämmerung mit rosa Wölkchen am Himmel, sondern der erste starke Schneefall seit Einbruch des Winters. Südlich vom Berg Gaoli waren die öden Felder und die Dörfer unter einer dicken Schneedecke versunken und nur die Rauchfahnen aus den Kaminen, die sich unter dem schweren, trüben Himmel sammelten, deuteten darauf hin, dass es auf das Abendessen zuging.

Als Ji Kuan das Gasthaus von Zweiter Schwester sehen konnte, wurde sein Gang sogleich leichter und die knirschenden Laute, die seine Schritte auf dem Schnee machten, formten sich zu einem Rhythmus. Auch der eisige Wind, der ihm zum Hals hineinblies, nahm den Rhythmus auf. Es war der Rhythmus mahlender Zähne, wenn man bei der Zweiten Schwester saß und Erdnüsse kaute, der Rhythmus von kaltem, zischendem Bier, das man dort in großen Schlucken trank. In dem Moment, als Ji Kuan den Hügel erklommen hatte, von dem er das Gasthaus sehen konnte, schmolz der Schnee, der sich in seinen Kragen gesetzt hatte, und bahnte sich als warmes Rinnsal einen Weg an seiner Brust hinunter bis zu den Fersen.

In dieser Gegend kamen in der Zeit vorm Frühlingsfest immer Kerle wie Ji Kuan in der Abenddämmerung aus weit entfernten Orten zurück. Aus Dalian oder Yingkou, aus Dandong, Benxi, vom Hafen Dadong oder aus Laoheishan. Egal von worher, sie kamen alle mit dem Bus in die Gemeinde Xiema, wo es früher mal eine Raststation für Pferde gegeben haben musste. Von hier gingen sie, ihr Gepäck auf dem Rücken, zu Fuß weiter nach Norden, jeder in sein Dorf.

Das Gasthaus von Zweiter Schwester befand sich an einer Einmündung. Links davon verlief die Landstraße und verband die Gemeinde Xiema im Süden mit dem Städtchen Xiuyan im Norden. Gegenüber vom Gasthaus zweigte ein Feldweg ab, der zum Bergdorf Xiema Shanzhuang führte. Anders gesagt, egal ob dein Heimatdorf im Norden der Zweiten Schwester lag, oder in irgendeinem Dorf im Verwaltungsbezirk von Xiema – wenn du von außerhalb zurückkamst, musstest du in jedem Fall den Weg nehmen, der bei ihr vorbeiführte.

Als Ji Kuan den wattierten Baumwollvorhang am Eingang des Lokals zur Seite zog, wäre er fast mit der Zweiten Schwester zusammengestoßen. Weil es so stark schneite, waren den ganzen Nachmittag keine Gäste gekommen. Während Zweite Schwester aus dem Fenster schaute, war ihr Blick immer verschwommener geworden, so dass sie, als sie den Gast erst spät bemerkte, nicht schnell genug reagierte, um ihm rechtzeitig die Tür zu öffnen.

„Ist das eine Hundekälte, kommen Sie schnell herein..."

Wie Ji Kuan da mit seinem Bündel auf dem Rücken von draußen hereinkam, sah er aus wie ein Bär, der sich gerade aus einer Schneehöhle hervorgewühlt hatte. Seine Mütze und Schultern, sein Bündel, seine Hose und seine Schuhe, alles war voller Schnee. Als Zweite Schwester ihn erkannte, war sie peinlich berührt und begann noch mal: „Ach, Bruder Ji Kuan… dass du gerade bei diesem starken Schneegestöber heimkommst."

Ji Kuan antwortete nicht. Wenn er zur Zweiten Schwester kam, bestellte er nur und gab weiter kein überflüssiges Wort von sich.

„Schnell, Xiangying, worauf wartest du, klopf Bruder Ji Kuan den Schnee ab."

Früher war Zweite Schwester immer allein in ihrem Lokal gewesen. Dass es nun mit einem Mal noch eine junge Frau gab, die Xiangying hieß, verwirrte Ji Kuan. Dem Aussehen nach war die Frau sicher zehn, fünfzehn Jahre jünger als Zweite Schwester, die das Mädchen aufforderte, Ji Kuan „Großer Bruder" zu nennen, als wäre sie so vertraut mit ihm wie Zweite Schwester. Ji Kuan stand einfach da und ließ es zu, dass Xiangying mit einem Handfeger über seinen Körper hin und her wischte, um den Schnee zu entfernen. Aber der Schnee hatte sich zu lange auf seiner Kleidung festgesetzt, und das Gasthaus, das den Nachmittag ohne Gäste gewesen war, war ausgekühlt, und so hielt sich ein Teil des Schnees hartnäckig wie ein Dämon auf ihm und ließ sich beim besten Willen nicht wegklopfen.

Zweite Schwester hatte ihr kleines Gasthaus eigentlich nicht für die Wanderarbeiter aus den Dörfern eröffnet, die das ganze Jahr über irgendwo draußen in der Ferne rackerten, um dann schließlich mit etwas

Geld in der Tasche zurück zu kommen und sich zu Frau und Kindern auf den warmen Kang zu verziehen. Diese Wanderarbeiter gaben ihr Geld nicht bei der Zweiten Schwester aus und verschwendeten auch ihre Zeit nicht bei ihr. Ihre Gäste waren die Lastwagenfahrer, die ständig unterwegs waren. Ji Kuan war eine Ausnahme, denn er hatte weder Frau noch Kinder und auch keine Eltern, er war ein „kahler Stock", ein Junggeselle. Er hatte nur einen Bruder, der auch irgendwo außerhalb arbeitete. Deshalb kehrte er jedes Mal, wenn er von draußen zurück in sein Heimatdorf fuhr, bei ihr ein und gönnte sich eine Mahlzeit.

Zehn Minuten später füllte sich der kleine Gastraum allmählich mit Wärme. Zweite Schwester hatte im Ofen Holz nachgelegt und mit dem Schürhaken die Glut belebt, so dass das Feuer nun knisternd aufflammte und den Schnee auf Ji Kuans Körper, auf der Hose, den Füßen und Schuhen, und auf dem Gepäck lautlos schmelzen ließ. Nachdem das Schmelzwasser die Untiefen des unebenen Bodens geflutet hatte, schoss Ji Kuan mit einem Mal das Blut ins Gesicht, in Nase und Ohren und ließ diese so rot anlaufen, dass es an einen Hochofen erinnerte.

Ja, Gesicht, Nase, Ohren strahlten nicht nur vor Röte, sondern dampften regelrecht. An so einem eisigen Wintertag litten Gesicht, Nase und Ohren am meisten unter der Kälte, aber sie waren auch wie gierige Kinder, die ihren Standpunkt änderten, sobald man ihnen etwas Süßes zusteckte. Anders als Hände und Füße, denen die Kälte scheinbar nichts ausmachte, die aber, wenn sie dann doch mal richtig durchgefroren waren, nur schwer wieder warm wurden. Nachdem Ji Kuan an diesem eisigen Wintertag in der Abenddämmerung in das kleine Gasthaus gekommen war, dauerte es sehr lange, bis das Gefühl in seine tauben

Hände und Füße zurückkehrte – so als ob sie gar nicht zum selben Körper gehörten wie Gesicht, Nase und Ohren.

Nachdem Ji Kuan eingetreten war, brach im Lokal rege Geschäftigkeit aus. Aber nicht, weil das Öl im Topf zischte und sich der Klang vom schnellen Gemüsehacken dazu mischte, sondern weil da außer Zweiter Schwester, die eifrig hantierte, nun auch noch eine Bedienung war. Weil zwei Menschen für ihn alleine hin und her liefen, hatte Ji Kuan den Eindruck äußerster Geschäftigkeit.

Weil Ji Kuan einer von ganz wenigen Wanderarbeitern war, die das Gasthaus von Zweiter Schwester aufsuchten, behandelte sie ihn besonders großzügig. Nicht nur, dass die Portionen Erdnüsse und Nudeln extra groß bemessen waren, sie brachte ihm auch einen Teller eingelegter Kohlstreifen, und wenn er ein Glas Bier ausgetrunken hatte, dann gab es noch einen selbstgebrannten Schnaps aufs Haus hinterher. Ji Kuan war einer aus der Gegend, daher doch beinah wie ein Verwandter. Und weil das so war, und weil sie wusste, dass er Junggeselle war, so hatte sie jedes Mal, wenn er kam und da alleine sein Bier trank, das Bedürfnis, ihm Staub und Schmutz von der Kleidung zu wischen oder seine Schuhe zu flicken, wenn sich der Kleber gelöst hatte. So strich sie immer wieder um ihn herum, traute sich aber schließlich nicht, ihm nahezukommen, denn zwei Jahre zuvor, als sie einmal eine Nadel genommen hatte, um eine aufgerissene Naht an seinem Kragen zu nähen, war er wutentbrannt aufgesprungen und hatte gebrüllt: „Lass den Mist, wofür hältst du mich eigentlich?" Sein Ton war völlig unpassend, als wenn Zweite Schwester sonst was von ihm gewollt hätte – es war eine wahrhaft lächerliche Situation.

Der Ruf einer Frau, die eine Imbissstube eröffnete, war naturgemäß komplett ruiniert, vor allem wenn sie eine Witwe und ohne Mann war. Er konnte kaum schlechter sein. Aber so schlecht ihr Ruf auch war, konnte sich doch nicht jeder über sie erheben – glaubte dieser sture, armselige Junggeselle etwa, er könne sich mit den Lastwagenfahrern messen, die richtig Kohle verdienten?

Und so kam es, dass Zweite Schwester, wenn sie Ji Kuan in ihrer Imbissstube begrüßt hatte, kaum mehr etwas sagte, sondern ihm nur Erdnüsse röstete, Nudeln bereitete und das Bier hinstellte.

Aus demselben Grund stellte sie immer den Ton des Fernsehers besonders laut, wenn er da war, so dass der Raum zwischen ihnen mit Getöse gefüllt war und nicht so still erschien. Zweite Schwester betrieb ihren Imbiss schon eine ganze Weile, und wenn Gäste da waren, dann sollte es laut und lebhaft zugehen, fand sie. Wenn einer da war und es war trotzdem totenstill, war ihr das unerträglich.

Begleitet vom lauten Plärren des Fernsehgerätes kam der Moment, den Ji Kuan herbeigesehnt hatte: ein Teller ölig-glänzende Erdnüsse, ein Glas kühles Bier, in dem die Bläschen in langen Reihen aufstiegen, eine Schüssel voll Nudeln, bestreut mit kleingeschnittenen leuchtend grünen Frühlingszwiebeln und roten Chiliflocken, und ein Tellerchen mit knackigen, frischen, würzig angemachten Weißkohlstreifen. Nun muss gesagt werden, dass es im Hafen von Dadong, wo Ji Kuan arbeitete, unzählige ganz ähnliche Imbissstuben gab, wo man zu jeder Tages- und Nachtzeit einkehren und sich satt essen konnte. Aber dort draußen war es einfach nicht dasselbe wie bei Zweiter Schwester. Dort, so nahe am heimatlichen Dorf, einzukehren war fast schon wie zuhause zu sein, so wie wenn andere Männer zu Frau und Kindern zurückkehrten. Also einfach ganz anders.

Genau genommen war Ji Kuans heiß ersehnter Moment gekommen, wenn eine Frau für ihn am Arbeiten war, wenn er am Tisch saß und auf das Essen wartete, das da kommen würde, und ganz besonders, wenn er dabei eingehüllt in den Lärm eines Fernsehers war, dann hatte sein besonderer Moment bereits begonnen. Aber das konnte Zweite Schwester nicht ahnen.

Acht Jahre zuvor lebte seine Mutter noch. Wenn er damals nach Hause gekommen war, war sie es, die wie heute Zweite Schwester geschäftig um den Herd herum wuselte. Egal, wie viel zu tun war, nie erlaubte sie es, dass er oder sein jüngerer Bruder ihr halfen. Während sie das Essen bereitete, konnten die beiden zusammen mit dem Vater auf dem Ofenbett, dem Kang, sitzen und fernsehen. Natürlich war seine Mutter viel umsichtiger als Zweite Schwester, sie wusste, dass Gesicht, Nase und Ohren schnell warm wurden, wenn jemand aus der Kälte kam, während Hände und Füße lange kalt blieben, und so gab sie ihm, gleich nachdem er herein gekommen war, den selbst genähten Muff aus Hundefell, und ließ ihn seine beiden Hände hineinstecken. Gab es ein wohligeres Gefühl, als auf dem Kang zu sitzen, die Decke über den Knien und die Hände im Hundefellmuff, dabei fernzusehen und durch den Türspalt den Schatten der Mutter im Dampf der Töpfe und Pfannen hin und her flattern zu sehen. Oh, wie wurde es ihm dann warm ums Herz und am ganzen Körper! Und dann war es mit einem Mal vorbei gewesen mit dieser heimischen Wärme, ganz schnell, wie in einem Augenblick: Seine Mutter erkrankte an Lungenkrebs und ging zwei Monate später schon zu den „Gelben Quellen“ ein. Kein Jahr, nachdem die Mutter gestorben war, zog der Vater zu einer anderen Frau in Gaolishan, denn er war ein Leben lang bedient worden und hielt es in einem Haus ohne Frau nicht aus. Von da an mussten Ji Kuan und sein Bruder ohne die vertraute Wärme von früher zurechtkommen, am Neujahrsfest und an anderen Feiertagen glichen sie nun zwei erkalteten Dampfbrötchen im geöffneten Topf.

Der intensive Geschmack der Erdnüsse umschmeichelte die Zungenspitze wie ein Windhauch einen niedergetretenen Reissetzling, und das Aroma des frischen Biers befeuchtete seine Kehle wie der Morgentau ein verdorrtes Blatt. Es dauerte nicht lange und die Röte, die zuerst nur Ji Kuans Gesicht, Nase und Ohren überzogen hatte, breitete sich auch in seinem Nacken aus, zog in die Augenhöhlen und erstreckte sich bis in die Finger- und Zehenspitzen.

So saß Ji Kuan da, aß und trank langsam und schaute fern. Im Fernsehen lief gerade eine Werbung für Schneebier, *Xuehua. Xuehua* war in jenen Tagen die beliebteste Biermarke, auch Ji Kuan trank an diesem Abend *Xuehua.* Das Fernsehprogramm jener Gegend bestand nur aus einem einzigen Sender aus der Kreisstadt, entweder wurde Werbung gezeigt, oder Nachrichten, oder herzzerreißende Serien. Ji Kuan war es egal, was gerade lief, die Hauptsache war der Ton, dann war er zufrieden.

Weil er etwas Alkohol getrunken hatte, begann Ji Kuan, sich ein wenig zu entspannen. Seine Beine, die eben noch kraftlos hinunterhingen, streckte er nun auf einem Hocker aus, so saß er da schon fast wie zu Hause auf dem Ofenbett.

Illustration: Yuan Cong

Solche Momente hatte Ji Kuan nur selten. Dort draußen hatte er etwas Geld verdient, auch wenn es nicht viel war, sieben-, achthundert etwa, aber doch immerhin Bargeld. Er konnte es ausgeben wie es ihm gefiel, anders als die Bäume, die er vor dem Haus gepflanzt hatte. Die Bäume waren ein Kapital, das Holz konnte man für ein paar hundert Yuan verkaufen, hieß es, aber solange sie nicht gefällt waren, war man damit nicht flüssig. Mit dem eigenen Geld am Jahresende zurückzukommen und im Gasthaus eine Mahlzeit zu verzehren, das tat dem Magen wohl und dem ganzen Körper, und wenn's dem Körper wohl war, dann war alles gut und er war rundum zufrieden. Wann war er sonst schon mal so zufrieden!

Nun kennt ja kein Mensch sein Schicksal und weiß nicht, was noch alles vor ihm liegt, und so ging es an diesem Abend auch Ji Kuan. Er ahnte nicht, was für ein Verlangen ihn, nachdem er sich satt gegessen und den Durst gestillt hatte und sein Körper sich immer mehr entspannte, noch überkommen würde.

Dieses Verlangen hielt sich unter der Hautoberfläche versteckt und floss, den Schneeflocken gleich, die in seinem Nacken geschmolzen waren, in einem warmen Strom hinab, allerdings nicht zu den Fersen, sondern zwischen seine Beine, wo es die Oberfläche verließ und tief ins Knochenmark eindrang. So ein Verlangen hatte er auch früher schon gespürt, aber es hatte ihn meist erst später überwältigt, wenn er zuhause auf dem Kang lag. Wenn er an solchen Abenden bei Zweiter Schwester eingekehrt war, dann hatte er dort vor allem die Atmosphäre familiärer Wärme genossen, Zweite Schwester selbst aber, mit ihrem schlechten Ruf, hatte er kaum einmal direkt angeschaut, denn er suchte ja selbst noch eine Frau zum Heiraten, wollte auch seinen eigenen Ruf nicht aufs Spiel setzen. Wenn er sich dann aber zu Hause auf dem Ofenbett eine Frau vorstellte, die sein Verlangen befriedigte, dann war es unvermeidlich Zweite Schwester.

Dass dieses Verlangen heute so früh kam, noch im Restaurant und obwohl Ji Kuan leicht beschwipst war, traf ihn völlig unvorbereitet. Wie hätte er auch ahnen können, dass in diesem Jahr manches anders sein würde als in früheren Jahren, dass es heute so viel Schnee geben und er so durchgefroren sein würde, dass er in der Wärme des Restaurants langsam auftauen würde, dass seine Adern im Körper auftauten wie Schlangen aus der Winterstarre, bis das Blut wieder durch Arme und Beine floss, und auch die eine oder andere verrückte Idee in Fluss brachte. Was aber vor allem anders war, war, dass diesmal noch eine Bedienung mit Namen Xiangying im Imbiss war, eine junge Frau, die nichts gemein hatte mit jenen Frauen, die Ji Kuan aus den Restaurants im Hafen von Dadong kannte. Ihre Haare hatte sie nicht blond gefärbt und die Augenbrauen nicht nachgezogen, sie trug nur ein wenig Lippenstift und wirkte unerfahren, schüchtern und zart. Aber das war alles gar nicht wichtig, wichtig war nur, dass sie ihn bei aller Unerfahrenheit und Schüchternheit verführerisch anlächelte. Das Lächeln breitete sich von ihren vollen Lippen aus, wo es erwartungsvoll schwankte wie die Blütenknospen des Hahnenkamms, wenn eine Biene vorbeiflog, und verbarg sich im Blick ihrer pechschwarzen Augen, wie ein Tropfen Tau auf einem trockenen Ast, der zitterte noch, bevor ein Windhauch ihn traf. Wie aufreizend!

Die Arme über der Brust verschränkt stand die junge Frau, die Xiangying genannt wurde, vor ihm und lächelte ihn still an. Zweite Schwester war nicht zu sehen, Ji Kuan schaute sich nach ihr um, aber sie war wie vom Erdboden verschluckt.

Außer dem Lärm des Fernsehers, der den Gastraum erfüllte, war kein Laut zu hören. Das Geplärre des Fernsehers war wie eine Mauer, die das Verlangen Ji Kuans verhüllte und ihm einen würdevollen Rückzug in tiefere Hautschichten ermöglichte.

So wurde der 33-jährige Ji Kuan, auf den zu Hause weder eine Frau noch Eltern warteten, an diesem Winterabend, nachdem er aus dem Schneegestöber in die warme Stube gekommen war und sich satt gegessen und getrunken hatte, von einer jungen Frau betört.

Obwohl er keine Erfahrung hatte, glaubte Ji Kuan doch zu wissen, dass Zweite Schwester die junge Frau angestellt hatte, um das Geschäft zu beleben. Auch wenn es keine Beweise gab – und hier hielt Ji Kuan sich für richtig klug –, meinte er doch, aus dem Namen Xiangying herauszuhören, dass Zweite Schwester sich diesen Namen ausgedacht hatte, denn je nachdem, mit welchen Schriftzeichen er geschrieben wurde, konnte der Name auch bedeuten, auf die Bedürfnisse eines Mannes einzugehen. Die Restaurants an den Straßen im Hafen von Dadong, wo er arbeitete, waren voll solcher Frauen und Mädchen, und wenn sein Mitbewohner Liu Guangtou, der kahle Liu, der schon verheiratet war, es nicht mehr aushielt, dann nahm er 50 Yuan und ließ sich von so einer seine Wünsche erfüllen.

An eine Frau zu denken war wie Bier zu trinken oder Erdnüsse zu essen – je mehr man trank und aß, desto mehr wollte man trinken und essen. Wenn man aber überhaupt nichts zu sich nahm, dann hatte man auch keinen Appetit, wie die Wanderarbeiter hier aus der Gegend, die nie bei Zweiter Schwester einkehrten und nicht mal den Kopf hoben, wenn sie am Imbiss vorbeikamen. An diesem Abend konnte Ji Kuan, der noch nie mit einer Frau zusammen gewesen war, sich kaum beherrschen. Wie sehr dürstete es ihn nach diesem schüchternen Mädchen, wie sehr wollte er, dass sie ihm zu Diensten war, wollte sie verspeisen wie die Erdnüsse und das Bier.

Als Ji Kuan in die Jackentasche griff und nach den Geldscheinen tastete, strömte das Blut aus seinem Körper in seinen Kopf. Um sich selbst zu beruhigen und um die junge Frau seine plötzliche Absicht nicht erraten zu lassen..., aber das war ja ein Irrtum, wenn man so etwas tun wollte, dann musste das Gegenüber es merken, nur so konnte sich die Geschichte wunschgemäß weiterentwickeln. Doch Ji Kuan war zu unerfahren. Um seine Absichten zu verschleiern, richtete er seinen Blick auf den Fernseher. Die Werbung war vorüber, in diesem Augenblick wurden die Kreisnachrichten gesendet. In den Nachrichten ging es immer darum, wo der Kreisparteisekretär gerade tagte oder wohin er eine Inspektionsreise unternahm. Während er auf den Bildschirm starrte, grübelte Ji Kuan, wie er der jungen Frau klar machen sollte, dass er sie wollte. Ich kann nicht einfach sagen, dass ich sie will, dachte er, ich muss unbedingt erst fragen, was es kostet, Glatzkopf Liu hat gesagt, wenn ich frage, was es kostet, dann weiß sie schon, was ich will. Gerade als er seinen Blick vom Fernseher losreißen wollte, kam eine Nachricht: Zwei Arbeiter waren auf der Flucht, nachdem sie den Vorarbeiter des Kühllagers von Laoheishan auf der Insel Haiyang mit einem Spaten erschlagen hatten. Wer hier wen erschlagen hatte, interessierte Ji Kuan nicht. In all den Jahren, die er sich draußen als Arbeitskraft verdingt hatte, hatte er selbst zum Glück niemanden erschlagen, das war schon nicht schlecht. Und wenn neben ihm einer einen anderen totschlug, dann war das dessen Angelegenheit.

Aber der Ortsname – das Kühllager von Laoheishan – ließ Ji Kuan zusammenzucken. Im Kühllager arbeitete sein jüngerer Bruder. Aber er zuckte nur einmal, dann setzte er die soeben begonnene Bewegung fort und richtete den Blick auf den Körper des Mädchens Xiangying.

In diesem Moment trat eine Veränderung ein. Wie er Xiangying nun endlich mutig anschaute, musste er zu seiner Überraschung feststellen, dass das Verlangen in seinem Körper abgeflaut war. Es war genauso unbemerkt geschehen wie der Schnee auf seinem Körper geschmolzen war, oder wie die Wärme zurück in seine Hände und Füße gekehrt war. Das Kältegefühl war dann einfach weg. Unbewusst drehte er sich um und schaute nach links und rechts, wie jemand, der gerade etwas verloren hat.

Was folgte, war einfach und schnell erledigt. Ji Kuan zog missmutig einen Zwanziger aus der Tasche und rief mit rauer Stimme laut: „Zahlen".

Ohne die junge Frau zu beachten stürmte er nach hinten in die Küche. Er ahnte wohl, dass Zweite Schwester sich dort hinter der Tür versteckt hatte.

Zweite Schwester tauchte wie aus dem Boden geschossen auf und gab Ji Kuan mit einem Ausdruck der Enttäuschung sein Wechselgeld. Dann half sie ihm, sein Bündel zu schultern und brachte ihn an die Tür.

Es schneite noch immer und war nun auch schon dunkel. Der Weg, der sich vom Restaurant in Richtung des Bergdorfes Xiema erstreckte, war von einer dicken Schicht Schnee bedeckt. Weit und breit nicht die Spur eines anderen Menschen. Schlecht gelaunt schritt Ji Kuan voran und sank mit jedem Schritt in den mal tiefen, mal flachen Schnee ein. Den ganzen Weg über atmete er schwer, als hege er einen Groll gegen jemanden. Aber gegen wen? Er wusste es selbst nicht! Als er das Gasthaus von Zweiter Schwester verließ, war seine Laune so schlecht, dass er sich am liebsten geprügelt hätte. Einen Spaten nehmen und jemand das Hirn einschlagen, dazu hatte er Lust.

Ji Kuans Elternhaus lag an der hinteren Straße des Dorfs Kanzi, das zu Xiema Shanzhuang gehörte. Es waren drei alte, verlassene Ziegelgebäude, die von Weiten aussahen wie von Schnee bedeckte Strohhaufen. Allerdings hatte Ji Kuan gar keinen ordentlichen Strohvorrat, denn es war ja auch niemand zuhause, der Gras geschnitten hätte, und so lagen nur ein paar Bündel Maisstängel und ein paar Ballen Reisstroh kreuz und quer unter dem Schnee, die aussahen, als ob dort Leute schliefen.

In so einer eisigen Winternacht war ein Strohvorrat, egal ob ordentlich oder nicht ordentlich, wichtiger als alles andere, denn nur so konnte man das Haus aufheizen. Als Ji Kuan jedoch die Tür geöffnet und das Gepäckbündel abgestellt hatte, ging er nicht noch einmal nach draußen zurück in den Schnee, um Stroh zu holen. Stattdessen schaltete er das Licht ein und plumpste auf das kalte Ofenbett, wo er bäuchlings zu liegen kam und das Gesicht in die Matratze drückte.

So war es jedes Mal, wenn er erfüllt von der heimeligen Wärme im Restaurant Zweite Schwester nachhause kam. Er kroch auf den eisigkalten Kang und spürte dem Gefühl der Wärme nach, bis es verschwunden war. Eigentlich hätte das Gefühl noch etwas stärker und tiefer sein können und ihn länger davon zehren lassen, aber so war es nicht, und es beeinträchtigte sogar seine Erinnerungen an andere Gefühle, wie zum Beispiel im Getöse des Fernsehers Erdnüsse zu knabbern und Bier zu trinken.

Nachdem er eine Weile so dort gelegen hatte – wie lange, wusste er nicht – sprang er plötzlich auf und ging zu der Truhe, die noch von seiner Mutter war. Ungestüm öffnete er den Deckel und schleuderte einige alte Kleider hinaus, die unordentlich auf den Boden fielen. Ji Kuan kümmerte sich nicht darum, sondern versenkte seinen Kopf in der Truhe und wühlte sich durch die Schichten von Kleidern.

Wenig später, die Suche hatte keine zwei Minuten gedauert, tauchte er mit einem dunklen Futteral in der Hand wieder aus den Tiefen der Truhe auf. Es war das längliche Futteral des Hundefellmuffs, die Oberfläche rissig, hart und trocken wie Baumrinde, an beiden Enden sah flaumiges Hundefell hervor. Ji Kuan freute sich wie ein Kind, das einen Schatz gefunden hat. Er kehrte zurück auf den Kang, wo er sich zufrieden ausstreckte, die Hände vor der Brust im Muff geborgen.

Ständig hatte er daran gedacht – wenn er im Winter im Hafen von Dadong früh zur Arbeit ging und erst spät abends zurückkam; als er durch den Schneesturm ging und ihm die Fingerspitzen froren; und als er bei Zweiter Schwester am Feuer saß und der Dampf von seinem Gesicht, von der Nase und den Ohren aufstieg, während Füße und Hände noch vollkommen gefühllos waren.

Die Hände im Hundefellmuff tauchte schemenhaft die Silhouette der Mutter vor seinem inneren Auge auf. Er sah sie im Hauptzimmer, dem Ort, der in seiner Erinnerung unauflösbar mit ihrer Wärme verbunden war. Ihr Bild kam und ging, mal kniete sie vor dem Ofenloch, dann wieder stand sie am Schneidbrett, vermischt mit den heißen Kochdämpfen strömte ihr Wohlgeruch durch den Türspalt zwischen Hauptraum und innerem Zimmer herein. Ein Gefühl der Geborgenheit erfüllte ihn.

Ji Kuans Hände wurden warm und die Kälte schwand aus Nase und Ohren. Diese Winterkälte war wirklich seltsam – sie gab ihm immer das Gefühl, dass Knochen und Fleisch sich voneinander trennten. Er stand auf, wollte nun doch etwas Stroh hereinholen, den Kang befeuern und danach in einen tiefen Schlaf sinken. Als er sich gerade vom eisigen

Kang erhoben hatte, hörte er draußen im Schnee knarzende Schritte näher kommen.

Das war bestimmt sein Nachbar, der Tischler Ning, der auf das Haus achtete. Jedes Mal, wenn er nach Hause kam, schaute Tischler Ning vorbei und sagte: „Bist zurück". Dann drehte er um und ging wieder. Wenn Ji Kuan zurück war, musste sich Tischler Ning keine Gedanken mehr um das Haus machen.

Aber der da hereingekommen war, blieb im Hauptraum stehen, bewegte sich nicht und sprach auch nicht.

Ji Kuan sprang vom Kang und betrat den Hauptraum. Als er sah, wer gekommen war, erschrak er: Es war nicht Nachbar Ning, sondern sein Bruder Ji Jiu.

Ji Jiu sah aus wie er selbst, als er Zweite Schwesters Imbissstube betreten hatte: ein schneebedeckter Bär, der gerade aus seiner Schneehöhle auftauchte. Nur dass Ji Jiu kein Gepäck dabeihatte und auch keine Mütze trug.

„Habt ihr beim Kühllager schon frei?" fragte Ji Kuan erstaunt und auch erfreut.

Ji Jiu klopfte sich den Schnee ab und brummte: „Hhmmm."

Genauso wie er mit Zweiter Schwester kaum ein Wort wechselte, so sprach Ji Kuan auch mit seinem Bruder kaum. Er war einfach von Natur aus wortkarg. Und wenn er mal sprach, dann wurde er meist schnell wütend, denn er verachtete seinen Bruder, der so kleinmütig wie eine Frau war, der sich nicht traute, laut zu sprechen, und den eine Maus zu Tode erschrecken konnte. „Wie konnten unsere Eltern nur einen Sohn wie dich bekommen, ein Mädchen wäre ja noch mehr wert als du!" rief Ji

Kuan oft, wenn er wütend war. Aber obwohl Ji Jius Wesen eher schwach war und einer Frau glich - als es darum ging, wer zuhause bleiben und die Felder bestellen sollte, war Ji Kuan selbst geblieben und nicht der Bruder.

So konnte sein Bruder hinaus ziehen und Geld verdienen, während Ji Kuan zuhause die Felder bestellte und sich in den Monaten, wo wenig zu tun war, ebenfalls als Tagelöhner verdingte. Wer im Hafen von Dadong Alkalischlamm schippen wollte, musste sich für ein ganzes Jahr verpflichten. Wenn einer den Job anfing und vor Jahresende nachhause fuhr, um die Felder zu bestellen, dann nahmen sie ihn nicht wieder, wenn er zurückkam. Allein Ji Kuan war eine Ausnahme; niemand traute sich, ihn abzuweisen, denn er war ein Hitzkopf und geriet leicht in Rage, und wenn das passierte, dann drohte er mit großen Worten, von wegen „bleib mir wegkomm mir nicht mit kommen und gehen, ich bin zu allem fähig". Wenn er so tobte und schrie, dann bekamen es alle mit der Angst und ließen ihn wieder arbeiten.

Nun, da der Bruder im Schneegestöber heimgekommen war, um das Neujahrsfest zu Hause zu verbringen, hatte Ji Kuan keinen Grund, wütend zu werden.

Obwohl ihre Mutter schon seit acht Jahren tot war, hatte Ji Kuan noch nicht ihre Fähigkeit erlangt, seinen Bruder zu bemuttern und für ihn zu kochen, während der auf dem Kang sitzen und fernsehen durfte. Kochen war überhaupt keine Männerarbeit, meinte Ji Kuan, und so bereitete normalerweise Ji Jiu die Mahlzeiten, wenn er zuhause war. Und obwohl Ji Kuan seinen Bruder beschimpfte, weil er ihn zu weiblich fand, hatte er nichts dagegen, von ihm bekocht zu werden.

Aber heute war es anders, denn draußen war das heftige Schneetreiben, aber vor allem war Ji Kuans Magen schon mit einer Schüssel Nudeln gefüllt, mit Bier und Erdnüssen, die seinen Körper erwärmt hatten, während Ji Jiu offensichtlich noch fror und noch nichts gegessen hatte, seine Lippen waren ausgetrocknet und schorfig, und seine Hände zitterten unkontrolliert vor der Brust. Als Ji Kuan Ji Jius zitternde Hände sah, lief er sogleich in das Ostzimmer und brachte ihm den Hundefellmuff. Grad wie er kurz vorher im Schwips die clevere Eingebung gehabt hatte, dass Xiangying ein Pseudonym war, so war ihm jetzt beim Eintreten des Bruders der Hundefellmuff in den Sinn gekommen. Seine Umsicht überraschte ihn selbst.

Angespornt von diesem unerwarteten Impuls begann Ji Kuan als Nächstes, das Eis auf der Wassertonne zu zerschlagen und Wasser zu schöpfen, um danach aus dem Mehlsack im Westzimmer eine Kelle Mehl zu holen. Er wollte für Ji Jiu eine Suppe mit Mehlklößchen zubereiten.

Mit den Händen im Muff zitterte Ji Jiu zwar nicht mehr, stand aber noch immer bewegungslos im Hauptzimmer. Sein Blick war unstet, und obwohl er sah, dass Ji Kuan für ihn kochte, machte er keine Anstalten zu helfen oder seinen Platz zu verändern.

Ji Kuan war es nicht gewohnt, dass ihn jemand beobachte, schon gar nicht beim Kochen; es war auch wirklich zu dumm, er fand, sein Bruder solle in das Schlafzimmer gehen und fernsehen. Wie er ans Fernsehen dachte, fiel ihm die Nachricht ein, die er bei Zweiter Schwester gehört hatte, und so sagte er: „Es heißt, am Laoheishan wurde jemand erschlagen?“

Ji Jiu zuckte zusammen. Sein Blick richtete sich kurz auf Ji Kuan, um sich nach einem gehetzten Innehalten wieder im Unbestimmten zu verlieren.

„Bestimmt war's was, das alle aufbrachte, sonst würde man ja niemand erschlagen", bemerkte Ji Kuan, während er das Mehl zu wohlgeformten, gleichmäßigen Klößchen knetete.

In diesem Moment begann Ji Jiu zu sprechen, seine Stimme war leise und die Worte kamen gepresst, als wenn ihm ein Mehlklößchen in der Kehle steckte. „Im Schuppen war's zu kalt und der Vorarbeiter hat verboten, den Ofen anzuschmeißen... wegen der Kälte konnte keiner vom Trupp schlafen, also gingen wir Schnaps kaufen,... wer weiß, wieviel da getrunken wurde... Der Vorarbeiter war an dem Abend auch noch nicht weg...."

Ji Kuan gab keinen Laut von sich. So in etwa hatte er sich die Geschichte ja vorgestellt, dachte er bei sich, diese verdammten Vorabeiter sollte man doch alle mit einer Schaufel erschlagen. Jener Vorarbeiter im Hafen von Dadong, der das Schlammschaufeln beaufsichtigte, hatte auch verboten, den Ofen anzufeuern; zum Glück hatten sie neben ihrem Zelt einen Schilfteich, da schnitten sie jeden Abend Schilf und verbrannten es. Wenn er an die Kälte im Schuppen dachte und wie man vor Kälte nicht schlafen konnte, wurde Ji Kuan ungewollt von einem Schüttelfrost befallen. Dabei wurde sein Atem schwerer und er keuchte. Was er grad nur gedacht hatte, sprach Ji Kuan plötzlich aus: „So ein verdammter Vorarbeiter, der hat's verdient, erschlagen zu werden."

„Dass er uns überwachte, war nicht so schlimm, aber dass er selbst im Auto saß", fuhr Ji Jiu fort, „die Heizung aufgedreht und sich mit einer Frau vergnügte…" Auch Ji Jius Atem ging schwerer, während er sprach, und seine Stimme zitterte.

Während er seinem Bruder zuhörte, stieg die Wut in Ji Kuan immer höher, schweigend schob er Ji Jiu ins Ostzimmer, stellte den Fernseher an und ging hinaus. Den Topf hatte er schon ausgewaschen und nun konnte er das Feuer entzünden, aber er hatte ja noch kein Stroh hereingeholt.

Aber in dem Moment, als Ji Kuan im Hof das Reisstroh aus seiner Schneehöhle gezogen hatte, als er sich aufgerichtet und wieder dem Haus zugewandt hatte, war seine Absicht, mit eigenen Händen ein Abendessen für den kleinen Bruder zu bereiten, plötzlich verflogen. Genau wie vorhin im Restaurant, wo er beinah den Mut aufgebracht hatte, es einmal mit einer Frau zu treiben, und dann plötzlich keine Lust mehr gehabt hatte. Woher der Sinneswandel im Restaurant gerührt hatte, wusste er nicht, aber jetzt sah er die Ursache im Schnee vor sich: eine Reihe undeutlicher Fußabdrücke. In der Richtung, aus der sie kamen, war gar kein Weg, einzig die Spur von Schritten im Schnee, die direkt zur Haustür führten. Die konnte nur von Ji Jiu sein! Lao Heishan lag im Osten, wenn er von dort gekommen war, musste er an der Einmündung vorbeikommen, warum aber war er durch den Schnee gelaufen?

Als Ji Kuan sicher war, dass die Spuren von Ji Jiu stammten, strömte die Wut in seinem Bauch mit einem Mal zu den Fersen hinaus und er fühlte sich wie ein Ballon, aus dem die Luft entwichen war: Seine Fersen zogen sich in der Kälte zusammen. Mit dieser Spur vor den Augen löste sich Ji Kuans Absicht zu Kochen in nichts auf. Er stand neben dem Strohhaufen und dachte: War es möglich, dass sein Bruder, der so schwach wie eine Frau war... Aber wenn er es nicht gewesen war, warum war er dann nicht über die Straße gekommen?

Als er zu einem Urteil über die versteckte Botschaft der Spur gekommen war, war Ji Kuan für einen Moment ganz aufgeregt. Endlich hatte sich sein Bruder einmal wie ein Mann benommen! Aber das dauerte nur einen Augenblick lang, dann überfiel ihn Verwirrung und er wusste nicht, was er an diesem Abend eigentlich noch tun sollte.

Was tun, diese Frage, was konnte in der verbleibenden Zeit denn noch getan werden... die Erleuchtung kam ihm, als er sich umdrehte und einen Lichtschein in der Ferne sah – das Restaurant von Zweiter Schwester.

Ji Kuan betrat das Haus und ließ dabei die Tür laut ins Schloss krachen. „Auf geht's", brüllte er mit rauer, lauter Stimme. „Wenn der verdammte Vorarbeiter es mit einer Frau treibt, dann können wir das erst recht! Los, wir essen nicht zuhause, wir gehen zum Restaurant, und da treiben wir's mit den Frauen."

Als er sah, dass sein Bruder seinen Plan geändert hatte, wurde Ji Jiu nervös. Es war ein Fehler gewesen, vom Vorarbeiter zu erzählen. „Nein, nein", rief er, „ich will das nicht."

Bei diesen Worten stieg in Ji Kuan erneut unbändige Wut hoch. „Ich sag immer, du bist kein Mann, und schau, du bist wirklich keiner! Selbst vor Frauen hast du Angst! Ich, dein Bruder, hab Geld verdient und heute lad ich dich ein, mich selbst auch, dass wir's uns richtig wohl gehen lassen."

Die Sache mit dem Vorarbeiter hatte Ji Kuan in eine solche Rage gebracht, dass er kaum noch Luft holen konnte und seine Rede immer unzusammenhängender wurde.

Es schneite immer noch, aber die Schneeflocken hatten sich in Graupeln Körner verwandelt, die auf der Kleidung ein klapperndes Geräusch erzeugten. Beim Verlassen des Hofes nahm Ji Kuan seine Mütze vom Kopf und reichte sie Ji Jiu. Obwohl die Nacht noch jung war, war die schneebedeckte Dorfstraße auffallend still. Nicht einmal Hundegebell war zu hören, als wäre der Schnee ein riesiger Löwe, der alles auf der Welt verschlungen hatte. Sie gingen hintereinander und der Schnee knirschte unter ihren Füßen. Das Knirschen war das einzige Geräusch auf der Dorfstraße in dieser Nacht, das einzige Geräusch, das der Löwe nicht hatte schlucken können, kritsch-kritsch, wehrte es sich gegen die unendliche Beklommenheit.

Als Ji Kuan mit dem Bruder im Schlepptau beim Restaurant von Zweiter Schwester ankam, war die Tür mit einem Schloss verriegelt. Durch die Ritzen, die nicht vom dicken wattierten Vorhang verdeckt waren, war noch Licht zu sehen, aber das Licht kam nur von hinten aus der Küche, also hatte Zweite Schwester offensichtlich schon geschlossen. Ji Kuan zögerte nicht, sondern trat gegen die Tür und rief: „Hier ist Kundschaft, sperrt die Tür auf!"

Kurz darauf kam Zweite Schwester, schob den Vorhang beiseite und öffnete die Tür. Als sie sah, dass es wieder Ji Kuan war, stutzte sie einen Moment, dann sah sie seinen Bruder dahinter und ein Lächeln zog sich bis zu den Augenbrauen: „Kommt schnell herein."

Ji Kuan trat ein und setzte sich wie ein Stammkunde neben den Ofen. Er bedeutete auch seinem Bruder, sich zu setzen. Dann rief er mit erfahrener Stimme: „Wo ist denn die Bedienung hin? Zweimal Nudeln mit Hack, eine Flasche Erguotou-Schnaps, einmal gebratene Schweinenieren und eine fette Suppe.“

Schnaps holen, Nudeln zubereiten und die Gerichte braten waren Aufgaben von Zweiter Schwester. Dass Ji Kuan gleich zu Anfang nach der Bedienung rief, überraschte Zweite Schwester. Sonst sprach er ja nie, wenn er kam. Wie Xiangying berichtet hatte, hatte Ji Kuan sich heute tatsächlich beinah ein Herz gefasst, war dann aber unerklärlicherweise wieder vom Kurs abgekommen. Bereute er das jetzt etwa?

Nach mehrmaliger Aufforderung nahm endlich auch Ji Jiu neben dem Ofen Platz. Als er sich setzte, sah Ji Kuan, dass er den Hundefellmuff mitgenommen hatte. Obwohl beide Hände darin steckten, zitterte er immer noch am ganzen Körper, so als ob in seinem Inneren eine Maschine vibrierte.

Es war das erste Mal an diesem Tag, dass Ji Jiu wohlige Wärme verspürte, ja es war das erste Mal im ganzen Winter, dass er sich aufwärmen konnte. Den ganzen Winter über hatte er gefroren, waren Hände und Füße kalt und ohne Gefühl gewesen. Seit der Winter angebrochen war, hatte er so oft von seiner Mutter und ihrem lächelnden Gesicht geträumt, und von dem Hundefellmuff, aus dem an beiden Enden der weiche Flaum hervorquoll. Seltsam, immer wenn seine Mutter im Traum aufgetaucht war, war auch der Hundefellmuff dabei gewesen. Sie stand immer im Hauptraum und reichte ihm den Muff mit einem strahlenden Lächeln. Heute war es endlich nicht mehr nur ein Traum.

Weil das Feuer heruntergebrannt war, nahm Ji Kuan selber den Schürhaken in die Hand und kratzte auf dem Boden des Ofens herum, bis das Feuer wieder aufflackerte und die Flammen nach oben züngelten. „Mädchen, bring mehr Holz, dass es ordentlich brennt."

Xiangying kam herbei, sie trug immer noch die gefütterte Jacke mit dem Blumenmuster und auf ihren Lippen spielte noch immer das schüchterne Lächeln. Sie trug ein paar Holzscheite auf dem Arm und warf sie neben den Ofen. Dann drehte sie sich um und schenkte den beiden Gästen ein, dabei wehte ein Hauch Puderduft durch die Luft. Ji Kuan machte ein ernstes Gesicht und sah Ji Jiu bedeutungsvoll an: „Sei ein Mann", sagte er leise.

Auch wenn seine Stimme leise war, so war sie doch sehr bestimmt, als wenn er sich irgendwo festgebissen hätte.

Ji Jius Gesicht, Nase und Ohren hatten sich leicht gerötet, und er zitterte auch nicht mehr so stark wie noch kurz zuvor. Wer weiß, ob ihm tatsächlich warm geworden war, oder ob die Worte seines Bruders diesen Effekt hatten.

Natürlich wusste Ji Kuan, dass selbst wenn Ji Jiu sich langsam aufwärmte, seine Beine und Arme bestimmt noch so gefühllos waren, als gehörten sie zu einem anderen Körper. Deshalb nahm Ji Kuan die Scheite, die Xiangying gebracht hatte, und stopfte sie alle auf einmal in den Ofen.

Die gebratenen Nieren und die fette Suppe standen schon bald auf dem Tisch. Ji Kuan goss den Schnaps in zwei Gläser und kippte selbst ein halbes Glas in einem Zug hinunter. Dann sagte er: „Lass uns heute ordentlich trinken, ich hab Geld."

Ji Jiu nippte nur an seinem Glas, bevor er es wieder hinstellte, er mochte eigentlich keinen Alkohol und war vor allem eins: hungrig! Außer dem Wunsch, sich etwas aufzuwärmen, sehnte er sich nach einer

Mahlzeit. Er hatte fast zwei Tage lang nichts gegessen und schlang die Schüssel mit den Nudeln in wenigen Bissen herunter.

Als Ji Jiu fertig war, schob Ji Kuan ihm seine Schüssel rüber: „Hier, iss, ich will lieber trinken."

Ji Kuan aß nichts, weil er ja schon gegessen hatte, außerdem sprach er die ganze Zeit, aber er sagte immer nur einen Satz: „Verdammt, wir sind doch Männer, wir sollten es wie der Vorarbeiter machen, wie man's nimmt, auch wir sind Männer!"

Unablässig wiederholte er diesen Satz, den versteckten Sinn darin musste auch Ji Jiu verstanden haben. Und das hatte er wohl auch, denn nach und nach bekam er Farbe. Nicht nur sein Gesicht, sein Nacken, seine Augenhöhlen, Nase und Ohren begannen zu glänzen, sondern auch sein Haar, ja, seine ganze Person strahlte einen feuchten Glanz aus.

Zwei Schüsseln Nudeln füllten nun seinen Magen und ließen seine Adern zum Leben erwachen wie eine Schlange aus der Kältestarre. Sein Blut begann, durch die Adern zu fließen wie geschmolzener Schnee, der kribbelnd vom Nacken abwärts über die Arme und weiter nach unten rann. Ji Kuan sah es nicht nur mit eigenen Augen, sondern er konnte es im Inneren nachspüren. Als er sah, dass etwas kribbelnd über Ji Jius Körper lief, nahm Ji Kuan einen Hundert- Yuan- Schein aus der Tasche, und knallte ihn auf den Tisch, dazu rief er in Richtung von Zweiter Schwester: „Kommt her, bedient uns zwei Brüder."

Als er das ohne Umschweife aussprach, wirkte Ji Kuan abgebrüht wie ein alter, erfahrener Freier. Die Schüchternheit seines früheren Besuches war ganz und gar verschwunden.

Wenn Ji Kuan abgebrüht war, dann war Zweite Schwester es umso mehr. Sie war schon lange der Meinung, dass Ji Kuan kein Neuling war, und dass er sich nur vor ihr einfältig und unerfahren gab. Was sie aber nicht wusste, war, wer von den beiden wen wollte. Wollte sein Bruder die junge Frau, oder er selbst? Ehrlich gesagt, Zweite Schwester hatte an beiden kein Interesse, schon von ihrem Äußeren her war klar, dass sie überhaupt nicht ihre Liga waren. Aber nun hatte es einen ganzen Tag nur geschneit, und ihr war langweilig und einsam zu Mute.

Ohne Widerspruch zu dulden zeigte Ji Kuan für seinen Bruder auf die junge Frau, auch sollten die beiden zuerst gehen. Die junge Frau machte ihrem Namen alle Ehre und folgte Ji Kuans Anweisung ohne Aufhebens, sie nahm Ji Jiu bei der Hand und zog ihn nach hinten zur Küche.

Wie groß der hintere Bereich des Restaurants von Zweiter Schwester mit der Küche war und wie viele Schlafplätze es gab, das wusste Ji Kuan nicht, er hatte nur die Dorfbewohner sagen hören, es wären mehrere Zimmer, in denen die Dorfkader ihre Vorgesetzten bewirteten. Heute hätte er es wirklich gerne gewusst. Aber in dem Moment, als sein Bruder mit der jungen Frau verschwunden war, war er auch schon gleich wieder er selbst. Zweite Schwester schaute er nicht mehr an, zog Schultern und Kopf ein, zeigte mit einem Finger auf den Geldschein und sagte mürrisch, aber bestimmt: „Zahlen."

Nachdem er bezahlt hatte, verließ Ji Kuan das Restaurant und schickte sich selbst in die Nacht und den Schnee hinein. Der Schneefall hatte nachgelassen, dafür hatte der Wind aufgefrischt und heulte, als hätten sich zahllose Bestien zu einem Chor zusammengefunden. Ji Kuan stand da in der stürmischen Schneenacht und ließ sich mit voller Absicht durchfrieren, um jedes Gefühl absterben zu lassen. Aber so einfach war das nicht, kaum hatten Schneeflocken ihren Weg in seine Kragenöffnung gefunden, spürte er schon kribbelnde Rinnsale, die wie Schlangen auf seiner Haut hin und her krochen und ihre Spuren hinterließen.

An diesem Abend mochte es noch so kalt sein, er spürte die Kälte kaum, weil sein Geist ungewöhnlich aktiv war. Ji Kuan musste an einen anderen Abend denken. An jenem Abend hätte er einmal fast mit einer Frau geschlafen. Wäre es dazu gekommen, dann hätten sie geheiratet und er hätte jetzt ein warmes Zuhause. Die Frau war ihm von einer Heiratsvermittlerin vorgestellt worden. An jenem Abend hatte sie die Frau zu ihm nachhause gebracht und war weggegangen, hatte die beiden einfach alleine zurückgelassen. Was für eine gute Gelegenheit! Da war er erst 25 gewesen. Dass er damals nicht mit der Frau geschlafen hatte, lag daran, dass die Frau, als er sie in den Arm nehmen wollte, anfing, vom einem Haus zu sprechen, und dass er sie ohne das Versprechen, später ein neues Haus zu bauen, nicht anfassen dürfe. Wenn er sich Geld geliehen hätte, hätte er ein neues Haus bauen können, keine Frage, aber er wollte sich verdammt noch mal nicht in dem Moment, wo er sie in den Arm nahm, mit ihr darüber auseinandersetzen, er verstand auch gar nicht, was ein altes oder neues Haus, verdammt noch mal, damit zu tun hatte, sie an sich zu drücken. Sie quatschte immer weiter davon, bis Ji Kuan einen Wutanfall bekam und sie schimpfend und fluchend hinauswarf. Nachdem er eine künftige Ehefrau mitten in der Nacht auf diese Weise vergrault hatte, wagte keiner mehr, ihm gegenüber das Wort „Heirat“ auszusprechen, was nicht weiter schlimm gewesen wäre, aber manche sagten sogar, er sei nicht ganz richtig im Kopf. Auch wenn keiner mehr von Heirat sprach, würde er deswegen bestimmt kein Haus bauen, ha, einen Baum pflanzen um einen Phönix anzulocken, auf gar keinen Fall! Er war nun mal einfach so stur! Das Geld zum Hausbau hatte er übrigens schon längst zusammengespart.

Etwa zwanzig Minuten später hörte er hinter sich das Geräusch der sich öffnenden Tür und wusste, was es bedeutete. Mit großen Schritten schlug er den Weg nachhause ein. Den ganzen Weg über sah er sich nicht einmal um. Wie auf dem Hinweg war es sehr still, kein einziger Hund bellte und das Knirschen ihrer beider Schritte auf dem Schnee war der einzige Laut, der zu hören war. Ji Kuan schwieg, er sagte kein Wort, bis sie zur Haustür kamen, und er sprach kein Wort, als er Stroh holte und das Feuer für den Kang entzündete und schließlich seinen Bruder Ji Jiu auf dem Kang schlafen sah.

Solange die Wärme noch nicht überall hin gedrungen war und den Körper umfing, war es unmöglich, auf dem eiskalten Ofenbett Schlaf zu finden. Zwar hatte Ji Kuan das Feuer unter dem Kang entzündet, aber erst als die Nacht schon zu Ende ging und in der Ferne das erste Hahnenkrähen zu hören war, schien sich ein wenig Wärme unter der Decke auszubreiten, und erst dann fiel Ji Kuan in einen Zustand schlafähnlicher Benommenheit.

Egal ob für Ji Kuan oder für Ji Jiu, für das Dorf mit dem Namen Kanzi oder für das Bergdorf Xiema, für sie alle war es ein wichtiger Morgen. Über das, was an diesem Morgen geschehen würde, hatte Ji Kuan die ganze Nacht gegrübelt, schließlich tat ihm sogar der Kopf weh vor lauter Grübeln, und so schaute er an diesem Morgen, als er aus dem Schlaf auftauchte, zuerst nach der Bettdecke, unter der sein Bruder lag.

Wie erwartet war sein Bruder nicht da. Die Bettdecke war ordentlich zusammengefaltet und ragte einer Steinplatte gleich in sein Blickfeld. Langsam kroch Ji Kuan unter der Decke hervor und setzte sich am Bettrand auf. Sein Blick suchte das Zimmer ab, erst ganz langsam und dann immer schneller, als weigere er sich, etwas anzuerkennen, und suchte doch nach der Bestätigung. Nicht einen Winkel ließ er aus. Er ging vom Ostzimmer ins Westzimmer und dann vom Westzimmer nach draußen. Sein Bruder war tatsächlich verschwunden, er hatte den Hundefellmuff mitgenommen, und auch die 30.000 Yuan, die Ji Kuan in seinen Schuhen versteckt hatte. Seine Ersparnisse aus den letzten acht Jahren.

Nachdem er das festgestellt hatte, öffnete sich in Ji Kuans Herzen, auf dem eine Steinplatte lastete, ein Spalt und ließ einen hellen Lichtstrahl hinein: Sein kleiner Bruder hatte sich verändert – er war endlich zum Mann geworden.

Aber sehr schnell schon verschwand dieser helle Spalt, und der Druck der Steinplatte erhöhte sich, weil draußen das Land unter einer dicken Schicht Schnee verschwunden war und ein wilder, grimmiger Nordwind heulte. Als Ji Kuan die schneebedeckten Berge sah und das Heulen des Windes hörte, krabbelte er wieder zurück auf das Ofenbett. Wie am Vorabend lag er dort bäuchlings und schlug, heftig die kalte Luft einatmend, mit beiden Händen auf die Bettkante. Beim Schlagen merkte er, dass er auf einen papierartigen, glatten Gegenstand schlug. Unbewusst hob er den Kopf und sah auf seine Finger. Was er sah, ließ ihn erstarren – es war Geld.

Also hatte sein Bruder das Geld gar nicht mitgenommen, sondern es auf das Ofenbett gelegt. Ji Kuan fluchte: „So eine verdammte Scheiße, dann stirb doch, krepier doch, … ich dachte, du ist ein Mann…"

Wie ein Verrückter fluchtete Ji Kuan immer weiter, er fluchte und schmiss dabei das Geld immer wieder auf den Kang, als wäre es sein eigener Bruder, Ji Jiu.

Aber damit war die Sache an diesem Morgen noch nicht erledigt. Nachdem Ji Kuan sich ausgetobt hatte und im Haus allmählich zur Ruhe gekommen war, hörte er draußen die Stimme von Tischler Ning. Tischler Ning näherte sich von Westen her wie immer, wenn er sah, dass Ji Kuan heimgekommen war, aber an diesem Morgen grüßte er nicht wie gewohnt mit „Ach, bist zurück", sondern rief: „Ein Unglück ist passiert, Ji Jiu hat jemand umgebracht und hat sich gestellt, beeil dich und bring ihm was zum Anziehen…"

Das Zusammentreffen von Ji Kuan und Ji Jiu sollte auf der Polizeiwache von Xiema stattfinden. Ji Kuan hatte sich vorgenommen, Ji Jiu eine ordentliche Ohrfeige zu verpassen, er war einfach zu unfähig, hatte ihn tief enttäuscht. Als er ihn aber vor sich sah, gab er sich die Ohrfeige selbst, denn Ji Jiu hielt in beiden Händen den Hundefellmuff der Mutter und dieser Anblick war herzerweichend.

Ji Jiu stand an die Wand gelehnt, seine Hände, die den Muff hielten, waren mit Handschellen gefesselt. Mit einem Lächeln im Gesicht sah er seinen Bruder an.

„Ich weiß, du meinst es gut, Bruder." Als er das sagte, röteten sich seine Augen.

„Was weißt du schon, nichts, gar nichts weißt du, du bist am Ende, du…", stieß Ji Kuan endlich brüllend aus. Das war es, was er seinem

Bruder in diesem Moment unbedingt sagen wollte.

Vielleicht weil sein Bruder so laut schrie oder weil die Worte etwas in ihm rührten, die Röte um Ji Jius Augen verschwand wieder und sein Gesicht strahlte nur noch Ruhe aus. Ruhig sah er seinen Bruder an und sagte, jedes einzelne Wort betonend: „Bruder, ich weiß, dass ich am Ende bin, aber ich bin zufrieden…"

„Was meinst du, du bist zufrieden", brüllte Ji Kuan wieder.

Ji Jiu verzog den Mund, er wandte den Blick von seinem Bruder ab und schaute zur Tür. Durch die Tür der Polizeiwache schien ein Sonnenstrahl, es war der strahlendhelle Sonnenschein nach einem Schneefall, der die Eisentür in gleißendes Licht tauchte. Ji Jiu blickte auf den hellen Lichtstrahl an der Tür, schloss seinen Mund und blickte wieder auf seinen Bruder. „Du weißt es nicht, als ich gestern Abend nachhause kam, wollte ich eigentlich abhauen, ich fand, ich hatte zu viel verloren, ich wollte noch nicht sterben, aber du…, du hast mir geholfen, jetzt bin ich zufrieden."

Als sein Bruder zu Ende gesprochen hatte, fiel Ji Kuan nichts mehr ein, er stand da wie ein totes Stück Holz. Indem er seinem Bruder geholfen hatte, hatte er ihn gleichzeitig in einen früheren Tod getrieben.

„Ich bin nicht zufrieden", sprach Ji Jiu weiter, „weil ich mit einer Frau geschlafen habe, wir haben gar nichts gemacht, ich kann das nicht. Nein, ich bin zufrieden, weil du mein Herz gewärmt hast, wie unsere Mutter, das war alles, wonach ich mich all diese Jahre gesehnt habe – etwas mütterliche Wärme."

Die Tränen sammelten sich schon in Ji Kuans Augenwinkeln, aber er biss sich auf die Lippen so sehr er konnte, und hielt sie zurück. Dann streckte er eine Hand aus und schob sie in den Hundefellmuff, wo er seinem Bruder die Hände drückte, die in Handschellen steckten.

„Du bist ein Mann", sagte er.

Übersetzung: Maja Linnemann

Übersetzer

Julia Buddeberg

Julia Buddeberg studierte in Peking und München Sinologie und Kunstgeschichte. Sie unterrichtet an der Hochschule für Angewandte Sprachen des SDI München und ist als Übersetzerin und Dolmetscherin in den Bereichen Literatur, Geisteswissenschaften und Film tätig. Unter anderem übersetzte sie Werke von Chen Xiwo, Chen Danqing, Shi Tiesheng und Cheng Yingshu.

Helmut Forster

Helmut Forster, Sinologe, Politikwissenschaftler und Spezialist für Deutsch als Fremdsprache. Er ist Autor und Ko-Autor von Sachbüchern, Essays und Artikeln vor allem über China. Seine literarischen Übersetzungen aus dem Chinesischen umfassen Werke u.a. von Ba Jin, Shen Congwen, Deng Yongmei, Liu Xinwu, Bei Dao, Gao Xingjian, Wu Re Er Tu, Deng Yiguang. Helmut Forster hat einen Lehrauftrag für Übersetzen (Chinesisch – Deutsch). Er schreibt an einem Buch über den Kapitalismus in China und plant weitere Übersetzungen von Werken Jia Pingwas, u.a. „Glücklich" (Gaoxing). Er lebt mit seiner Familie in Frankfurt am Main.

Maja Linnemann

Maja Linnemann reiste 1989 ein halbes Jahr kreuz und quer durch China und studierte danach Wirtschaftssinologie in Bremen. 1994 lebte sie ein Jahr in Chengdu, von 1999 bis 2013 in Peking. Von 2008 bis 2012 war sie Chefredakteurin des zweisprachigen Internetportals des Goethe-Instituts und der Robert-Bosch-Stiftung „Deutsch-Chinesisches Kulturnetz" www.de-cn.net. Hier führte sie Interviews mit zahlreichen Persönlichkeiten des chinesischen Kulturlebens, schrieb eigene Texte, redigierte Übersetzungen und übersetzte selbst. Aktuell lebt sie in Bremen und arbeitet als Geschäftsführerin des Konfuzius-Instituts.

Frank Meinshausen

Frank Meinshausen, geboren 1965, studierte Sinologie und Germanistik, und arbeitet heute als Übersetzer und Sprachlehrer in München. Er hat mehrere Bände mit zeitgenössischen chinesischen Erzählungen herausgegeben und übersetzt, darunter für den Suhrkamp-, den dtv- und den A1-Verlag.

Carsten Schäfer

Carsten Schäfer, geboren 1983 in Deutschland. Studium der Sinologie und Zeitgeschichte in Freiburg/ Br., Shanghai, Peking und Wien. Seit 2010 Übersetzer und Lektor Chinesisch-Deutsch. Seit 2011 Universitätsassistent am Institut für Ostasienwissenschaften (Sinologie) der Universität Wien. Diverse Publikationen zum Thema Auslandschinesen und moderne chinesische Historiographie.

Martin Winter

Martin Winter, geb. 1966 in Wien. Dichter und Übersetzer. 1999-2008 in Beijing. Davor in Chongqing, Wuhan, Shanghai, Taipei. Studierte Germanistik und Sinologie. Veröffentlichungen auf Deutsch, Englisch und Chinesisch auf vier Kontinenten. Li Bai - Preis für Übersetzung chinesischer Poesie 2015.

LOTUS-INGWER

BUCHSERIE DER GESCHICHTEN DER NEUEN ÄRA

新时代纪事丛书

BUCHSERIE DER GESCHICHTEN DER NEUEN ÄRA

图书在版编目（CIP）数据

荷花姜：德文 /《人民文学》编辑部主编 .
-- 北京：外文出版社，2022.9
（新时代纪事丛书）
ISBN 978-7-119-13191-7
Ⅰ . ①荷… Ⅱ . ①人…
Ⅲ . ①中国文学 - 当代文学 - 作品综合集 - 德文 Ⅳ . ① I217.1
中国版本图书馆 CIP 数据核字 (2022) 第 178386 号

出版指导　胡开敏　施战军

责任编辑　曾惠杰
德文翻译　维马丁 等
德文审订　韩瑞祥
装帧设计　北京夙焉图文设计工作室
印刷监制　秦　蒙　王　争

荷花姜

《人民文学》编辑部　主编

出 版 人　胡开敏
出版发行　外文出版社有限责任公司
地　　址　北京市西城区百万庄大街 24 号　　**邮政编码**　100037
网　　址　http://www.flp.com.cn　　**电子邮箱**　flp@cipg.org.cn
电　　话　008610-68320579（总编室）　　008610-68996177（编辑部）
008610-68995852（发行部）　　008610-68996183（投稿电话）
印　　刷　北京侨友印刷有限公司
经　　销　新华书店 / 外文书店
开　　本　787mm × 1092mm　1/16　　**印　　张**　17.5
版　　次　2023 年 4 月 第 1 版第 1 次印刷
（德文）
书　　号　ISBN 978-7-119-13191-7
（平）
11800